FSC
www.fsc.org
MIX
Papier aus verantwortungsvollen Quellen
FSC® C083411

Impressum

Sylvia Bergman
c/o Autorenbetreuung / Caroline Minn
(Impressumservice)
Kapellenstraße 3
54451 Irsch

ISBN 9783754643877

Ein großes Dankeschön für ihre unschätzbare Unterstützung geht an:
Meinen lieben Testleser Daniel
&
Michael Lohmann (worttaten.de) für sein Lektorat und Korrektorat
sowie
Covergestaltung: Wolkenart – Marie-Katharina Becker; www.wolkenart.com
Bildmaterial: ©shutterstock.com (vnlit – 137881970; stone36 – 1540582367) und Privat

Herstellung und Druck über tolino media GmbH & Co. KG, München.
Printed in Germany

SYLVIA BERGMAN

HERBSTGRAB

FRÜHER WAR ICH DEIN SCHATTEN,
JETZT BIST DU MEINER

Die Autorin:

Was gibt es Schöneres, als mit einem Buch in eine andere Welt abzutauchen? Dich davontragen zu lassen, während Du die Seiten umschlägst? Innerhalb eines Blinzelns bist Du Teil einer fremden Sphäre.

Mich hat diese Reise fasziniert, solange ich denken kann. Ich liebe es, diese Welten von beiden Seiten aus zu erkunden – mit dem Buch in der Hand und als Autorin an der Tastatur.

Und nun wünsche ich Euch viel Spaß beim Eintauchen.

Weitere Informationen unter
www.sylviabergman.com
Auf meiner Website könnt Ihr den kostenlosen Newsletter abonnieren. So werdet Ihr regelmäßig über Neuerscheinungen informiert.
Außerdem findet Ihr mich bei Instagram - @SylviaBergman78 und Facebook - @ SylviaBergmanAutorin.

KAPITEL 1

August 2021

Vor ein paar Minuten hat er im Wohnzimmer das Licht ausgeschaltet, um zu seiner Frau nach oben ins Bett zu gehen. Jetzt steht er mitten in einer Hölle, die seinen Verstand zerreißt, den Atem abschneidet, sein Herz lähmt.

Das Blut ist überall im Badezimmer. Es läuft über den Badewannenrand. Tropft von ihrem Handgelenk. Vorbei an dem Ringfinger mit dem Diamanten. Die Hand, kraftlos und bleich, zieht den Arm nach unten, zu Boden, wo er über einer purpurnen Pfütze schwebt. Das Badewasser … eine scharlachfarbene Lache bedeckt mehr als die Hälfte ihres Körpers. Sie sieht ihn nicht an. Schaut gläsern, zusammengesunken, durch zwei tote Augen durch die Wand hindurch. Die Iris milchig.

Auf der Erde vor seinen Füßen liegt die Klinge. Ein Teppichmesser, achtlos hingeworfen nach der Tat. Ein winziger Tropfen Blut klebt daran.

All das stürmt zeitgleich auf ihn ein, während er in der offenen Tür steht, die Schwärze des Hauses hinter ihm, fassungslos und versteinert. Vor ihm der Geist seiner Ehe, zukünftigen Familie, das Ende seiner Seitensprünge.

Eine schwungvolle Welle erhebt sich aus seinem Innersten und spült den Inhalt seines Magens in einem kräftigen Schwall heraus. Cremefarbene Brocken rinnen sein Kinn herab.

Aus dem Schlafzimmer nebenan dringt Musik an sein Ohr. Sanfte Yogaklänge, ihre Einschlafmusik, erfüllen den Raum. Die Tür steht einen Spalt offen, doch kein Licht brennt dahinter. Sie wusste, dass sie nicht zurückkommen würde. Es verleiht der Szenerie etwas Groteskes, fern ab von Friedlichkeit.

Er hatte geschrien, sobald er sie sah. Sein Kreislauf versagte. Erst wurde ihm kalt, Schweiß brach aus, dann war er weg. Im nächsten Atemzug ist er wieder wach, hat sich aufgerappelt und steht hier und jetzt vor seiner toten Frau.

Er muss Hilfe holen. Sofort.

Dann sieht er die Blutspritzer vor seinen Füßen. Kleine Tropfen und größere. Sie führen bis vor die Wanne. Einige auf dem Toilettendeckel. Dort gehören sie nicht hin. Ein Handabdruck an den weißen Fliesen, blutig. Eine zierliche Hand, die versucht hat, sich festzukrallen, abgerutscht ist. Sie hat etwas im Gesicht. Wieso sieht er das erst jetzt? Die Bilderflut überfordert ihn mit ihrer Gewalt.

Ein silberner Streifen. Direkt über ihrem Mund. Klebeband.

Angst packt ihn am ganzen Körper und zieht ihn aus dem Raum. Er muss hier raus! Er stolpert ins tiefe Dunkle des Flures und tastet sich zur Treppe. Er lässt den Lichtschalter hinter sich und kann nur daran denken, zur Haustür zu kommen. Keine Suche nach dem Handy. Nicht das Festnetztelefon erreichen, das ständig wegen eines kaputten Akkus den Geist aufgibt. Nur raus aus der Hölle!

»Hi.«

Unten am Ende der Treppe steht jemand. Die Person blockiert seinen Weg in die Freiheit. Starr vor Angst tastet er sich langsam rückwärts.

»Wer sind Sie? Was wollen Sie von mir?«

Er erhält keine Antwort, nur ein geräuschvolles Grinsen und mit einem Mal sprintet der Eindringling auf ihn zu. Er dreht sich um, nimmt die Beine in die Hand, läuft, soweit es seine weichen Knie zulassen. Atemlos erreicht er das Schlafzimmer. Er sitzt in der Falle.

Etwas Hartes trifft ihn am Hinterkopf. Er quiekt wie ein Schwein. Schwer wirft sich sein Angreifer auf ihn und ringt ihn zu Boden. Sterne explodieren vor seinen Augen. Der Schädel ein Flammenmeer. Speichel läuft die Kehle hinunter, während er erneut versucht zu schreien, sich verschluckt, eine Hand nach oben reckt, um irgendetwas zu greifen, das ihm helfen könnte.

Da ist die Nachttischlampe plötzlich in seiner Hand. Begierig schließt er die Finger darum, reißt sie zu sich. Der Stecker springt geräuschvoll aus der Dose. Mit Schwung holt er aus. Sie verfehlt ihr Ziel nicht.

Er ist frei. Blutend schleppt er sich zurück zur Treppe. Kriecht, heult stöhnend, zieht sich am Geländer nach oben und setzt den rechten Fuß auf die erste Stufe, die nach unten führt. Er fühlt sich verstaucht an.

Dann trifft ihn ein Schlag ungeahnter Kraft am Hinterkopf.

LÜNEBURGER MORGENPOST

Mittwoch, 11. August 2021

ZWEI LEICHEN IN EINFAMILIENHAUS ENTDECKT

von Yvonne Andresen

In den frühen Morgenstunden wurden in einem Einfamilienhaus im Fischkutterweg in Lauenburg zwei Leichen entdeckt, die als das dort lebende Ehepaar Anja D. (39) und Christian D. (41) identifiziert wurden. Nachbarn hatten die Polizei alarmiert, nachdem sie verdächtige Geräusche aus dem Haus des Ehepaares vernommen haben.

Klaus B. (59), der direkte Nachbar der beiden, berichtet von »lauten Stimmen und hektischen Bewegungen hinter geschlossenen Vorhängen in der Nacht.« Er sagte: »Wir haben uns zunächst nicht so viel dabei gedacht. In jeder Ehe gibt es mal Krach. Deshalb ruft man nicht gleich die Polizei. Doch dann hat mich meine Frau gedrängt, na ja, weil die beiden doch Impfgegner waren und so. Man hört ja in den letzten Tagen so viel über Familientragödien, gefälschte Pässe, Sie wissen schon. Wir wollten kein Risiko eingehen. Offensichtlich sind wir zu spät gekommen.«

Zum jetzigen Zeitpunkt gibt die Polizei keinerlei Informationen zur Todesursache preis. Die Frage, ob Dritte an der Tat beteiligt waren, bleibt zunächst ebenfalls unbeantwortet.

Die Anwohner zeigen sich erschüttert. Das Ehepaar galt allgemein als gesellig, liebenswert und unauffällig. Verbindungen zur Querdenker-Szene konnten bisher weder gezogen noch ausgeschlossen werden.

KAPITEL 2

Anfang September 2021

Die Nachmittagssonne wirft lange Schatten über meinen Schreibtisch. Ich reibe mir die Schläfen und starre auf den Bildschirm. Der Cursor blinkt anklagend auf dem leeren Blatt. Meine Augen wandern nach unten und gleiten über die Nussholzoberfläche, auf der allerhand Utensilien für meine Arbeit liegen. Außerdem jede Menge Zettel mit Notizen – Ideen, Zitaten, Erinnerungsstützen. Manche Blättchen sind zerknüllt und warten nur darauf, weggeschmissen zu werden. Ich reiße mich zusammen, nicht aufzustehen und erst einmal ordentlich aufzuräumen. Die Deadline sitzt mir im Nacken und ich muss mich endlich zwingen, mit der Arbeit zu beginnen.

Aus dem Flur höre ich Geräusche.

»Sandra?«

Mike kommt nach Hause. Er klappert mit seinem Schlüssel, bevor er die schwere Tür mit einem Quietschen aufdrückt und den Straßenlärm hereinbringt. Ein Bus fährt in diesem Moment an unserem Haus vorbei. Das tut er zwei Mal täglich. Ich stehe auf und gehe zu Mike. Insgeheim bin ich dankbar für die willkommene Ablenkung. Sein kurzes dunkelblondes Haar sitzt genauso wie am Morgen, als er aufgebrochen ist. Darum beneide ich ihn. Ich fahre hindurch und gebe ihm einen Kuss. Der Sommer hat Mike einen karamellfarbenen Teint verschafft. Das und die vielen Stunden auf seinem Rad an der frischen Luft verhelfen ihm zu einem gesunden Aussehen, bei dem ich nicht mithalten kann. Mir sieht man die vielen Stunden am Schreibtisch an. Meine Haut erinnert an Camembert am Ende seines Lebenszyklus. Ein bisschen Sport könnte mir auch nicht schaden. Ich gehe, ebenso wie Mike, auf die vierzig zu und muss etwas dafür tun, um nicht abzubauen. Hab keine Reserven mehr, aus denen ich schöpfen kann.

»Hi, mein Schatz«, sage ich, während er seine Tasche auf den Boden stellt und sich die Schuhe von den Füßen kickt.

»Hey, Süße. Hattest du einen erfolgreichen Tag?«

Ich rolle mit den Augen und stöhne genervt. Er sieht mich schief von der Seite an. Doch bevor er weiterfragt, sage ich: »Ich muss weitermachen. Wollen wir gegen sieben essen?«

»Gern. Ist Ben oben?«

»Ja, er spielt mit seinem Lego.«

»Ben?«, höre ich meinen Mann rufen, als er sich abwendet und schon die lange, steile Treppe zum ersten Stock nach oben stapft. Ich gehe zurück ins Arbeitszimmer und setze mich auf meinen Schreibtischstuhl. Zwei Stunden bis zum Essen. Jede Menge Zeit und dennoch will mir keine Idee für meinen Roman kommen. Ich schließe das Fenster meines Schreibprogrammes und rufe meine E-Mails ab. Jede Menge Werbung, Angebote für Anzeigen in Zeitschriften, eine vorsichtige Anfrage meines Verlages und da, ganz am Ende, leuchtet eine Nachricht eines mir unbekannten Absenders auf. Sie gehört zu dem Kontaktpostfach, das ich für Fanpost eingerichtet habe. Erfreut öffne ich sie. Meine Augen fliegen über den persönlichen Brief. Ein Fanbrief. Motivation flammt in mir auf. Offensichtlich gibt es da draußen Menschen, denen gefällt, was ich tue. Seit meine Schreibblockade eingesetzt hat, hadere ich wieder einmal mit mir, ob der Weg, für den ich mich entschieden habe, der richtige ist.

Ich lese die Nachricht ein weiteres Mal und freue mich über die lobenden Worte zu meinen Protagonisten. Das ist ein enormer Antrieb. Glücklich und deutlich aufrechter widme ich mich wieder meinem Roman und der Arbeit, die vor mir liegt.

Kapitel 1.

Der Cursor blinkt und täuscht Geschäftigkeit vor. Dennoch ist mein Kopf komplett leer. Ich gehe zurück zu der Mail und lese sie erneut. Möglich, dass das gute Gefühl von vorhin dadurch haltbarer wird, und meine Kreativität beflügelt. Leider ist dem nicht so und ich merke, wie ich nach mehr dürste. Also klicke ich kurzerhand auf ›Antworten‹ und schreibe einen netten Dreizeiler, in dem ich mich für die Treue bedanke. Ich sende die Mail ab und spüre, wie mein Herz ein klein wenig schneller schlägt. Ich habe Kontakt zu einer mir fremden Person aufgenommen, die meine Arbeit schätzt. Befriedigt stehe ich von meinem Schreibtisch auf und gehe zur Terrassentür. Draußen scheint die Sonne kräftig genug, um einen leichten Sonnenbrand zu verursachen, wenn man nicht aufpasst. Ich setze mich in einen Stuhl neben der Tür und strecke mein Gesicht ins Licht. Energie zu tanken ist wichtig. Ich verbringe den ganzen Tag am Schreibtisch, da muss ich mal raus und frische Luft schnappen.

»Hey, Süße!«

Ich öffne meine Augen und blinzle. Irina steht am Zaun und winkt mir zu. Träge stehe ich auf und gehe auf meine Freundin zu. Sie ist mit ihrem Mann erst kürzlich hierher gezogen, doch schon jetzt fühlt sich unsere Freundschaft an, als würde sie Jahre andauern.

»Wie geht es dir?«, frage ich sie im Näherkommen.

Die Frage hat rhetorischen Charakter. Man sieht ihr an, dass es ihr fantastisch geht. Sie leuchtet regelrecht. Ihre langen, dunklen Haare glänzen im Licht. Der Sommer hat sie unverschämt braun werden lassen, was ihr ein jüngeres Aussehen verleiht. Ich winke ihr zur Begrüßung und lasse mich von ihr mitreißen in ein unbedeutendes Gespräch, das mich ablenkt von der Arbeit, mir aber das Gefühl gibt, lebendig zu sein. Sie erzählt von ihrem Urlaub, Anekdoten vom Strand, dass sie ihr Handy im Meer versenkt hat und nun eine neue Nummer besitzt und von unzähligen Dirty Martinis, die sie und ihr Mann anscheinend seit Sonnenaufgang konsumiert haben. Während ich darüber nachdenke, ob das ein Zeichen für ein lebenslustiges Paar, harten Alkoholismus, oder das Ende einer öden Ehe ist, kommt

Mike vom Haus her auf uns zu und hält Champagnergläser in der Hand. Er reicht mir eines. Dann küsst er mich und stößt mit mir an.

»Auf dich!«

Ich schmunzle verliebt.

Er zwinkert mir zu. »Du wirst einen Bestseller schreiben. Da bin ich mir sicher.«

»Ich liebe dich«, erwidere ich und nehme einen kräftigen Schluck. »Ist Ben noch oben?«

»Nein, ich habe ihm erlaubt ein wenig fernzusehen.« Mike kippt den Inhalt des Glases in einem Zug hinunter. In diesem Moment wird mir bewusst, wie ich aussehe. Meine Wangen wechseln die Temperatur schneller, als ich an mir herabsehen kann. Die alte bequeme Jogginghose trage ich oft beim Schreiben. Das gelbe T-Shirt hat einen Fleck Senfsoße vom Mittagessen. Ich möchte sterben, wenn ich der schlanken Silhouette meiner Freundin mit den Augen folge. Sie steht mitten in ihrem unkrautüberwucherten Beet und sieht fabelhaft aus. Würde ich die Augen schließen, könnte ich nicht sofort sagen, was sie trägt. Nur dass es sitzt und unangestrengt edel an ihr aussieht. Was ist das? Scheint auf den zweiten Blick ein schwarzer Overall zu sein, Seide. Er schmeichelt ihren Kurven. Ich wünschte, ich könnte sie hassen, doch tatsächlich liebe ich sie. Wir verstehen uns blind, seit wir uns kennengelernt haben. Als hätte man uns bei der Geburt getrennt.

Ich stürze mein Glas ebenfalls herunter. Mike prostet mir zu und geht dann langsam durch unseren Garten. Seine Blicke streifen die Beete und vermutlich fertigt er im Kopf eine Liste an mit Arbeiten, die uns bevorstehen. Als er weg ist, steige ich aus dem Small Talk mit Irina aus, den ich und sie nicht verlassen können, solange einer unserer Männer in der Nähe ist.

»Wie geht es mit dem Buch voran?«, fragt sie schließlich, nachdem wir beide uns über Alltägliches in der Ehe ausgetauscht haben.

Ich bereue, dass mein Glas bereits leer ist, und suche verstohlen ein paar übrige Tropfen. »Es wird«, sage ich zuversichtlich. »Doch nach dem hier ...« Ich halte das leere Glas in die Höhe. »... wird heute sicherlich nicht mehr viel passieren.«

»Ich habe mal gehört, die besten Schriftsteller haben betrunken geschrieben.«

Dazu fällt mir spontan nichts Schlaues ein. Irgendwie wandert meine Stimmung Richtung Tiefpunkt, und da Mike die Flasche nicht mitgebracht hat und der Nachschub verebbt ist, entscheide ich mich, den Rückzug anzutreten. Ich kann momentan aus diesem Gespräch keine Befriedigung ziehen. »Sei mir nicht böse, aber ich muss weitermachen.«

Ich lasse sie stehen und wandere zurück zum Haus. Dort spiele ich mit dem Gedanken, nach der Flasche zu suchen, kann mich aber dann doch zwingen, an den Rechner zurückzugehen. Ich schalte den Bildschirm wieder an und stelle mit Freuden fest, dass ich eine neue E-Mail habe. Derselbe unbekannte Absender. Mein Fan. Meine Laune bessert sich schlagartig und ich spüre sogar ein leichtes Herzklopfen. Fast, als hätte ich ein Verhältnis, öffne ich aufgeregt die Nachricht.

Liebe Sandra,

ich bin dir unendlich dankbar, dass du mir geantwortet hast. ...

Er ergießt sich in Lobpreisungen über meine Bücher, erzählt viel über sich selbst und stellt dann jede Menge persönliche Fragen an mich. Hmm. Interessant. Irgendwie fühlt es sich verboten an. Ich denke darüber nach, ob es klug sein könnte, darauf zu antworten. Aber schließlich ist dieser Mann – er hat mit Uwe unterschrieben – keine Affäre, sondern ein Fan und die sollte man nicht verprellen. Also schreibe ich ein paar nette Zeilen zurück, versuche, nicht allzu persönlich einzusteigen, und stelle beim Senden fest, dass ich fast eine halbe Seite geschrieben habe. Hmm. Was soll's? Ich bin eben eine engagierte Autorin. Nah an ihren Lesern. Das mögen die Leute.

Ich drehe mich zum Fenster und sehe, dass Mike wieder zu der Stelle zurückkehrt, an der Irina steht. Schön, dass wir so liebe Nachbarn haben. Das wurde auch mal Zeit, dass sich die Gegend ein bisschen verjüngt. Am liebsten würde ich nach der Flasche suchen und ihnen damit wieder Gesellschaft leisten. Und auch ein Glas für Irina mit rausnehmen. Sie muss Mike für wahnsinnig unhöflich halten. Doch das ist absolut nicht drin. Ich habe zu arbeiten. Ich wechsle das Fenster und starre auf die unbarmherzige erste Seite meines Buches. Blitzblank weiß.

Ein Geräusch lässt mich hochschrecken. Eine E-Mail ist angekommen. Ich schließe mein Schreibprogramm. Daraus wird heute ohnehin nichts mehr. Gleich muss ich beginnen Essen zu kochen.

Sie ist von ihm. Ein bisschen besorgt öffne ich sie. Fühlte es sich vor einigen Momenten noch schön an, positives Feedback eines Fremden zu erhalten, spüre ich nun ein Eindringen in meine Privatsphäre, allein, weil mich diese

Nachricht in meinem sicheren Zuhause erreicht. Weil sie unaufgefordert kommt. Oder seh ich das falsch? Habe ich ihn ermutigt, mir nahezukommen? Ich muss fair bleiben. Das habe ich. Dennoch wäre es mir lieber, das würde hier enden. Es war schön, für den Moment. Ich möchte keine Brieffreundschaft aufbauen.

Liebe Sandra,

es ist schön, einen Menschen wie Dich kennenlernen zu dürfen. Die Einblicke in Dein Leben bedeuten mir viel. Ich wette, das teilst du nicht mit jedem …

So ein Mist! Ich schließe das Mailprogramm und fahre den Rechner runter. Er hatte noch tausend Fragen, die ich alle nicht beantworten will und werde. Er wird verstehen müssen, dass ich nicht jede Mail beantworten kann, weder sofort noch ein anderes Mal.

Es ist halb sieben. Ich gehe in unsere großzügige Küche und hole die Lasagne von heute Mittag aus dem Kühlschrank. In der Tür finde ich die Sektflasche und schnappe sie mir ebenfalls. Mike wird verstehen, dass ich nichts Frisches machen konnte, bei der wenigen Zeit, die ich habe. Ich stelle den Herd auf zweihundertvierzig Grad Celsius, schiebe die Auflaufform hinein und begebe mich mit der Flasche raus in den Garten.

»Du wirst es kaum glauben …«, sage ich im Näherkommen, »Ich habe Fanpost erhalten.«

»Wow! Das freut mich für dich. Siehst du, die harte Arbeit zahlt sich aus«, sagt Mike.

»Ich weiß, das sagst du immer.«

»Und so ist es.«

Seit einem Jahr schreibe ich Liebesromane und habe zu diesem Zweck sogar meinen sehr sicheren Job beim Arbeitsamt gekündigt. Liebesromane erfüllen mich, machen mich süchtig, seit ich ein Teenager bin. Sie entführen mich in die eine Welt, nach der ich mich so sehr sehne. Als Leser suche ich nach der einen Liebesgeschichte. Als Autorin will ich sie meinen Lesern schenken.

»Du bist einfach zu ungeduldig«, sagt er.

»Ich bin ehrgeizig und so leicht ist es ja auch nicht.«

»Mit harter Arbeit wird es das sein«, höre ich Irina sagen.

Irina ist Ende dreißig und hat meines Wissens noch keinen Tag in ihrem Leben gearbeitet. Ich gieße Mike nach und trinke dann den Rest aus der Flasche. Irinas Glas habe ich tatsächlich vergessen.

Peinlich.

»Na, dir geht's aber gut«, bemerkt mein Mann.

»Das war jetzt nötig. Mich regt diese E-Mail auf.«

»Welche E-Mail?«

»Na, der Brief von dem Fan!«, antworte ich gereizt.

»Wieso das denn? Eben warst du doch noch so stolz. Will er, dass du ihm Unterwäsche schickst?« Mein Mann lacht lauthals. Ich sehe, wie Irina lächelt.

»Nein, aber er war so liebenswürdig.« Irgendwie komme ich mir wie ein Idiot vor. »Ich hätte nichts von mir preisgeben sollen.«

»Du hast etwas preisgegeben?«

»Nein«, beschwichtige ich ihn. »Nicht wirklich, aber das kleine bisschen fühlt sich plötzlich auch zu viel an.«

»Du übertreibst bestimmt. Ist doch schön, wenn die Leute nett sind.«

»Mag sein. Wollen wir langsam reingehen? Das Essen ist gleich so weit.«

»Okay.«

Ich merke, dass sich mein Mann schwer losreißen kann. Er hatte einen langen Arbeitstag. Ich kann verstehen, dass er nach Freizeit und Unbeschwertheit dürstet. Er dreht sich schließlich um und geht vor. Ich nicke Irina zum Abschied zu.

»Warte«, hält sie mich zurück. »Wie laufen die Vorbereitungen für die Party?«, ruft sie mir hinterher.

Ich stöhne. Mike ist bereits verschwunden. An der Front bin ich heute ebenso erfolgreich gewesen wie bei meinem Buch. »Ich hab noch nicht angefangen, aber du hast recht. Es ist bald so weit und ich muss langsam mal loslegen. Das wird viel Arbeit.«

»Soll ich dir helfen?«

»Nein, ach Quatsch! Das ist der Geburtstag meines Mannes. Das schaffe ich schon. Außerdem seid ihr die Gäste. Das werde ich auf jeden Fall hinkriegen, auch wenn es schwer wird, bei all den Verpflichtungen.« Ich rolle mit den Augen, lächle und folge dann meinem Mann ins Haus.

Mike wird vierzig. Da habe ich Großes geplant. Zumindest in meinem Kopf. In ein paar Tagen ist es so weit und mir rennt die Zeit davon.

Im Haus räume ich den Esstisch leer. Eine alte Tageszeitung vom letzten Monat fällt mir unter dem Sofa auf. Wie konnte ich die so lange übersehen. Mit der Tageszeitung in der Hand wandere ich zum Papiermüll. Ich überfliege die Titelseite.

Die Inzidenzen steigen wieder – Radfahrer an der roten Schleuse angefahren – Zwei Leichen in Einfamilienhaus entdeckt …

Angewidert von den Schlagzeilen blicke ich zu Mike auf. »Kann die weg?«

»Ja, ich bin durch«, sagt er, ohne aufzublicken. Ich lese weiter, bis ich am Mülleimer angekommen bin. Irgendwas klingelt bei mir. Ich bin nur nicht in der Lage zu greifen, was es ist.

KAPITEL 3

Nachdem der letzte Teller in der Geschirrspülmaschine verschwunden ist, Mike in seinen Sportklamotten fürs Spinningrad steckt und Ben in der Badewanne liegt, schnappe ich mir mein Handy und surfe ein wenig im Netz. Mein Blick fällt auf zwei ungelesene Nachrichten. Sie sind von Uwe – beide. Ich versteife mich und spüre ein Kribbeln in der Brust, kein wohliges, sondern eines von der Sorte, das einem die Luft zusammendrückt.

»Mike?« Ich rufe nach meinem Mann, noch bevor ich die Nachrichten anklicke. Ich will ihn in meiner Nähe haben.

»Ja?«

»Komm bitte mal.«

Mein Mann ist eine Minute später da und sieht mich überrascht an. Wortlos drehe ich das Handy mit dem Display zu ihm.

»Sind die von deinem Fan?«

Ich nicke.

»Darf ich?«

»Klar.«

Er liest kurz und schaut mich dann ernst an. Ich spüre Scham, weil er missbilligend aussieht. Ich weiß schon, was kommt.

»Wieso hast du ihm diese ganzen persönlichen Dinge geschrieben? Wie unglücklich du in deinem alten Job warst und dass wir erst vor einigen Jahren umgezogen sind?«

»Ich habe nicht geschrieben, wo wir wohnen.«

»Na, immerhin. Ich verstehe dich nicht. Du wolltest doch anonym bleiben. Wozu die ganze Sache mit dem Pseudonym?«

»Das will ich auch. Aber ein bisschen muss ich doch über mich preisgeben, auf der Homepage, bei Instagram, Facebook ... ich kann doch nicht nur einfach Bilder meiner Bücher posten. Das reicht den Leuten nicht. Die wollen einen Menschen aus Fleisch und Blut dahinter sehen.«

»Dann brauchst du dich nicht wundern, dass so etwas passiert.« Er gibt mir das Handy zurück. Ich bin enttäuscht. Irgendwie fühlt es sich jetzt so an, als hätte ich etwas falsch gemacht. Ich schaue in die Mail.

Liebe Sandra,

ich wollte mich schnell noch einmal melden, weil ich in der letzten Mail vergessen hatte, dir zu danken. Dein letztes Buch hat mir über eine sehr schwere Trennung hinweggeholfen. Die ganze Zeit beim Lesen habe ich mich gefragt, was für ein sensibler Charakter hinter solch feinfühligen Worten stehen muss. Jetzt weiß ich es. Schön, dass es dich gibt und du uns mit deiner Kunst erfreust.

Dein treuer Uwe

Ich schlucke. Lieb gemeint, aber Uwe ist mit einem Mal sehr nah. Ich möchte diese Art der Aufmerksamkeit nicht. Sie fühlt sich so verpflichtend an. Angespannt öffne ich die zweite Mail.

Schade, dass du noch keine Zeit hattest zu antworten. Ich freue mich darauf, wieder etwas von dir zu hören.

Dein treuer Uwe

Zack! Jetzt hänge ich drin, im Netz der Spinne. Freiheit ade! Ich würde gern Mike auf die zweite Nachricht ansprechen, doch ich wage es nicht, weil er in mir die Ursache dieses Übels sieht. Ich schließe das Programm, lege das Handy beiseite und gehe nach oben, um Ben ins Bett zu bringen.

Unten dröhnt bereits House-Musik und spornt meinen Mann auf dem Rad zu Höchstleistungen an. Bei allem, was ich tue, kann ich meine Gedanken nicht von den Nachrichten ablenken. Was habe ich geschrieben und von mir preisgegeben? Besteht die Möglichkeit, dass dieser Mensch herausfindet, wo ich wohne? Erneut sehe ich in meinem Handy nach, scrolle die Nachrichten durch und stelle erleichtert fest, dass nichts von Bedeutung dabei ist. Ich könnte mich ohrfeigen, dass ich ihn so dicht an mich herangelassen habe, aber gefährlich werden kann er mir nicht.

»Kannst du mir noch eine Geschichte anmachen?«, fragt Ben, als ich ihn zudecke.

»Natürlich, mein Schatz.« Ich küsse ihn auf die Stirn und greife erneut nach meinem Handy, um über die App die Lautsprecher in seinem Zimmer anzusteuern.

Seit ich die Mails gelesen habe, ist etwa eine halbe Stunde vergangen. Zeit genug für eine neue Nachricht in meinem Postfach. Ich presse die Lippen aufeinander, schalte die Geschichte ein, verlasse das Zimmer und öffne vor der Tür mein Postfach.

»Das kann doch wohl nicht wahr sein!« Mittlerweile bin ich wütend.

Ich wünsche dir eine gute Nacht.

Dein treuer Uwe

Die Lasagne arbeitet sich ihren Weg nach oben. Mir ist egal, was Mike zu mir sagen wird. Ich finde, er sollte darüber Bescheid wissen. Ich habe nichts getan, was dieses Verhalten von Uwe rechtfertigt. Ein, zwei freundliche Nachrichten. Mein Gott! Das kann doch wirklich nicht so schlimm sein. Ich steige die Treppe hinab und gehe zu ihm in das Zimmer, in dem er sein Sport-Equipment aufgestellt hat. Der Fernseher vor dem Spinningrad läuft und überträgt eine Session aus einem Sportstudio. Seit Beginn der Pandemie hat mein Mann sein Training auf nach Hause gelegt, was mir ganz zupasskam. So sehen wir ihn deutlich häufiger, auch, wenn er trotzdem kaum ansprechbar ist, während dieser Zeit. Zeitlich flexibler ist er geworden.

Er sitzt zu meiner Überraschung nicht auf dem Rad, sondern auf der Couch an der Wand und tippt etwas in sein Handy. Bei meinem Anblick lächelt er und legt es beiseite.

»Ich weiß, was du sagen willst, aber bitte sieh dir das an. Und tu mir den Gefallen, mich nicht gleich wieder anzumotzen«, sage ich.

Ich gebe ihm das Handy. Er sieht aus, als hätte er ein schlechtes Gewissen.

»Bitte entschuldige. Ich wollte dich vorhin nicht anmotzen.«

»Schon gut. Was hältst du davon?«

»Ist die gerade erst gekommen?«

»Ja.«

»Der ist ziemlich hartnäckig.«

»Mir macht das Angst.«

Er sieht mich an, mit diesem Blick, als wäre ich neun Jahre alt. »Da übertreibst du. Ehrlich! Das ist lästig, versteh ich, aber das ist es dann auch. Du brauchst dir keine Sorgen machen. Was soll schon passieren?«

»Ich weiß nicht. Ich will einfach, dass er damit aufhört. Was soll ich deiner Meinung nach tun?«

»Momentan kannst du gar nichts tun.«

»Aber ich will keine Nachrichten mehr erhalten. Soll ich ihm das schreiben?«

»Auf keinen Fall! Wenn du den Troll fütterst, wird es schlimmer werden, das verspreche ich dir. Versuche, dich davon nicht beindrucken zu lassen. Nutze diese Erfahrung lieber für dein neues Buch.« Er zwinkert mir zu.

Ich bin enttäuscht, aber auch irgendwie erleichtert, Mike an meiner Seite zu haben. Ich küsse und drücke ihn und gehe zurück an meinen Schreibtisch.

Vielleicht hat er recht. Das könnte die Inspiration sein, nach der ich gesucht habe. Inzwischen wird es dunkel und ich kann kaum noch etwas vor meinem Fenster erkennen, wenn ich hinausgucke.

Da draußen liegt unsere Kieseinfahrt. Von der Straße getrennt durch ein großes schmiedeeisernes Tor. Große Rhododendren flankieren sie zu beiden Seiten. Eine wahre

Pracht im Frühling, wenn sie blühen. Jetzt, am Abend, und in der Nacht sind sie große Schattengebilde, starr im Wind mit dicken, fleischigen Blättern, die sich nicht bewegen. Eine homogene Wolke der Dunkelheit.

Ich starre auf den weißen Bildschirm, nachdem ich meinen Rechner hochgefahren und mein Programm geöffnet habe. Das Leuchten fängt mich ein und umhüllt mich wie ein Kokon. Ich bin wieder in meiner eigenen Welt und strahle – glänze. Hier bin ich sicher, hier kann ich die Realität biegen, wie ich sie brauche, den Ritter in schimmernder Rüstung erschaffen und die böse Hexe in den Turm sperren. Symbolisch gesprochen natürlich nur, ich schreibe Liebesromane im realen Leben. Die Pandemie, dieses und letztes Jahr, habe ich dabei mal ausgeblendet. Das braucht niemand, der sich in die Welt meiner Bücher flüchtet.

Ich könnte über eine starke Frau schreiben, eine Frau, die von einem verrückten Fan verfolgt wird und am Ende von meinem Protagonisten gerettet wird. Hmm. Nicht schlecht. Das könnte ein Aufhänger sein. Möglicherweise hilft mir die eigene Angst, mich besser in sie hineinzuversetzen.

Draußen geht der Bewegungsmelder an und taucht meinen Vorgarten nebst Einfahrt in ein gespenstisches Licht. Ich atme tief ein. Mit großen Augen suche ich das Grundstück ab. Da ist nichts, nicht einmal eine Katze. Langsam stehe ich auf und trete dichter an das Glas heran. Ich kann jetzt den gesamten Eingangsbereich sehen. Mein Arbeitszimmer schaut nach vorn, Richtung Straße. Der Bewegungsmelder erfasst allerdings nur den Teil unserer Einfahrt. Ich kann nicht erkennen, was das Licht eingeschaltet hat. Möglicherweise ein Falter vor dem Sensor. Während meine Augen krampfhaft suchen, geht es wieder aus. Ich setze mich zurück an meinen Schreibtisch und versuche, mich weiter auf mein Buch zu konzentrieren.

Ich schreibe über eine junge Frau, die als Friseuse arbeitet. Sie verdient wenig Geld und arbeitet hart, um über die Runden zu kommen. Insgeheim träumt sie von der großen Liebe und dass ihre Geldsorgen eines Tages der Vergangenheit angehören. Sie ahnt nicht, dass einer ihrer Kunden seit Langem in sie verliebt, aber zu schüchtern ist, sie anzusprechen. Ein anderer ist aufdringlich und stellt ihr bei jeder Gelegenheit nach.

Ganz plötzlich wird mir bewusst, dass ich in meinem hell erleuchteten Raum, direkt am Fenster, wie auf dem Präsentierteller sitze. Von der Straße hat man einen ausgezeichneten Blick auf meine Silhouette. Dort könnte jeder im Schutz der Dunkelheit stehen und mich beobachten. Er wäre zu weit weg, um die Bewegungsmelder auszulösen. Deshalb würde ich nichts davon merken. Hektisch sehe ich hinaus. Etwa zwanzig Meter weiter entfernt steht eine Straßenlaterne, die bereits leuchtet. Ihr Licht reicht nicht ganz bis zu mir und dem Straßenabschnitt vor meinem Haus.

Albern! Diese bescheuerte Nachricht macht mich ganz verrückt. Die Zeiten, zu denen ich Angst haben musste, sind längst vorbei. Mir geht es jetzt gut; hier, jetzt und mit diesem Mann. Ich ordne meine Gedanken und wandere zurück in den Friseursalon und die Gedanken meiner Protagonistin, wie sie abschweifen, als sie mit den schlanken Fingern durch das dichte Haar ihres Traummannes fährt.

Nach zwei Stunden blicke ich das erste Mal wieder auf. Die Zeit ist mit einem Mal verflogen, und ich bin glücklich, eine beachtliche Anzahl an Seiten geschrieben zu haben. Das alte Gefühl ist zurück. Die Selbstsicherheit durchflutet mich. Ich kann es noch. So fühlt sich ein erfolgreicher Tag an. Das selbst auferlegte Tagesziel ist erreicht, ein weiterer Baustein zu einem fertigen Buch gelegt. So muss das sein. Beim nächsten Ausatmen fällt die Anspannung von mir ab, wie Luft einem Ballon entgleitet. Mit einem Lächeln auf den Lippen schalte ich den Rechner aus und verlasse mein Büro.

Im Haus ist es still. Überall ist das Licht gelöscht. Kein Hinweis darauf, wo sich Mike aufhält. Aus dem oberen Stockwerk höre ich nach angestrengtem Lauschen die Fußballer-Geschichte, die ich Ben angemacht habe und die in einer sinnlosen Endlosschleife im wahrscheinlich vierten Durchgang läuft. Das Treppenlicht schaltet sich automatisch ein, als ich zum Fuß der Treppe komme. Halogenspots zehn Zentimeter oberhalb jeder Stufe. Praktisch, wenn man nachts in den Flur muss. Das wird über einen Bewegungssensor im Erd- und im Obergeschoss gesteuert.

Je weiter ich nach oben gehe, desto deutlicher höre ich Mikes sonores Schnarchen. Er muss sich direkt nach dem Sport hingelegt haben. Ungewöhnlich für ihn. Normalerweise benötigt er einige Zeit um runterzukommen. Üblicherweise sagt er mir vorher ›Gute Nacht‹. Heute nicht. Ich schaue noch einmal nach Ben und schalte seinen Lautsprecher ab. Er schläft ebenfalls tief und fest. Dann gehe ich zu meinem Mann ins Schlafzimmer und mache mich im Dunkeln für die Nacht fertig. Ich möchte ihn nicht wecken.

Als ich im Nachthemd neben ihm liege und an die Decke starre, kommen die Sorgen zurück. Die Büsche vor meinem Haus werfen im Mondlicht lange, dämonische Schatten an die Decke des Schlafzimmers. Ich wünschte, meine Fantasie würde nicht ständig mit mir durchgehen.

In diesem Haus fühle ich mich normalerweise sicher, endlich, nach Jahren. Nichts sollte daran etwas ändern. In der Hoffnung darüber einzuschlafen, beginne ich, einen Plan für die Party zu schmieden. Es ist der vierzigste Geburtstag meines Mannes und ich will ihn überraschen. Unsere Freunde und Nachbarn … Mikes Freunde, um genau zu sein … größtenteils … sind es gewohnt, dass ich rauschende Feste gebe, deshalb darf ich sie nicht enttäuschen. Er liebt Überraschungen oder vielleicht mag er es auch nur, dass er sich dabei um nichts kümmern muss. Doch das ist mir egal. Ich will, dass unsere kleine Familie rundum glücklich ist. Das perfekte Leben, wie ich es mir immer gewünscht habe.

Im Grunde ist es ganz simpel. Das Datum steht fest, ich habe alle Leute informiert. Seine Freunde und Arbeitskollegen. Ich habe hier kaum Bekannte.

Jetzt fehlt nur noch der Caterer, ein bisschen Personal zum Bedienen und jemand, der die Cocktails mixt. Wir sollten uns an diesem Tag um nichts sorgen müssen. Mein Mann ist ein Fan der italienischen Küche, weshalb es nicht schwer werden wird, einen geeigneten Service zu finden. Ich kümmere mich gleich morgen früh darum. Einzig der Termin könnte etwas knapp sein.

Draußen geht erneut das Licht an. Der Lichtschein wirft die Silhouette meiner Fensteröffnung gegen die Decke.

Wind oder eine Katze. Das ist es üblicherweise, was den Sensor auslöst. Um die Weihnachtszeit ist es besonders nervig, wenn die Lichterketten unter dem Dach hängen und durch deren Bewegung im Wind die Beleuchtung meist die gesamte Nacht hindurch brennt. Ich starre an die Decke und suche in dem hellen Viereck nach menschlichen Silhouetten. Nichts. Doch da ist ein leises Geräusch, wenn ich mich nicht täusche. Angestrengt lausche ich in die Nacht.

Es ist mir kaum möglich, etwas vor dem Haus auszumachen – über die Schnarchgeräusche meines Mannes hinweg. Unser Fenster steht auf Kipp. Dennoch – ich kann nicht zuordnen, welche Geräusche draußen und welche hier drinnen entstehen.

Inzwischen ist das Licht wieder ausgegangen. Entschlossen schwinge ich meine Beine aus dem Bett und trete ans Fenster. Zehn Meter von mir entfernt liegt das Haus meiner älteren Nachbarin. Sie müsste inzwischen an die achtzig Jahre alt sein. Hinter ihren Fenstern herrscht tiefe Dunkelheit. Bestimmt schläft sie schon, obwohl sie meistens bis in die frühen Morgenstunden liest. Ihre Leselampe wirft dann einen kalten, bläulichen Schein bis in unser Schlafzimmer.

Mit einem Mal wandert ein kleiner Lichtpunkt durch ihr Wohnzimmer. Ebenso plötzlich erlischt er wieder. Ich kneife meine Augen zusammen. Da. Da ist er wieder. Im Zimmer daneben ein weiterer. Ich halte die Luft an. Nur wenige Sekunden später weiß ich, was ich da sehe. Das ist die Taschenlampe eines Handys. Genau genommen der Handys von zwei Personen.

»Mike!«, zische ich durchs Zimmer aus Angst, man könnte mich durch das geöffnete Fenster hören. Er rührt sich nicht. Ich krieche ins Bett und rüttle an ihm. »Mike!«

»Was is?« Schlaftrunken reagiert er, ohne die Augen zu öffnen.

»Nebenan wird eingebrochen.«

Stille.

»Mike!«

»Jaa!«

»Nebenan wird eingebrochen.«

Jetzt ist er wach. Er starrt mich verwirrt an und richtet sich dann augenblicklich auf. Ich winke ihn ans Fenster.

»Drüben bei Frau Pritschek sind Leute im Haus.«

»Ruf die Polizei«, sagt er, während er sich seine Jeans überzieht. »Ich geh rüber.«

»Was? Das lässt du bleiben.« Ich wähle bereits den Notruf. Mein Mann ist schon auf der Treppe. Barfuß.

»Mike!« Ich renne ihm hinterher. »Du wirst sie vertreiben und die Polizei kann sie nicht schnappen«, werfe ich hinterher. Er zögert. Währenddessen meldet sich ein Beamter am Apparat.

»Sie ist allein im Haus!«, sagt er und schlüpft in ein paar Slipper, die neben der Tür stehen. Mein Herz galoppiert und ich bin geradeso in der Lage der Polizei zu schildern, was sich in unserer Straße abspielt. Ich teile ihnen auch mit, was mein Mann vorhat.

»Bitte bleiben Sie am Apparat, bis die Beamten vor Ort eintreffen.«

»Ja. Kein Problem. Mein Mann läuft rüber. Ich kann nichts tun. Bitte beeilen Sie sich.«

Ich höre ihn fluchen und mich weiter beknien. Mit dem Telefon in der Hand renne ich Mike durch die offene Eingangstür hinterher. An Schuhe habe ich nicht gedacht, was ich schmerzhaft zu spüren bekomme, als ich auf den Granitsplitt vor unserem Haus trete. Mikes Schritte knirschen ein paar Meter vor mir. Dann hastet er über den Bürgersteig durch Frau Pritscheks kleine Jägerzaunpforte. Er schleicht auf ihr Grundstück – auf den Weg, der hinter unserer drei Meter hohen Hecke entlangführt. Ich folge ihm. Irgendwie fühle ich mich mit der Polizei am Telefon sicher und wenn ich ihm folge, scheint mein Mann in diesen Schutz einbezogen. Ich frage mich, was er vorhat. Will er klingeln? Was, wenn er dadurch erst die alte Frau weckt, die bis jetzt von dem Einbruch nichts mitbekommen hat? Möglicherweise setzt er sie damit einer viel größeren Gefahr aus.

Ich sehe ihn fünf Meter vor mir die Stufen zu ihrer Eingangstür nach oben steigen und bin unschlüssig, ob ich ihn abhalten soll oder nicht. Vom Ende der Straße her kommt ein Wagen. Ich drehe mich um und halte nach dem Auto Ausschau. Möglicherweise ist das die Polizei. Dann wäre der ganze Spuk vorbei. Meine Augen folgen dem Wagen, wie er langsam vorbeifährt. Erst nach einer Sekunde wird mir klar, dass das nur ein Anwohner war. Hinter mir rollen überstürzte Schritte auf mich zu. Etwas rammt meinen Rücken. Ich knicke um und verliere das Gleichgewicht. Orientierungslos stürze ich mit dem Handy in der Hand auf den Boden. Eine Frage hängt in meinem Kopf, doch es geht alles viel zu schnell, um sie zu formulieren und auszusprechen. Luft entweicht aus meiner Lunge, als ich aufschlage.

Wütend drehe ich mich herum und suche die Gegend nach Mike ab. Doch der ist nicht, wie vermutet, Richtung Straße an mir vorbeigerannt, sondern kommt gerade die Treppe runter auf mich zu. Ich drehe mich zurück und sehe eine schwarze Gestalt davonrennen – nur einen Moment, dann ist sie aus meinem Blickfeld verschwunden.

Der Einbrecher! Er türmt Richtung Dorfkern. Wo ist der zweite? Jetzt erscheint ein Wagen der Polizei vor dem Haus und zwei Beamte steigen aus. Lautlos rennen sie auf uns zu, mein Mann hebt die Hand und signalisiert, dass wir die Guten sind.

Nach Mitternacht sitzen wir mit den beiden Polizisten in unserer Küche. Der Duft nach Kaffee erfüllt den Raum.

»Glücklicherweise ist Frau Pritschek nicht zu Hause. Ich habe gerade ihre Tochter erreicht über die Nummer, die Sie mir gegeben haben. Sie ist seit zwei Tagen in der Klinik.«

»Oh! Das tut mir leid zu hören«, sagt mein Mann.

Der Beamte nickt. »Es sieht so aus, als hätten die beiden gewusst, dass die Dame nicht im Haus war.«

»Jemand aus der Klinik?«, fragt mein Mann.

»Das kann nicht dein Ernst sein!«

»Oder vom Pflegedienst?«

Ich bin entsetzt, aber auch erleichtert. Immerhin hat man nicht in Kauf genommen, sie anzutreffen. Kein eingeplanter Kollateralschaden. Wie es aussieht, sind zwei Männer heute Nacht in das Haus unserer Nachbarin eingedrungen und haben ihren kompletten Schmuck und Bargeld gestohlen. Einer muss das Haus verlassen haben, noch bevor wir dort ankamen. Sie waren fast fertig. Wir haben sie in den letzten Zügen aufgeschreckt. Der andere floh, als er Mike hörte.

Frau Pritscheks Tochter ist bereits auf dem Weg hierher, um mit der Polizei zu sprechen und gegen Morgen ihre Mutter darauf vorzubereiten, dass ihr ganzes Hab und Gut durchwühlt worden ist. Ich möchte nicht in ihrer Haut stecken.

Die Täter sind über ein Kellerfenster an der Rückseite des Hauses eingestiegen und dann zur Terrassentür hinaus entkommen. Das war der Moment, als mich einer von ihnen auf dem Rasen umgerannt hat. Ich greife nach meinem Knöchel. Inzwischen hatte ich Gelegenheit, mir zumindest einen Morgenmantel über das dreckbeschmierte Nachthemd zu ziehen.

»Ist bei Ihnen alles in Ordnung? Sie sind ziemlich doll gestürzt, richtig?«, fragt mich der Größere der beiden Beamten.

Mike wirft mir einen vorwurfsvollen Blick zu.

»Ach danke. Es ist nichts. So schlimm war es nicht.«

»Du hättest drin bleiben sollen, wie ich dich gebeten habe«, sagt er.

»Damit sie wissen, dass du allein bist und dir eins über den Schädel ziehen? Du hättest genauso wenig rübergehen dürfen.«

Die beiden Beamten merken, dass sich ein wenig Spannung aufbaut. »In Ordnung. Wir werden Sie dann wieder Ihrer Nachtruhe überlassen. Machen Sie sich keine Vorwürfe, Herr Lindheim. Auch, wenn Sie die beiden vertrieben haben. Sie konnten nicht wissen, wie es Ihrer Nachbarin geht. Zivilcourage ist selten. Auch, wenn ich das nicht sagen sollte. Ich kann Ihr Verhalten sehr gut verstehen.«

Mein Mann nickt und bringt die beiden zur Tür.

Erledigt gehen wir zurück ins Bett. Ich bin erleichtert, dass Ben von der ganzen Aufregung nichts mitbekommen hat. Er schlief die gesamte Zeit seelenruhig. Ich habe einmal nach ihm gesehen, nur um sicherzugehen, dass es ihm gut geht und er nicht verängstigt oben in seinem Bett sitzt.

Auf dem Weg ins Schlafzimmer fallen mir meine Sorgen vom Abend wieder ein und erscheinen mir mit einem Mal so unwichtig. Unglaublich, dass ich mich habe von so einem Gespinst einfangen lassen. Ein Gedankenspiel, das sich verselbstständigt hat zu einer nicht fassbaren Bedrohung, die weder greifbar ist noch bekämpft werden kann.

Als ich mich neben Mike ins Bett lege, blinkt eine Nachricht auf seinem Handy auf. Er öffnet sie und ich bemerke, dass sein Blick zu mir huscht.

»Das ist meine Nachrichten-App. Nichts Wildes, Irgendwelche neuen Corona-Erkenntnisse. Wir sollten jetzt schlafen. Ich mache das lautlos. Du solltest das auch tun, bevor uns die Nachbarn die ganze Nacht mit neugierigen Nachrichten bombardieren.«

»In Ordnung. Schlaf gut.«

»Du auch, mein Schatz.« Widerwillig legt er das Handy hin.

Ich lege mich auf meine Seite und schließe die Augen. Ich bin geschafft. Ich könnte mein Handy auf ›lautlos‹ stellen. Das flauschige Kopfkissen empfängt mich und zieht mich mit aller Macht in seinen Bann des Vergessens. Ich frage mich, ob Irina etwas von dem Tumult heute Nacht mitbekommen hat.

Schließlich bin ich zu müde, an mein Handy zu gehen. Wie sich herausstellt, ist das auch gar nicht nötig. Es bleibt für den Rest der Nacht stumm.

Am nächsten Morgen reißt mich der Wecker um sechs Uhr brutal aus einem traumgebeutelten Schlaf. Ich scheine mich kein Stück während der letzten Stunden erholt zu haben. Gerädert hieve ich mich nach oben. Mike steht bereits unter der Dusche. Seine elektrische Zahnbürste ist durch die Badezimmertür bis zum Bett zu hören. Schlaftrunken torkele ich rüber zu Ben und wecke ihn.

»Geh duschen, mein Schatz.« Ich gebe ihm ein Küsschen und schlurfe zurück zu meinem Bett. Nur noch eine Minute umdrehen. Mike steht unter unserer Dusche. Ich kann momentan sowieso nichts ausrichten. Sobald mein Kopf das Kissen berührt, und die nächtliche Wärme meiner Decke mich einfängt, sacke ich tief hinab und höre nur von Weitem, wie Ben ins Badezimmer tappst.

Ein Traum folgt, in dem ich durch unseren finsteren Garten stolpere, das Mondlicht im Hintergrund. Ein Mann mit einem meiner Bücher in der Hand verfolgt mich. In seiner anderen blitzt ein Taschenmesser. Ich renne zu dem Gartenzaun, der unsere Wiese von Irinas Beeten trennt. Sie steht auf der Terrasse und sieht unbeeindruckt zu, wie ich in Zeitlupe versuche, meine Haut zu retten. Ich will nach ihr rufen, doch kein Laut kommt aus meiner Kehle. Als ich mich hektisch umdrehe, ist der Mann verschwunden. Statt seiner steht sie hinter mir und hält einige Schmuckstücke nach oben. Auf ihrer Terrasse sitzt jetzt Mike und liest eine Zeitung. Ich winke ihm, doch auch er sieht mich nicht. Dann steht er auf und geht in ihr Haus. Auch Irina dreht sich unvermittelt weg und verlässt in schnellen Schritten unseren Rasen. Wo wollen sie hin? Ich will ihr folgen, doch ich kann mich nicht rühren. Dann steht da mit einem Mal wieder dieser Mann und liest in einem meiner Bücher. Es ist der Roman, an dem ich aktuell schreibe. Das Cover gefällt mir, denke ich noch, als ich aufwache.

Mein Herz klopft wild und ich bin wach. Mike steht neben mir und ist angezogen. »Was ist denn mit dir los?«

»Entschuldige. Ich bin noch einmal eingeschlafen.« Es ist halb sieben. Kein Problem. Halb acht können die Jungs entspannt das Haus verlassen. Das werden wir schaffen. Ich springe aus den Federn und husche unter die Dusche. Um Ben brauche ich mir keine Sorgen zu machen. Er ist neun und inzwischen alt genug, sich seine Sachen selbst aus dem Schrank zu nehmen. Nur manchmal muss ich ihn darauf hinweisen, dass er sich für die falsche Jahreszeit angezogen hat. Dann greife ich ein. Das passiert meistens beim Wechsel zwischen kalten und warmen Perioden.

Nach der Dusche fühle ich mich schon deutlich besser. Das warme Wasser hat mich sanft geweckt. Ich beeile mich, nach unten zu kommen und beim Frühstückmachen zu helfen. Ben erinnert mich daran, welchen Wochentag wir haben, und so führe ich zügig einen Corona-Schnelltest bei ihm durch. Was das anbelangt habe ich mittlerweile die Präzision eines Testlabors entwickelt. Die Handgriffe beherrsche ich im Schlaf, und ich kann inzwischen sogar auch ohne Blick in die Anleitung sagen, welcher Hersteller wie viele Tropfen der fertigen Lösung auf seinem Teststreifen sehen will. Der Wecker läuft und Assoziationen an einen Schwangerschaftstest kommen in mir hoch. Ich schlucke das Gefühl und den Kloß im Hals herunter und setze mich zum Frühstück.

Als die beiden endlich aus dem Haus sind, fülle ich den Geschirrspüler, kümmere ich mich um die Küche, stelle jazzige Musik an und setze mich endlich mit meinem Handy auf die Couch.

Ich öffne meine Messengerdienste, treibe mich eine Weile auf diversen Social-Media-Plattformen herum und muss mir dann eingestehen, dass es Zeit wird, an die Arbeit zu gehen. Irina hat sich noch nicht gemeldet und es ergibt keinen Sinn, sie anzuschreiben, da sie immer lang schläft.

Also setze ich mich vor meinen Bildschirm, ziehe die Tastatur heran und öffne mein Schreibprogramm. Die letzte beschriebene Seite von gestern taucht auf und bestätigt mir, dass ein erfolgreicher Arbeitstag hinter mir liegt. Der heutige Tag wird ebenso erfolgreich werden, denke ich mir, und fange an zu schreiben. Zwischendrin schiele ich auf mein Handy, doch da draußen ist niemand, der derzeit mit mir in Kontakt treten möchte.

Meine Finger fliegen über die Tastatur und beschreiben eine unangenehme Szene, in der meine Protagonistin den lästigen Flirtmanövern ihres Kunden ausgesetzt ist. Sie begegnet ihm freundlich, kann ihn jedoch nicht leiden. Dabei wandern meine Gedanken ungewollt zu Uwe. Die Abscheu und leichte Furcht, die meine Protagonistin empfindet, kann ich sofort deutlich authentischer beschreiben, jetzt kann ich mich in sie hineinversetzen. Möglicherweise passt eine winzige Verfolgungsszene in meinen Roman. Gegen Ende, kurz bevor mein Held sie rettet. Das würde ihm den Aufhänger liefern und mir auch. Mein gestriges Erlebnis wird mir helfen, Leben in die Worte zu hauchen.

Ich checke zwischendrin meine Mails und stelle fest, dass seit gestern Abend Flaute herrscht. Inzwischen ist es neun Uhr, also wähle ich Irinas Nummer. Sie besteht darauf vorbeizukommen.

Als ich ihr zehn Minuten später die Tür öffne, scheint sich die Sonne in ihrem Rücken zu bündeln. Sie trägt eine Seidenbluse mit großen Mohnblüten als Motiv und ihr dunkles Haar schwingt kraftvoll bei jeder einzelnen Bewegung.

»Was war hier denn los?« Während der Worte beugt sie sich nach vorn und küsst mich links und rechts.

»Hör bloß auf.« Ich grinse und öffne die Tür noch weiter. Sie spaziert geradewegs ins Wohnzimmer und setzt sich an den Couchtisch vor den Kamin. Nachdem ich Kaffee aus der Küche geholt habe, setze ich mich zu ihr. Ihr Parfum nimmt bereits den gesamten Raum ein – ein angenehmer Sommerduft.

»Bei Frau Pritschek ist eingebrochen worden.«

»Nicht dein Ernst!« Sie macht große Augen. Ich halte ihr zugute, dass sie nicht einfach erwidert, diese Info liege schon vor. Irina hat so ihre Quellen. Sie will mich meine Geschichte auf meine Weise erzählen lassen. Eine gute Freundin, die sich Zeit nimmt – meine beste.

»Ich konnte gestern Abend nicht schlafen und habe aus dem Fenster gesehen. Da waren sie. Zwei Typen, die durch ihr Haus gestöbert sind. Sie hatten die Taschenlampen ihrer

Handys eingeschaltet. Mike ist natürlich sofort rüber, während ich die Polizei gerufen habe.«

Irinas Mund formt ein O, während sie sich die Hand davor hält.

»Mein Held. Er war total unerschrocken. Ist einfach rübergegangen und wollte sehen, ob man Frau Pritschek etwas angetan hatte.«

»Krass!«

»Später hat sich herausgestellt, dass sie überhaupt nicht zu Hause war. Möglicherweise hat man gerade deswegen ihr Haus ausgesucht.«

»Das müssen die ausgekundschaftet haben.«

»Schon möglich.«

»Haben sie sie geschnappt?« Irina greift nach ihrem Kaffee und führt ihn an den kirschrot geschminkten Mund. Mit ihren feingliedrigen Händen und perfekt manikürten Nägeln wirkt diese Geste unglaublich professionell.

»Nein. Aber ich habe einen von ihnen getroffen!«

»Was?« Fast hätte sie sich verschluckt.

»Halt dich fest. Einer hat mich auf der Flucht umgerannt.«

»Ach was!«

»Ja. Ich habe vor dem Haus gestanden und wollte gerade die ankommende Polizei zu uns führen, da kommt jemand herausgerannt und rennt mich um.«

»Hast du ihn erkannt?«

»Nein. Nur eine dunkle Gestalt.«

»Heftig. Da habt ihr ja einiges erlebt in den letzten Stunden. Wie geht es jetzt weiter?«

»Das weiß ich nicht. Ich denke die Polizei ermittelt, wird uns aber nicht weiter informieren. Ich habe Kontakt zu Frau Pritscheks Tochter. Sie wird sich melden, wenn es neuere Entwicklungen gibt. Da bin ich sicher.«

Irina reibt sich die Arme und schlägt dann die Beine übereinander. »Das ist ein komisches Gefühl, finde ich. Dass bei uns in der Straße eingebrochen wurde. Findest du nicht?«

Ich habe mir dazu noch keine Gedanken gemacht.

»Gruselig irgendwie. Ich bin froh, dass wir damals gleich die Alarmanlage eingebaut haben.«

Ich nicke.

»Wie läuft es mit deinem Buch?« Sie wechselt das Thema.

»Ganz gut«, erwidere ich. Muss sich stolz anhören, wie ich das sage. Ich schildere ihr meinen Durchbruch.

»Das freut mich für dich. Und die Party?«

»Kläre ich noch. Ich will noch ein bisschen schreiben und dann kümmere ich mich darum.«

Nachdem ich meinen Kaffee ausgetrunken habe, geht sie wieder nach Hause. Sie weiß, dass ich mir nicht einfach so einen Vormittag freinehmen kann, sondern diszipliniert am Schreibtisch sitzen muss. Ein Stündchen habe ich dennoch verloren und so straffe ich mich und lasse die Finger erneut über die Tasten fliegen.

Erste zarte Momente bahnen sich zwischen meiner Protagonistin und ihrem – und meinem! – Helden an und ich feiere innerlich, dass ich die Blockade endgültig durchbrochen habe. Das Buch wird meinen Leserinnen gefallen. Es ist leicht und beschwingt und wird sich im nächsten Sommer wunderbar verkaufen. Ich habe bewusst alle Fallstricke um den erschwerenden Themenkreis Viren, Masken und Kontaktverbote ausgeblendet, in der Hoffnung, dass dies nächstes Jahr alles keine Rolle mehr spielt. Und falls nicht, hängt meinen Leserinnen das Thema so zum Hals raus, dass sie sich erleichtert in eine Welt flüchten werden, in der diese gottverdammte Krankheit nicht existiert.

Mein Handy signalisiert eine eintrudelnde E-Mail und ich freue mich über die kurze Ablenkung.

Sie ist von Uwe.

Damit habe ich tatsächlich nicht mehr gerechnet. Neugierig öffne ich sie.

Liebe Sandra,

ich hoffe, bei Dir ist alles in Ordnung. Ich mache mir tatsächlich einige Sorgen, weil der Kontakt so abrupt eingebrochen ist. Gib doch ein kurzes Lebenszeichen, dass ich beruhigt sein kann.

Dein treuer Uwe

Ich atme tief durch. So was mag ich überhaupt nicht. Die Zeiten, in denen ich Rechenschaft ablegen musste, was ich tue, sind lange vorbei. Mein letzter Krankenhausaufenthalt kommt mir sofort in den Sinn und mein altes Leben. Mühevoll schiebe ich dieses Bild beiseite und klicke auf Antworten.

Lieber Uwe,

ich erhalte am Tag jede Menge Fanpost und so sehr ich es auch möchte, so kann ich nicht mit jedem Fan in Kontakt bleiben. Du wirst sicher verstehen, dass ich fleißig am nächsten Buch schreibe und dafür jede freie Minute benötige. Es wird dir gefallen. Du kannst dich da auf etwas freuen.

Viele Grüße Sandra

Diesen Seitenhieb konnte ich mir nicht verkneifen. Auch wenn er erst in einem Jahr wissen wird, was ich gemeint habe. Zufrieden mit meiner diplomatischen Abfuhr klicke ich auf ›Senden‹ und fühle mich von einer Last befreit, als die Nachricht meinen Postausgang unwiderruflich verlässt.

Zeit für eine weitere Tasse Kaffee.

Als ich mit dem heißen Getränk zurück an meinem Schreibtisch erscheine, blinkt da bereits eine ungelesene E-Mail in meinem Posteingang.

»Oh Mann!« Sie ist natürlich von Uwe.

KAPITEL 4

Liebe Sandra,

umso glücklicher bin ich, dass Du mich ausgesucht hast.

Dein treuer Uwe

Ich ziehe die Luft ein. Ich bin endgenervt, wie Ben sich ausdrücken würde. Mike hatte recht. Nicht den Troll füttern. Zu meiner Verteidigung muss ich sagen, dass Uwe nicht aufgehört hätte zu schreiben. Einen Versuch, ihn abzuschrecken, war es wert. Möglicherweise hätte ich ihn davon abbringen können, wenn er ein normaler, vernünftiger Mensch gewesen wäre. Hat nicht funktioniert. Offensichtlich ist er nicht vernünftig. Wütend lösche ich die Mail und all die anderen, die er mir geschrieben hat, und trinke meinen Kaffee. Der erste Schluck verbrennt mir den Gaumen.

Als mein Mann am Nachmittag endlich heimkommt, hat meine Stimmung einen Tiefpunkt erreicht.

»Was ist denn mit dir los?« Er empfängt mich mit hochgezogenen Brauen im Wohnzimmer. Ich liege auf der Couch und starre an die Decke.

»Ich hänge durch.«

»Wegen gestern Nacht?« Er kommt zu mir und gibt mir einen Kuss auf die Stirn.

»Nee. Der Tag war komisch. Dieser Typ hat sich wieder gemeldet und will mich einfach nicht in Ruhe lassen.«

Er setzt sich neben mich und sieht mich ernst an. »Was hat er geschrieben?«

»Ach, so wirres Zeug. Er ist total fixiert auf mich. Denkt, ich würde den Kontakt halten wollen.«

»Dann schreib ihm, dass du daran kein Interesse hast.«

»Das habe ich ja!« Ich presse die Lippen zusammen. Das ist mir zu schnell rausgerutscht. Mike hebt die Augenbrauen.

»Ja, ich weiß, was du gesagt hast. Ich hätte auf dich hören sollen.«

Er schmunzelt. »Zeig mir die Nachrichten mal.«

»Die habe ich gelöscht.«

»Wieso?«

»Weil ich mich so geärgert habe.«

»Gut, dann zeig mir die letzte, die du geschrieben hast.«

Wir stehen gemeinsam auf und ich zeige ihm meine gesendeten Nachrichten. Er scrollt nach unten und liest. »Ich denke, der Typ ist harmlos.« Sein abschließendes Urteil.

Ich bin enttäuscht.

»Der ist auf dich fixiert, ja, aber er klingt jetzt nicht gefährlich.«

»Woher weißt du das?«

»Im Grunde ist es doch alles schmeichelhaft, was er sagt. Er hat sich eben ein bisschen reingesteigert. Ignoriere ihn einfach.«

»Na, wenn du meinst.«

Er nickt und steht auf. »Wo ist Ben?«

»Er ist mit einem Kumpel mit dem Rad unterwegs.«

»Super! Dann habe ich ja ein bisschen Zeit für Sport.«

Mike sprintet die Treppe nach oben und ich weiß, dass er in seinen Bike-Klamotten stecken wird, wenn er wieder herunterkommt.

Eine neue Nachricht trudelt ein. Ich sehe sie auf meinem Handy. Uwe fragt, worum es in meinem neuen Roman geht. Das genügt. Wütend klicke ich auf Antworten. Ich will nicht vorher nachdenken, ob das eine gute Idee ist. Ich will meinem Ärger freien Lauf lassen können.

Bitte lassen Sie mich in Frieden!

Senden.

Mein Herz wummert und das Abschicken der Nachricht fühlt sich kein Stück befriedigend an. Eher, als hätte ich die Büchse der Pandora geöffnet. Mein Handy piept und signalisiert mir eine neue Nachricht über meinen Messengerdienst. Sie ist aus der Mütter-Chatrunde von Bens Schulklasse. Fassungslos lese ich den Aufruf unserer Klassensprecherin und die daraufhin eintrudelnden Nachrichten. Sie wollen sich für Änderungen bei der Schulspeisung stark machen. In Zukunft soll auf Fleisch völlig verzichtet werden. Begründet wird dies mit Medikamentenrückständen, religiösen Ansichten und allgemeinen gesundheitlichen Argumenten. Ich atme tief durch und schicke Irina einen Screenshot. Der Chat bewegt sich noch immer und es werden erste Stimmen laut, in diesem Zusammenhang ein Fisch- und Meerestierverbot durchzusetzen. Immerhin würden unsere Kinder dadurch Unmengen an Mikroplastik aufnehmen. Ich grüble gerade, welche Meerestiere außer Lachs jemals auf dem Speiseplan gestanden hätten, als ein Oben-ohne-Foto von Irina bei mir ankommt.

Im ersten Moment lache ich laut los. Dann wird mir allerdings mulmig zu Mute. Hat Irina ein Verhältnis und mir nur aus Versehen dieses Bild geschickt? Ich rufe sie an.

»Und?«, fragt sie völlig unverblümt.

»Und was?«

»Denkst du, ich sollte da was machen lassen?«

»Was? Tut mir leid. Ich verstehe dich überhaupt nicht. Wolltest du dieses Bild gerade an mich schicken?« Verwirrt setze ich mich auf einen Stuhl.

»Natürlich. Wem denn sonst?«

»Na, ich weiß nicht …«

»Stimmt was nicht? Du klingst so verwirrt.«

»Schon gut, Irina. Was willst du wissen?«

»Ich habe darüber nachgedacht, mir die Brüste machen zu lassen. Das hab ich dir doch geschrieben.«

Ich nehme das Handy vom Ohr und blättere durch den Chat. Um das Foto herum gibt es keinen derartigen Text. »Sorry, aber ich kann keine solche Nachricht von dir finden.«

»Oh.« Am Ende ist kurz Ruhe. »Du hast recht. Offensichtlich habe ich vergessen auf ›Senden‹ zu drücken. Na egal.« Sie fängt sich schnell wieder. »Was sagst du?«

Ich spüre, wie ein leichter Verspannungskopfschmerz aus dem Nacken über meinen ganzen Schädel zieht. Das liegt an der ausgiebigen Arbeit vorm PC. Ich muss mich mehr bewegen. Mit leichtem Pochen an der linken Schläfe sage ich: »Wenn du deine Brüste machen lassen müsstest, sollte ich über Enthauptung nachdenken.«

»Ach Quatsch!«, erwidert sie, während ich meine Augen schließe und mir die Schläfen reibe.

»Was sagt denn Theo dazu?«

»Was soll er schon sagen? Nicht, dass ich ihn wirklich um Erlaubnis fragen würde, doch er findet's geil.«

»Klar.« Ich verziehe das Gesicht. »Du, pass auf, ich muss Essen machen. Wenn du mich fragst, hast du es nicht nötig.«

»Verstehe. Na, mal sehen.«

Wir verabschieden uns und ich lege auf. Auf dem Display sehe ich, dass einige E-Mails eingetrudelt sind. Völlig unbekümmert öffne ich das Postfach. Schlagartig rückt die Wut von vorhin wieder heran und greift mit stachligen Klauen nach mir.

Uwe.

Er hat zwei E-Mails geschrieben. Das kann er vergessen. Ich lasse mich davon jetzt nicht runterziehen. Wenn ich die öffne, werde ich mich ärgern und es wird sein, als würde ich einen Liter Gift trinken. Nur gehe ich daran zugrunde, obwohl meine Hoffnung wäre, dass er zugrunde geht. Doch da Ärger nun einmal diesen verqueren umgekehrten Effekt hat, muss ich mich vorsehen. Ich lege mein Handy abgeschaltet auf den Tisch und gehe in die Küche, um das Essen vorzubereiten. Mikes Musik kann ich bis hierhin wummern hören. Er wird einen Riesen-Hunger haben, wenn er fertig ist. Ben wird ebenfalls in einer halben Stunde da sein, also spute ich mich.

Heute gibt es etwas Schnelles, ein bisschen Salat und Steak, dazu Knoblauchbrot. Aus dem Küchenfenster kann ich das Haus von Frau Pritschek sehen und mir kommen Irinas Worte wieder in den Sinn. Sie haben eine Alarmanlage. Wir nicht. Irinas und Theos Haus ist wie eine Festung geschützt, mit Kameras und allem Schnickschnack. Mindestens einmal im Monat geht bei ihnen ein Fehlalarm los. Vorzugsweise, wenn sie nach Hause kommt und mit ihren falschen Fingernägeln den Code eingegeben hat. Dabei vertippt sie sich gern. Dann ist die Sirene bis zu uns zu hören. Ich habe mich mittlerweile daran gewöhnt. Wir schauen nicht einmal mehr auf, wenn so etwas passiert, geschweige denn fragen bei ihnen nach. Da sie das selbst weiß, schaltet sie die Anlage oft nicht einmal mehr an. Zumindest, wenn sie zu Hause ist.

Vielleicht sollten wir uns ja einen Hund anschaffen. Mike ist dagegen, sich in seinem eigenen Haus überwachen zu lassen. Ein Hund könnte eine Alternative sein. Ich schneide die Tomaten und denke darüber nach, welche Rasse mir gefallen würde. Ein Familienhund sollte es schon sein. Ein Golden Retriever oder ein Labrador Retriever. Ben wäre begeistert und ich könnte mit diesem Vorschlag Pluspunkte sammeln.

»Ich hüpfe schnell unter die Dusche, Schatz.«

Mein Mann ist plötzlich hinter mir aufgetaucht und drückt mir einen Kuss in den Nacken. Er schwitzt stark und sein Shirt klebt ihm an der Brust. »Du guckst dir Hunde im Internet an?« Er hat mir über die Schulter gesehen.

»Wäre doch nicht schlecht. Dann wäre unsere kleine Familie endlich komplett.«

»Du willst dir einen Hund zulegen?«

»Ich habe zumindest drüber nachgedacht. Kinder sollten mit Tieren aufwachsen. Das ist gut für ihre Sozialisierung. Außerdem lernen sie so Verantwortung zu tragen.« Dass ich mich dann sicherer fühlen würde, sage ich nicht.

»Ich weiß nicht. Damit wäre das Thema Urlaub für Jahre passé.«

»Dafür gibt's doch Hundepensionen.«

»Als wenn du den da abgeben würdest.«

Ich zucke mit den Schultern. »Lass uns wenigstens mal darüber nachdenken.«

»Meinetwegen. So. Ich muss duschen.« Er dreht sich um und geht auf die Treppe zu, die ins Obergeschoss führt. In der Eingangstür höre ich einen Schlüsselbund klappern. Das ist Ben. Ich gehe ihm entgegen, weil ich ihn heute den ganzen Tag noch nicht gesehen habe. Nur kurz am Morgen und als er zwischen Schule und Kumpel bei uns für fünf Minuten Halt gemacht hat. Die Tür schwingt vor meinen Augen auf und ich sehe Ben, wie er strahlend dahinter steht, einen Strauß Rosen in der Hand.

»Wow! Was hast du denn da?« Ich gehe auf ihn zu und betrachte die wunderschönen, tiefroten, langstieligen Blumen.

»Klasse, oder? Die sind für dich.«

»Für mich?« Ich bin sprachlos, wie dieser süße kleine Junge mir den Strauß entgegenstreckt. »Das ist aber lieb! Wo hast du die her, mein Schatz?«

»Von der Tür.«

»Von der Tür? Was meinst du?«

»Die lagen hier vor der Tür. Ich habe sie nur aufgehoben.«

Meine Augen weiten sich. »Die lagen hier? Aber du hast doch gesagt, die sind für mich.«

»Ja. Das steht auf der Karte, die darauf lag.« Er streckt mir seine andere Hand entgegen, in der eine winzige Karte liegt, so groß wie die Kärtchen, die Weihnachten an die Geschenke kommen. Sie ist schneeweiß. Mit Herzklopfen klappe ich sie auf. Mit roter Tinte hat jemand geschrieben.

Ein Vorschuss auf den nächsten großen Roman. Von einem treuen Bewunderer

Ich lasse die Karte fallen, als hätte sie mich gestochen. Ekel kriecht meinen Rücken herauf. Hektisch ziehe ich Ben, der immer noch draußen auf dem Abtreter gestanden hat, rein und sehe mich um. Auf der Straße ist niemand zu sehen. Es ist schon fast vollständig dunkel. Da draußen rührt sich nichts.

»Was ist los?«, fragt er verdutzt.

»Hast du gesehen, wer das abgeliefert hat?« Ich schnappe mir die Karte und schließe die Tür schnell hinter ihm.

»Nein. Die lagen schon hier, als ich gekommen bin.«

»Na gut. Geh dir die Hände waschen. Das Essen ist in ein paar Minuten so weit.« Ich nehme mir die Blumen und hechte mit ihnen und der Karte nach oben zu Mike. Der steht trällernd unter der Dusche und massiert seine Kopfhaut.

»Mike?« Ich brülle, weil er mich sonst nicht wahrnimmt. Er schaut auf, blickt überrascht zu mir, dann zu den Blumen und lächelt.

»Komm mal raus.« Ich warte, bis er sich ein Handtuch geschnappt hat und vor mir steht.

»Die lagen vor unserer Tür. Ben hat sie gefunden.«

Mike runzelt die Stirn. »Von wem sind die?«

»Von einem treuen Bewunderer.« Ich zeige ihm die Karte.

»Nicht schlecht. Ich sage doch immer, du wirst noch ganz groß rauskommen mit deinen Büchern.« Sein Lächeln verzieht sich. »Woher weiß der, wo wir wohnen?«

Scheiße! Daran habe ich noch überhaupt nicht gedacht. Mir hat schon der Gedanke gereicht, dass Uwe die E-Mails aufgegeben hat, und mich jetzt persönlich kontaktiert. »Oh Gott!«

»Bleib ganz ruhig! Das ist vielleicht ein Missverständnis.«

»Ganz bestimmt nicht!« Ich höre, wie sich meine Stimme überschlägt. »Die ist von ihm! Da bin ich sicher!«

»Hat er dir noch mal geschrieben?«

Meine Gedanken gehen zurück zu den ungeöffneten Mails.

»Ja«, sage ich leise.

»Zeig her.« Er fängt an, sich abzutrocknen, und ich laufe nach unten, um mein Handy zu holen. In der Küche fällt mein Blick auf die frischen Steaks, die neben der Herdplatte liegen und darauf warten, angebraten zu werden. Ben sitzt im Wohnzimmer und blättert gelangweilt in einem Buch. Er hat sicher Hunger. Mit dem Handy in der Hand hetze ich wieder nach oben. Ich öffne den Posteingang und lese Mike die Nachricht vor, die mich vorhin so wütend gemacht hat.

»In Ordnung. Die geht ja, auch wenn er langsam lästig wird.«

Schuldbewusst ziehe ich mich in mein Schneckenhaus zurück.

»Und? Da ist doch noch mehr, oder?«

»Ja«, sage ich vorsichtig. »Mich hat diese Nachricht vorhin ziemlich aufgeregt, also habe ich ihm geschrieben, er soll mich bitte in Frieden lassen.«

»Wirklich? Ich hab dir doch gesagt, dass es besser ist, diesem Typen nichts zu schreiben.«

»Ich weiß, aber ich war stinksauer.« Ich fühle mich wie eine Vollidiotin. Ich habe es herausgefordert.

»Was ist dann passiert? Hat er noch was geschrieben?«

»Ja. Ich weiß aber nicht, was. Ich habe die Nachrichten noch nicht geöffnet.«

»Die Nachrichten?«

»Ja. Er hat zwei Mails geschickt.«

»Mann, oh Mann. Der Kerl ist hartnäckig. Zeig her.«

Ich reiche ihm das Handy zwischen zwei Fingern, als würde es beißen. Halte beinahe die Luft an, während er mit ernster Miene liest.

»Was schreibt er?« Ich bin mir kaum sicher, ob ich es wissen will.

»Soll ich vorlesen?«

»Okay.«

»Liebe Sandra, du bist sicher im Stress mit der Arbeit an deinem Buch. Ich kann mir keinen anderen Grund vorstellen, warum du dich so abscheulich mir gegenüber verhalten solltest.«

Ich lausche immer noch, doch mein Mann spricht nicht weiter.

»Und was noch?«

»Nichts weiter.«

»Hat er es nicht unterschrieben?«

»Nein.«

»Oh. Das klingt nicht gut.«

»Ach was.«

»Er ist sauer.«

»Na und? Was soll's?«

»Er wird nicht aufhören, mich zu belästigen.«

»Bleib bitte ruhig. Es geht hier nur um Nachrichten.«

Mein Blick wandert zu den Rosen. »Und was ist das da?«

»Wir wissen doch noch gar nicht, ob die von ihm sind.«

»Ich weiß nicht, wieso du mich nicht ernst nehmen willst.«

Mike stöhnt. Er öffnet die zweite Mail. Dieses Mal rast mein Herz. Ich kann es kaum bremsen.

»Lies vor!« Ich halte es kaum noch aus.

»Du kannst von Glück sagen, dass ich so ein treuer Fan bin.«

»Wieder nicht unterschrieben?«

»Nein.«

Mir ist schlecht.

Die Blumen vor mir strotzen vor Kraft. Ihre tiefrote Farbe brennt in meinen Augen. Ich spüre, wie mir schwindlig wird.

»Schatz? Du siehst ganz grau aus. Setz dich mal hin.« Mein Mann zieht mich runter auf den verkleideten Badewannenrand.

»Du solltest was trinken. Ich hol dir was.« Er geht zum Waschbecken und füllt den Zahnputzbecher mit Wasser. Mir wäre nach etwas Härterem.

»Trink das.«

Gehorsam leere ich das Glas. Mein Kreislauf fühlt sich von Minute zu Minute stabiler an. Er kniet sich neben mich.

»Hör zu. Das ist kein Drama. Der kann schreiben so viel, wie er will. Dann änderst du halt deine E-Mail-Adresse. Wichtig ist, dass wir herausfinden, wie er an deine Adresse kommen konnte, falls er tatsächlich der Absender dieser Blumen ist. Aber auch das ist kein Weltuntergang.« Mike schaut mir ernst in die Augen, lässt den Blickkontakt nicht abreißen und spricht langsam und deutlich. Er schafft es, mich zu beruhigen. Mein Unterleib schmerzt und alte Ängste kochen hoch.

»Die Mail-Adresse ist öffentlich. Die kann ich zwar ändern, aber dann muss ich eine andere öffentliche herausgeben.«

»In Ordnung. Aber du kannst seine Adresse blockieren oder im Spamfilter landen lassen.«

»Was bringt das noch? Er kann mich besuchen, wenn er will, oder einen Brief schreiben. Den muss er nicht einmal verschicken. Offensichtlich befindet er sich in unserer Nähe und muss ihn nur einschmeißen!«

Ich merke, wie ich wieder hochdrehe und kurz davor bin, hysterisch zu werden.

»Gut. Du hast recht. Ich glaube zwar nicht, dass der Typ mehr als lästig ist, aber ich könnte bei der Polizei anrufen und nachfragen, was man in so einem Fall tun muss. Vielleicht haben die Tipps oder können die E-Mail jemandem zuordnen.«

Das klingt vernünftig. Ich entspanne mich wieder.

»Lass uns erst mal essen und heute Abend, wenn Ben im Bett ist, überlegen wir gemeinsam, was wir als Nächstes tun wollen.«

Ich nicke heftig und bin unendlich erleichtert, dass Mike bei mir ist und auf meiner Seite steht. Meine Gedanken wandern zu einer Zeit zurück, in der ich mich allein durchboxen musste.

Ein Schauer läuft mir über den Rücken. Ich straffe mich, stehe auf und gehe essen machen.

Als ich schließlich mit den Steaks und dem Salat aus der Küche komme, fällt mein Blick auf die zweifelsohne wunderschönen Rosen, die in einer Vase auf dem Couchtisch stehen. Zwei Meter davon entfernt sitzen die beiden Männer am Esstisch und erwarten mich hungrig. Ein Kloß formt sich in meinem Hals.

»Was machen die da?«

Mike schaut mich unschlüssig an. Er hat augenscheinlich erkannt, dass mir das nicht recht ist. »Du meinst die Blumen? Ich hab es nicht übers Herz gebracht, sie wegzuschmeißen. Sie sehen wirklich teuer aus und können im Grunde nichts für ihren Absender. Ich hatte dich jetzt nicht gefragt, was wir damit machen wollen. Ich dachte, weil du Rosen so liebst, spenden sie dir, trotz der Umstände, ein bisschen Freude.«

Das stimmte. Ich liebe Rosen. »Ich finde es makaber.«

»Nun, wenn du willst, schmeiße ich sie weg.«

»Nein, schon gut.« Ich komme mir wie ein Unmensch vor. Erst habe ich den Fan auf den Plan gerufen und dann verschmähe ich die guten Rosen. Eine Weile esse ich schweigend. Ich muss zugeben, dass es mir ebenfalls leidgetan hätte, die Blumen zu entsorgen. Dennoch hätte ich mir mehr Rücksichtnahme gewünscht. Wieso sieht Mike die Dinge nicht so dramatisch wie ich? Liegt es an meiner Vergangenheit? Bin ich überempfindlich? Die E-Mails verunsichern mich. Der Einbruch nebenan und die Blumen ängstigen mich. Ich wünschte, Mike würde das sehen.

Ich blicke von meinem Teller auf und sehe, dass er mich beobachtet. Als mein Blick seinen kreuzt, lächelt er.

»Ich kann sie auch wegschmeißen, wenn du möchtest.«

Ich fühle mich ertappt. Er scheint genau zu wissen, was in mir vorgeht. Gott sei Dank! Ich habe ihm Unrecht getan. Meine Gefühle sind ihm nicht gleichgültig. Ich nicke, auch wenn es mir in der Seele leidtut für die schönen Blumen. Er sendet mir einen beruhigenden Blick und beginnt mit Ben ein Gespräch über ihre Pläne fürs Wochenende. Sie wollen gemeinsam eine Radtour machen. Darauf freut sich Ben schon seit Tagen. Meins ist das nicht. Ich werde die freie Zeit nutzen, um ein wenig zu schreiben oder die letzten schönen Stunden in unserem Garten zu genießen. Vielleicht kann ich mich sogar hinreißen lassen etwas gegen das Unkraut zu unternehmen, auch wenn ich glaube, den Kampf längst verloren zu haben.

Nachdem alle das Essen beendet haben, gebe ich Ben ein Küsschen und schicke ihn nach oben, um sich bettfertig zu machen. Mike hilft mir mit dem Geschirr in der Küche.

»Was hältst du von der Idee mit dem Hund?«, frage ich ihn.

Er reagiert nicht, sondern beginnt den Geschirrspüler zu beladen.

»Mike?«

Er schaut auf und sein Gesicht sieht aus, als würde er nach einer Formulierung suchen, die seine Gedanken am besten zum Ausdruck bringt. »Ich denke nicht, dass das die Lösung für unser Problem ist. Im Gegenteil. Ein Hund würde nur mehr Arbeit machen.«

Welches Problem? Was meint er?

»Welches Problem?« Ich sage es.

Er atmet hörbar aus und sieht mich dann eindringlich an.

»Dass du Angst im Haus hast und dass Ben einen Spielkameraden braucht.«

»Ben braucht doch keinen Spielkameraden. Er hat jede Menge Freunde im Dorf.«

»Du hast vorhin die Sozialisierung angesprochen. Dass mein Sohn Verantwortung übernehmen soll, et cetera. Du sprachst von der perfekten Familie. Nun. Ich denke, was uns da eher dem Ziel näher bringt, ist ein Geschwisterchen für Ben.« Seine Augen sind ernst, aber auch liebevoll. Kein Hinweis in seinem Gesicht deutet auf Unsicherheit hin. Er hat sich das genau überlegt. Gott weiß, wie lang er mir das schon sagen will. Reflexartig greife ich an meinen Bauch und ignoriere das Ziehen, das ich im Hals spüre. Ich kann die Narbe nicht spüren, doch ich weiß, dass sie da ist.

»Das ist unfair und das weißt du.«

»Ist es das?«

»Ja! Du weißt, wie ich dazu stehe.«

»Ja. Das weiß ich.« Seine Stimme nimmt einen enttäuschten Klang an.

»Warum reden wir dann darüber?«

»Weil es Zeit wird, dass du das alles endlich hinter dir lässt.«

Innerlich verschränke ich die Arme. »Ich glaube nicht, dass du das entscheiden solltest.«

»Sandra, wir sind eine Familie. Wir haben alle das Recht zu entscheiden, wo unsere Reise hingehen soll.«

»Aber nicht über meinen Körper hinweg!« Ich schmeiße den Lappen, mit dem ich eben noch die Arbeitsfläche abgewischt habe, in die Spüle, drehe mich um und gehe aus dem Raum. Am liebsten würde ich das ganze Haus verlassen, aber etwas hält mich davon ab. Einen Moment stehe ich vor der Eingangstür. Mike ist mir nicht gefolgt. Dann wird mir klar, dass es meine Angst vor dem ist, was da draußen sein könnte – die Einbrecher von gestern Nacht, der Blumenfreund, irgendein anderer Verrückter ... mein Atem verlässt stoßweise meinen Körper und ich kann ihn hören. Nein ... er wird dort sicher nicht sein. Da bin ich sicher, auch wenn ich ihn immer wieder nachts in meinen Träumen sehe.

Ich bin es leid! So leid, gebremst zu werden. Ich schnappe mir den Hausschlüssel und verlasse das Haus. Draußen ist es kühl geworden. Ein leichter Wind gleitet über meine nackten Arme und stellt die Härchen auf. Meine Schritte knirschen auf dem Kies. In der Ferne höre ich einen Güterzug über die Bahnstrecke rollen, die den alten Teil unseres Dorfes vom neuen trennt. Ich öffne unsere schmiedeeiserne Pforte und trete auf den Bürgersteig. Ich bin die Einzige hier.

Warum ich mich vorhin gefürchtet habe, weiß ich nicht. Die Straßenlaterne spendet ein angenehmes orangefarbenes Licht. Meine Umgebung wirkt eher friedlich als feindlich. Sie empfängt mich mit offenen Armen und spendet mir Trost. Die Nachbarhäuser stehen dicht und in jedem einzelnen brennt Licht. Teilweise kann ich sogar meine Nachbarn sehen, wie sie beim Essen sitzen oder durch ihr Wohnzimmer laufen. Frau Heinrich steht an ihrer Spüle und starrt mit einem Handtuch in der Hand blind nach draußen in die Dunkelheit, während sie einen Teller trocknet.

Ich gehe zu Irinas und Theos Haus. Das einzige in der Straße, in dem tatsächlich kein Licht brennt. Dennoch klingle ich. Wie erwartet öffnet mir niemand. Die beiden sind bestimmt zum Essen außer Haus. Sie haben keine Kinder und sind völlig ungebunden. Insgeheim hatte ich die Hoffnung gehabt, mich mit ihr austauschen zu können und ihren Rat zu Mikes Familienplänen einzuholen.

Was soll's?

Dann geh ich einfach ein Stück spazieren. Das wird mir ebenso guttun. Ich biege am Ende der Straße ab und folge der Hauptstraße Richtung Ortsausgang. Heute sind erstaunlich wenig Autos unterwegs. Ein einziges kommt mir entgegen, allerdings mit überhöhter Geschwindigkeit. Das machen sie gern. Die Hauptstraße führt wie ein Ring um das gesamte Dorf. Außen liegen Felder, Pferdekoppeln, ein Fischteich. Es gibt den Leuten das Gefühl, nicht mehr im Ort zu sein, und so rasen sie, um schnell ans Ziel zu kommen. Selbst die Anwohner. Ich habe Ben verboten, auf dieser Straße mit dem Rad zu fahren. Ich halte es für zu gefährlich.

Zu meiner Linken liegt der Friedhof. Der Mähroboter, der tagsüber auf der großen Rasenfläche vor dem Krematorium seine Kreise zieht, steht in der Ladestation. Eine Weile stehe ich auf der anderen Straßenseite und denke nach. Bin ich stark genug? Ich denke, ja. Entschlossen setzte ich einen Fuß vor den anderen und überquere die Straße.

Das rostige Eisentor am Eingang zum Friedhof knarzt, als ich es aufstoße. Es fällt hinter mir zu und schließt mich in dieser eigenen Welt ein. Hier herrscht Frieden. Kein Autolärm scheint bis hierhin vorzudringen. Ich höre nur das Rascheln in den Bäumen, wie sie sich sanft im Wind wiegen. Mein Oberkörper fröstelt und ich reibe mir die Arme. Ich werfe einen Blick zurück und sehe in der Ferne unser Haus und das von Irina. Unseres ist hell erleuchtet. Offensichtlich sind die Bewegungsmelder rundherum angegangen und die dazugehörigen Lampen brennen.

Das von Irina liegt verlassen da. Auf dem Friedhof gibt es keine Lampen, doch der Schein von der Straße und das Mondlicht genügen, um ausreichend sehen zu können. Ich blinzle. Meine Augen täuschen mich sicher, doch mit einem Mal sieht es aus, als würde in Irinas Garten jemand stehen und zu mir rübersehen. Ich schlucke. Ein komisches Gefühl ergreift mich. Ich ziehe mich weiter in die Dunkelheit zurück, zu den Grabsteinen, die in der ersten Reihe stehen. Einige sind so hoch, dass ich mich dahinter verbergen könnte, wenn ich wollte. Bei einem erneuten Blick kann ich niemanden mehr sehen. Ich muss mich getäuscht haben. Ich hätte schwören können, eine Frau gesehen zu haben.

Unter meinen Füßen knacken trockene Tannennadeln, die der Wind auf den Sandweg geweht hat, während ich an den Grabsteinen vorbeischlendere. An einem besonders schönen aus schwarzem Granit halte ich an. Meine Finger berühren die hochglänzende, polierte Oberfläche und ertasten die Vertiefungen der gravierten Lettern. Um mich herum ist es mucksmäuschenstill und ich höre nur meinen eigenen Atem, wie er langsam meinen Körper verlässt. Meine Narbe schmerzt stechend und ich fasse mit meiner rechten Hand an meinen Bauch, um sie zu berühren. Sie ist noch da – als hätte ich je daran gezweifelt! Einen Moment später lasse ich sie sinken, sehe mich um.

Ein letztes Mal gleite ich mit den Fingern über den Stein, spüre, wie kalt er ist, atme tief ein, um den Duft der Nadelbäume um mich herum aufzunehmen. Ich atme wieder aus und kann ihn sehen: meinen Atem, wie er einen kleinen Nebel formt, sich wegbewegt und verschwindet. Ist die Temperatur so stark gesunken in den letzten Minuten? Ich spüre plötzlich, wie die Nacht unbarmherzig auf die Erde drückt, alles einschließt, abkühlt und beherrscht. Mit einem Mal fühle ich mich allein und ungeschützt. Ich muss heim, bevor ich davon ergriffen werde. Ich werfe einen letzten Blick auf den Grabstein und eile davon.

Das Tor steht offen, als ich dort ankomme. Ich bin nervös, werfe einen Blick zurück und suche zwischen den Gräbern nach weiteren Besuchern. Doch dort herrscht nur Stille und Tod. Ohne es zu schließen, schlüpfe ich hindurch und überquere die Straße. Auf der anderen Seite steht eine

Laterne und sofort wird mein Herzschlag langsamer. Das Knarzen des Tores ist zu hören. Ruckartig drehe ich meinen Kopf nach hinten, höre aber nicht auf zu gehen. Das nächste Haus ist nicht weit entfernt. Da ist nichts. Es muss der Wind gewesen sein. Das Schloss ist alt und unzuverlässig.

Ich erreiche das erste Haus auf meinem Weg und fühle mich erleichtert. Dann kommt Irinas Haus und ich bedauere erneut, dass ich sie nicht besuchen kann. Ich könnte sie anrufen, doch will ich sie bei einem romantischen Abend mit ihrem Mann stören? Das kann bis morgen warten. Im Grunde habe ich mich schon wieder abgeregt. Mein Puls ist inzwischen völlig ruhig. Mike wird sich Sorgen machen. Er hatte keine Gelegenheit, mich zu kontaktieren. Das Handy habe ich zu Hause gelassen.

Als ich durch unsere Pforte das Grundstück betrete, sehe ich am Ende der Straße eine Person stehen. Sie sieht aus wie ein Mann, doch ganz sicher bin ich mir nicht. Ich habe den Eindruck, dass er dort gewartet hat, und jetzt, wo ich ihn ansehe, geht er weiter.

Kurz bevor ich die Haustür erreiche, wird sie vor meiner Nase geöffnet. Mike steht vor mir und ich erkenne zwei verschiedene Gefühlsregungen in seinem Gesicht: Ärger und Sorge. Ich gehe auf ihn zu und schlinge meine Arme um seinen Körper. Er zieht mich in seine und plötzlich muss ich weinen. Die Tränen rinnen mir aus den Augen und durchnässen das T-Shirt, das er trägt. Er zieht mich in den Flur und schließt die Tür.

»Das war heute alles ein bisschen viel. Tut mir leid.«

Ich nicke.

»Ich will dich nicht drängen. Ich weiß, ich habe dir das versprochen.«

Ich presse meine Lippen aufeinander und schluchze.

»Ich bemühe mich, mehr Rücksicht zu nehmen.« Er sagt diesen Satz ruhig und beherrscht, doch ich höre heraus, dass er einstudiert ist. Dass er nicht seiner tiefsten Überzeugung entsprungen ist, sondern eigens für mich geschrieben wurde.

»Nein.« Ich löse mich aus seinem Griff. »Du hast recht. Ich muss die Vergangenheit irgendwann hinter mir lassen.«

Er sieht mir in die Augen, als wolle er mich hier und jetzt festnageln. »Ist es dir ernst damit?«

»Ja«, sage ich schlicht. »Ich werde niemals vergessen, was mir angetan wurde, doch das soll nicht mein weiteres Leben bestimmen.« Ich schlucke einen Kloß hinweg. »Ich möchte eine schöne Zukunft haben. Mit dir und Ben.«

Er vergräbt sein Gesicht in meinen Haaren. »Du machst mich zum glücklichsten Mann, wenn du so etwas sagst.«

Ich weiß, was er meint. In diesem Moment fühle ich das Gleiche. Mein Unterleib pocht, doch jetzt ist es nicht die Narbe. Ich brenne danach, von ihm berührt zu werden. Er spürt es auch und zieht mich wortlos mit sich nach oben in unser Schlafzimmer. Ich werfe einen kurzen Blick über den Flur.

»Ben schläft schon«, haucht er mir ins Ohr und beginnt dann langsam, meine Jeans aufzuknöpfen. Nur wenige Sekunden hält er dieses gemächliche Tempo durch, dann wird er schneller und fordernder. Ich weiß, dass ich meinen Mann lange habe warten lassen. Ich kann mich nicht einmal erinnern, wann wir das letzte Mal miteinander geschlafen haben. Es ist zu lange her. Er stößt mich rückwärts aufs Bett und reißt mir mit einem Schwung die Hose von den Beinen. Die Dunkelheit in diesem Raum, in den nur das Mondlicht dringt, betört mich. Ich finde Mut, mich meinen Gefühlen zu stellen. Ich möchte es so gern, doch ich kann nicht vergessen, was passiert ist, auch, wenn es eine Ewigkeit her zu sein scheint.

Mike stöhnt am Fußende des Bettes und legt sich richtig ins Zeug und ich beschließe, ihm zuliebe über meinen Schatten zu springen. Ich werde mich mit der Zeit entspannen können. Der Spaß am Sex wird zurückkehren, ganz sicher. Doch wenn ich mich nicht dazu zwinge, dann wird es niemals so weit kommen. Also lasse ich mich fallen. Oder zumindest versuche ich es. Allzu tief komme ich nicht, obwohl ich immer wieder loslasse. Das wird mit der Zeit anstrengend und plötzlich schießen Bilder in meinen Kopf, wie ein Baby in mir heranwächst. Wie mein Bauch größer wird und wie ich ihn mit einem zweiten Leben in mir teile. Mit dem Sex ist es ja noch lange nicht getan.

Zu Mikes Zukunftsplanung gehört das Baby. Das Baby, das ich ihm verwehre, seit wir verheiratet sind. Schmerzhaft wird mir die Gegenwart meiner Narbe bewusst und ich muss schreien.

»Oh, entschuldige. Alles okay?«

»Ja. Ja. Alles gut.« Ich wüsste nicht, wie ich ihm sagen sollte, dass ich es mir eben anders überlegt habe. Ich kann das nicht. Das alles. Ich will ja glücklich sein, will diese Familie und im Grunde auch das Kind, das uns verbindet. Das Kind, das mich mit dieser Familie verbindet.

Doch wie?

Wie soll ich das schaffen?

Wie soll ich es aushalten, das alles von vorn zu durchleben?

Ich schreie laut in meinem Kopf, doch ich bin die Einzige, die das hört. Ich war immer die Einzige, die meine Schreie gehört hat. Die Einzige, die mir geholfen hat, sofern ich es überhaupt konnte.

Und wieder. Ich schreie, doch aus mir kommt kein Ton. Einzig Mike bringt gequälte Laute heraus, während er sich in mir ergießt. Das war es. Damit ist es entschieden. Ob daraus ein Traum oder ein Albtraum wird, muss die Zeit zeigen. Er lässt sich zu mir herunter gleiten und küsst mich befriedigt. Ich weiß, wie lange er darauf gewartet hat.

Dennoch fällt es mir schwer, mich mit ihm zu freuen. Ich muss unbedingt daran arbeiten. So kann es nicht weitergehen.

Mein Mann ist nicht schuld an meiner Misere, doch letztlich ist er der Leidtragende. Also küsse ich ihn und flüstere, wie schön es war. Er schmiegt sich an mich und streichelt mir meine Haare. Diese Zärtlichkeit ertrage ich momentan kaum, doch was soll ich tun? Sagen kann ich es ihm nicht. Das würde ihn verstören. Er kann sich nicht in mich hineinversetzen und das ist auch gut so. Außerdem will ich nicht, dass er aufgibt – mich und uns und unsere gemeinsame Zukunft. Wenn ich ihn halten will, das weiß ich, muss ich ihn glücklich machen. Nichts anderes versucht er seit dem Tag, an dem wir uns kennengelernt haben.

Nach einer Weile sagt er: »Ich würde morgen die Polizei kontaktieren, wenn dir das recht ist.« Ich schrecke hoch, weil ich zunächst nicht zuordnen kann, wovon er spricht.

»Ich meine wegen der Blumen.« Er hat meine Verwirrung verstanden.

»In Ordnung. Rufst du mich an, wenn das Gespräch beendet ist, und erzählst mir, was sie gesagt haben?«

»Na klar. Das mache ich.« Er dreht sich zu mir. »Du sollst aber wissen, dass du dir keine Sorgen machen brauchst. Ehrlich. Ich mache das nur, damit du beruhigt bist. Ich sehe in diesem Mann keine potentielle Gefahr. Aber ich weiß, dass mit deiner Vorgeschichte alles bedrohlicher wirkt.«

»Ich danke dir.« So richtig reicht mir das nicht. Es ist lieb von ihm, dass ihm meine Gefühle wichtig sind, doch ich wünschte, er würde mir nicht ständig meine Schwächen vor Augen führen. Und sind es überhaupt Schwächen oder habe ich einen Grund, besorgt zu sein? So ganz ist das für mich nicht geklärt.

»Ich werde daran arbeiten«, verspreche ich. »Vielleicht macht es Sinn, meine alte Therapeutin dazu anzusprechen.«

»Das ist eine fabelhafte Idee. Gerade, wenn wir uns dem Thema Nachwuchs widmen, kann sie dir helfen.«

»Ja …«

»Dann haben wir einen Plan für morgen. Ich rufe die Polizei an und du machst einen Termin mit der Ärztin.«

»Ist gut.« Ich habe keine große Lust, weiter über dieses Thema zu reden. Eigentlich hatte ich gehofft, es längst hinter mir gelassen zu haben. Unzählige Therapiestunden, EMDR-Sitzungen, um das Trauma zu verarbeiten. Was zurückblieb, war ein hohler Körper, Leere und die Erinnerung an einen Schmerz, den mir keine Traumatherapie der Welt nehmen kann. Sie haben ihn nur dämpfen können. Ich muss nicht in mich hineinhorchen um zu wissen, dass die Trauer noch da ist. Die Trauer, das Wertvollste verloren zu haben. Nichts kann diese Leere, die mich von innen verbrennt, wieder auffüllen. Auch kein weiteres Kind. Es klingt unbarmherzig, doch ich weiß nicht, ob ich bereit bin, erneut mein Herz an ein Kind zu hängen, das in mir heranwächst. Allein der Gedanke daran erfüllt mich mit Scham. Es fühlt sich an, als würde ich dich verraten. Meine Tochter, mein Leben.

Tränen laufen mir die Wangen herunter und ich drehe mich von Mike weg, der inzwischen friedlich neben mir eingeschlafen ist. Es fühlt sich so unendlich unfair an. Wieso sie? Wieso ich?

Als ich Mike kennenlernte, war ich längst von meinem damaligen Freund getrennt. Ich möchte nicht mal an seinen Namen denken, weil er es nicht wert ist, genannt zu werden. Der Tag, an dem ich ihn verließ, hat sich in mein Gedächtnis unauslöschlich eingebrannt, weil er mit dir verbunden ist. Wie könnte ich ihn jemals verdrängen.

Ich hatte den Fehler gemacht, auf einer Autofahrt mit ihm Schluss zu machen. Es war eine spontane Entscheidung, wenig durchdacht. Er hatte mich zum wiederholten Male mit irgendeinem Flittchen betrogen und mir war der Kragen geplatzt. Er ist völlig ausgeflippt, hat mich angeschrien und beschleunigte das Auto immer mehr. Außerhalb der Stadt hielt er plötzlich an, und ich nutzte die Gelegenheit, um aus dem Wagen zu springen. Ich hatte keinen Plan, wie ich nach Hause kommen wollte, nur dass ich wegwollte … weg von ihm. Doch das ließ er nicht zu. Über sein Eigentum würde noch immer er bestimmen, schrie er mich an, und folgte mir in den Wald, in den ich gerannt war. Es dauerte nur wenige Minuten, bis er mich erreicht hatte und mich so lang schlug, bis ich reglos liegen blieb - aufgehört hatte, mich zu wehren. Dann folgte die Vergewaltigung.

Ich fühle mich taub, als ich daran zurückdenke. Und ich fühle mich schuldig. Schuldig, dass ich es habe so weit kommen lassen. Schuldig, dass ich dir so einen Start ins Leben geschenkt habe und dass ich nicht verhindern konnte, dass man dich wieder daraus herausreißt. Schuldig, dass ich Mike keine bessere Frau sein kann, die Spaß am Sex hat und ihn glücklich macht. Also beschließe ich, Buße zu tun.

Möglicherweise kann ich all das irgendwann wiedergutmachen. Vielleicht erhalte ich heute Nacht eine neue Chance. Sollte ein Lebewesen in mir heranwachsen, werde ich es mit meiner ganzen Kraft lieben und ich werde es beschützen – dieses Mal, so wie ich meine Ehe immer beschützen werde. Komme, was wolle.

Draußen schaltet sich die Beleuchtung ein und ich verfolge an der Decke die Umrisse der Sträucher und Bäume vor dem Haus. Der Wind zerrt an ihnen und ich habe keine Zweifel daran, dass so eine Bewegung den Sensor ausgelöst hat. Mein Mann neben mir schläft tief und fest. Er ist sehr um mein Wohl besorgt, das weiß ich.

Doch er kann sich nicht in meine Albträume hineinversetzen. Mit der Zeit habe ich mich an sie gewöhnt. Nach und nach verlieren sie ihren Schrecken.

Langsam schaffe ich es loszulassen. Während ich in einen traumlosen Schlaf hinabgleite, habe ich das Gefühl, Schritte auf dem Kies zu hören.

KAPITEL 5

LÜNEBURGER MORGENPOST

Freitag, 10. September 2021

TOTES EHEPAAR NICHT IN QUERDENKER-SZENE AKTIV
von Yvonne Andresen

Die Gerüchte, denen zufolge das tote Ehepaar aus Lauenburg, das man in der Nacht vom 10. auf den 11. August in seinem Eigenheim gefunden hat, in der Querdenker-Szene aktiv war, konnten nicht bestätigt werden. Ebenso haben sich Aussagen, nach denen sie ihre Impfpässe gefälscht haben sollen, als falsch herausgestellt. Sowohl Anja als auch Christian D. waren zwei Mal nachweislich mit dem Wirkstoff Comirnaty des Pharmakonzerns Biontech/Pfizer geimpft. Von einer Corona-Infektion ist bisher nicht die Rede.

Weiterhin stellt der Tod der beiden Eheleute in den Vierzigern die Polizei vor ein Rätsel. Wie wir aus vertraulicher Quelle erfahren konnten, handelte es sich um einen unnatürlichen Tod. Fremdeinwirken ist bisher nicht ausgeschlossen worden. Die Polizei ermittelt.

Ich falte die Zeitung zusammen und bringe sie in die Küche. Bevor ich an diesem sonnigen Freitagmorgen meine alte Therapeutin anrufe, durchsuche ich das Internet nach einem geeigneten Caterer. Ich stelle fest, dass ein paar bekannte Firmen in den letzten Monaten pleitegegangen sind. Dennoch gibt es jetzt deutlich mehr Auswahl, weil fast jedes Lokal einen Lieferservice eingerichtet hat. Alle Partygäste habe ich vorhin noch einmal kontaktiert und sie darum gebeten, sich vor der Party testen zu lassen, falls sie nicht gegen den Virus geimpft sind.

Ich stoße auf ein italienisches Lokal mit Partyservice und rufe dort an. Die haben für das übernächste Wochenende eine Absage wegen Quarantäne reinbekommen und sind glücklich, dass ich mich gemeldet habe. Das lief ja einfacher als gedacht. Ich bitte sie, mir einfach die Liste der Speisen zu schicken, die sie für die andere Party geplant hatten. Wozu die Dinge unnötig für alle Parteien komplizieren.

Mein Mann ist im Homeoffice und ich höre durch die Glastür seines Arbeitszimmers gedämpfte Gespräche. Er telefoniert bereits den gesamten Morgen über. Ich bin neugierig, ob er die Polizei schon angerufen hat, doch ich weiß, dass es schlauer ist zu warten, bis er mir Bescheid sagt. Er mag es nicht, in seinem Refugium gestört zu werden. Also tue ich so, als wäre er nicht da, ganz so, wie er es sich wünscht, und fahre im Tagesplan fort. Das Lokal hat mir zugesichert, mir ein Rundum-Paket anzubieten, sodass ich mich um nichts weiter zu kümmern habe. Also stehe ich auf und arrangiere die Kissen auf dem Sofa neu, räume meinen Schreibtisch auf und putze noch schnell das Fenster, an dem ich immer sitze. Das ist viel zu verdreckt um rauszuschauen. Dann gestehe ich mir ein, dass ich mich davor drücke, bei der Therapeutin anzurufen, schnappe mir mein Handy, um mir ihre Nummer rauszusuchen. Mein Blick fällt auf die E-Mail-App, die direkt neben meiner Telefon-App liegt; ich bemerke die ungelesenen Nachrichten. Ich habe keine Wahl, als mein Postfach zu öffnen, auch wenn mir davor graut.

Die erste Mail ist von ihm.

Liebe Sandra,

haben Dir die Blumen gefallen?

Dein treuer Uwe

Sie waren von ihm. Nicht dass ich daran gezweifelt hätte. Die Nachricht kam mitten in der Nacht. Die nächste ist von heute Morgen sechs Uhr.

Liebe Sandra,

was kann ich tun, um wieder etwas von Dir zu hören?

Diese Nachricht ist nicht unterschrieben. Seine Worte jagen mir einen Schauer über den Rücken.

Er will etwas tun!

Was könnte das schon sein? Ich vermag es nicht, mir etwas vorzustellen. Es gibt noch eine dritte Nachricht. Mit zittrigen Fingern klicke ich sie an.

Ich weiß, dass du es nicht immer einfach gehabt hast. Ich würde niemals zulassen, dass dir etwas passiert.

Ich lasse das Handy fallen und kreische auf. Eine kleine Schockwelle durchläuft meinen Körper. Ekel folgt. Das kann nicht möglich sein. Niemand hier weiß etwas davon. Mike und ich sind erst nach meiner Genesung in diese Gegend gezogen. Selbst Ben haben wir nichts gesagt. Ich habe damals den Kontakt zu meinem gesamten Freundeskreis abgebrochen. Diese Leute taten mir nicht gut und hinderten mich indirekt daran, von vorn anzufangen. Familie habe ich nicht mehr. Wer also kann davon wissen? Wie hat er es geschafft, an diese Informationen heranzukommen?

Ja, ich bin eine Person des öffentlichen Lebens, wenn man so will, doch ich habe mich seitdem äußerlich verändert, schreibe unter einem Pseudonym und lasse nichts über mein Privatleben an die Öffentlichkeit dringen. Außerdem bin ich nicht so bekannt, dass ich in irgendeiner Art und Weise die Presse auf den Plan gerufen hätte. Niemand hat sich bisher die Mühe gemacht, etwas über mein Leben zu recherchieren und zu drucken. Mein Vorname ist das einzig Echte an meinem Pseudonym und deutet auf eine Frau hin. Der Nachname – meine favorisierte Weißweinmarke.

Dieser Mann weiß zu viel über mich und er hat augenscheinlich vor, noch viel dichter an mich heranzukommen. Mir wird heiß. Könnte es sein, dass er mich beobachtet?

Möglicherweise schon seit Längerem? Bei dem Gedanken wird mir schwindelig.

Mike kommt zur Tür herein. »Ich habe mit der Polizei gesprochen. Sie bedauern die Umstände, in denen wir uns befinden, doch sie können uns vorerst nicht helfen. Der Mann hat keine Straftat begangen und auch wenn er mit Uwe unterschreibt, so kennen wir seinen Klarnamen nicht. Die E-Mail-Adresse, die er benutzt, ist nichtssagend. Eine Aneinanderreihung von Zahlen und Buchstaben.«

»Können die denn nicht diese Adresse zu seinem Wohnsitz zurückverfolgen?«, frage ich.

»In den meisten Fällen geht das, wenn wir ihm keinen kriminellen Vorsatz unterstellen. Doch was ich versuche, dir zu sagen: Sie werden nicht tätig werden. Erst, wenn eine konkrete Bedrohung erkennbar ist.«

»Was hältst du hiervon?« Ich gebe ihm das Handy. Er scrollt durch die Nachrichten.

»Der lässt wirklich nicht locker.« Er sieht mich ernst an. »Jetzt wird er ziemlich konkret, oder?«

»Mike, er weiß es!«

»Ach was.«

»Wie bitte verstehst du denn diese Nachricht?«

»Vielleicht redet er von deinen Buchverkäufen. Ich meine, die sind ziemlich eingebrochen im letzten Jahr.«

Ich zucke zusammen. Das ist eine weitere meiner Achillesfersen.

»Er schreibt, er würde nicht zulassen, dass mir etwas passiert!«

»Ja, das klingt komisch.«

»Ich habe Angst, Mike. Woher weiß der davon?«

»Keine Ahnung.« Er schüttelt den Kopf und gibt mir das Handy zurück.

»Was mache ich denn jetzt?«

Er atmet langsam und hörbar aus. Ich sehe Ratlosigkeit in seinen Augen. Er kann mir nicht helfen. Wieder einmal stehe ich ganz allein da. Diese Erkenntnis trifft mich wie ein Vorschlaghammer.

Mike denkt nach.

»Was hältst du davon, ihm ein letztes Mal zu schreiben? Vielleicht kann man mit dem Mann reden.«

Zunächst sage ich überhaupt nichts. Mein erster Gedanke ist: Was für ein Schwachsinn! Doch dann wird mir klar, dass Mike recht haben könnte.

»Können wir das gemeinsam tun?«

»Klar. Wollen wir gleich?«

Ich nicke. Bedächtig, als würde das Schicksal der Nation auf meinen Schultern ruhen, gehe ich zu meinem Stuhl, setze mich, greife nach der Maus und aktiviere den Bildschirm aus dem Schlafmodus. Ich öffne mein Mailprogramm und schaue zu Mike auf, der neben mir steht.

»Warum fragst du ihn nicht einfach, was er gemeint hat? Dann haben wir Sicherheit. Außerdem brauchen wir etwas Handfestes, wenn die Polizei etwas unternehmen soll.«

»Mit wem hast du eigentlich gesprochen? Hast du Kriminalhauptkommissar Körber angerufen?«

»Ähh, nein. Es war die Dienststelle hier im Ort.«

»Das heißt, die wussten nichts über meinen Fall, als du mit ihnen gesprochen hast?«

»Nein.«

Das gefällt mir nicht.

»Ich habe darin keinen Nutzen gesehen. Zunächst einmal kannte ich die letzten Nachrichten von Uwe nicht und außerdem spielt es keine Rolle für ihre Entscheidung.«

Er hat vermutlich recht. Dennoch stört es mich, dass die Polizei nicht alle Fakten kennt. Ich drehe mich zurück zum Bildschirm und fange an zu tippen.

Lieber Uwe,

Deine letzte Nachricht hat mich verwirrt. Was hast Du gemeint, als Du von mir und den Dingen, die ich erlebt habe, gesprochen hast?

»So etwa?«

»Find ich gut. Und jetzt solltest du ihm freundlich eine Abfuhr erteilen.«

Ich tippe weiter.

Bitte habe Verständnis dafür, dass ich den Kontakt in Zukunft abbrechen muss. Mir ist mein Privatleben sehr wichtig. Das geht nicht gegen dich persönlich.

»Vergiss nicht, die Blumen zu erwähnen. Er hat danach gefragt.«

Ich rolle mit den Augen. Es geht mir gegen den Strich auch noch Rücksicht auf die Gefühle dieses Menschen nehmen zu müssen.

Die Blumen waren wunderschön, doch ich kann solche Geschenke nicht annehmen. Wir überschreiten hier eine Grenze zwischen Autor und Leser, die unbedingt gewahrt werden sollte.

»Du solltest Autorin schreiben.«

Langsam nervt es mich. »Reicht das so?«

Mike macht ein nachdenkliches Gesicht. »Du könntest dich noch für seine Aufmerksamkeit bedanken.«

»Jetzt gehst du wirklich zu weit! Ich stehe Ängste aus wegen diesem Mann und du willst, dass ich mich bedanke?«

»Ich glaube, dass du ihn auf deiner Seite haben solltest.«

»Aber da ist er doch schon! Ich will ihn loswerden.«

»Das scheint aber nicht zu funktionieren. Er muss verstehen, was du willst. Offensichtlich ist das bisher nicht der Fall.«

Gereizt ziehe ich die Luft zwischen meinen Zähnen ein. »In Ordnung.«

Ich danke dir für die Aufmerksamkeit und natürlich auch die Blumen. Es war nett, dich kennengelernt zu haben. Jetzt wird es allerdings Zeit, Lebewohl zu sagen. Ich wünsche Dir alles erdenklich Gute.

Sandra.

Gespannt schaue ich zu Mike, der anerkennend nickt. Dann drücke ich auf ›Senden‹.

»Ich denke, das war eine gute Idee.«

»Wollen wir es hoffen.« Ich weiß noch nicht wirklich, wie ich mich dabei fühle. Abwarten.

»Was hast du jetzt vor?«

»Ich werde Doktor Feldmann anrufen, denke ich.« Es wird Zeit, dass ich den Tatsachen ins Auge sehe.

»Mach das. Ich arbeite noch ein bisschen und wenn Ben nachher von der Schule kommt, geh ich mit ihm einkaufen.«

»Ich danke dir.« Er küsst mich auf den Kopf und geht.

Schließlich suche ich die Nummer der Ärztin heraus. Es ist gegen Mittag und ich habe die Hoffnung, dass sie gerade Pause macht und ans Telefon geht. Nach dem sechsten Klingeln hebt sie ab.

»Hallo, Frau Doktor Feldmann. Ich weiß, es ist schon eine ganze Weile her, doch vielleicht erinnern Sie sich an mich. Mein Name ist Sandra ...«

»Frau Lindheim! Natürlich. Wie könnte ich Sie vergessen?«

Ich schlucke. »Ich hatte die Hoffnung, wieder in die Therapie kommen zu können. Es gibt da einige Dinge, die ich gern besprechen würde.«

»Wollen wir es wieder versuchen? Das würde mich freuen.«

Ich fühle mich schuldig. Die Therapie abzubrechen, war meine Idee gewesen. Sie hatte mich eindringlich ersucht weiterzumachen.

»Wann könnten Sie mich denn dazwischenschieben?«

»Lassen Sie mich nachsehen. Es ist nicht so einfach. Ich bin mehrere Wochen im Voraus ausgebucht.«

Meine Hoffnung sinkt, dass mir geholfen werden kann.

»Was halten Sie von Dienstag?«

»Nächste Woche? Sie sagten doch, sie wären ausgebucht.«

»Tatsächlich.« Sie räuspert sich. »Ich halte es für wichtig, dass wir beide sprechen. An diesem Tag arbeite ich normalerweise verkürzt. Es erscheint mir jedoch unerlässlich, dass Sie Ihre Behandlung fortsetzen können. Ich sehe mich hier in der Verantwortung, Sie in einen stabilen Zustand zu versetzen.«

»Sie denken, dass ich das nicht bin?«

»Lassen Sie mich das beurteilen, wenn wir unseren ersten Termin haben, okay?«

»Gut.« Ich notiere mir die Uhrzeit und lege auf. Dann rufe ich Irina an. Sie ist mir immer eine Stütze, wenn ich mich schlecht fühle. Sie geht sofort ans Telefon.

»Das ist ja gruselig!«, sagt sie, nachdem ich ihr die Sache mit Uwe geschildert habe. »Er hat dir Blumen schicken lassen?«

»Nun, das ist natürlich möglich. Bisher habe ich befürchtet, dass er sie selbst hierher gelegt hat. Aber jetzt, wo du es sagst … es kann sein, dass er gar nicht in der Gegend wohnt und jemanden beauftragt hat.«

»Du solltest bei unserem örtlichen Blumenladen anrufen und nachfragen.«

»Meinst du nicht, dass die geklingelt hätten? Die legen solche teuren Blumen doch nicht einfach vor die Tür.«

»Wenn es so in der Anweisung stand. Möglich ist alles. Manchmal findest du einen Aufkleber des Blumenladens am Strauß. Das hilft dir weiter.«

»Ich glaube nicht, dass so etwas dran war.«

»Ich würde trotzdem nachfragen.«

»Hast recht. Das mache ich.«

»Lass dich nicht unterkriegen, Süße! Alles wird gut.«

»Ich weiß nicht.«

»Na klar. Vertrau mir.«

»Das mache ich.«

»Beschäftige dich lieber mit der Party. Hast du denn schon alles zusammen?«

»Ja. Sein Geschenk wird am Morgen geliefert und einen Caterer habe ich im Auge. Unsere Haushaltshilfe Ilse kommt vorher noch mal. Alle Freunde wissen Bescheid. Ebenso die Nachbarn, die nicht eingeladen sind.«

»Sehr gut. Ich muss leider etwas Essig in deinen Wein gießen. Wir werden es nicht schaffen.«

»Was? Ihr könnt nicht kommen?« Das macht mich schlagartig traurig. Ohne Irina schaffe ich das nicht. Die meisten Gäste sind Mikes Freunde oder Leute, die wir als Paar treffen. Ich habe nur eine einzige enge Freundin und das ist Irina.

»Sei nicht böse. Theo muss geschäftlich nach Florenz, irgendeine Fusion vorbereiten, und er hat mich gefragt, ob wir an dem Wochenende davor schon gemeinsam hinfliegen wollen.«

»Aber ihr kennt das Datum doch schon eine Weile. Muss das denn sein?« Ich bin wütend. Sie lässt mich einfach hängen. Dabei weiß sie doch, wie wichtig mir diese Party ist. Seit Monaten freue ich mich darauf, meinen Mann zu überraschen. Lange haben wir aufgrund der Kontaktbeschränkungen im letzten Jahr überhaupt niemanden einladen können. Und da gibt es endlich mal wieder einen Anlass zum Feiern und ihr ist es nicht wichtig genug. Ich fühle mich von ihr im Stich gelassen.

»Theo würde ohnehin am Sonntag abfliegen. Bitte sei nicht sauer. Es ist gut für unsere Ehe, wenn ich ihn begleite und wir ein paar Tage für uns in dieser romantischen Stadt verbringen können. Wir haben das dringend nötig. Wenn ich gewusst hätte, was so ein Investmentbanker um die Ohren hat ... na ja. Du weißt, wie es im letzten Jahr um unsere Ehe gestanden hat.«

Ich spüre einen Stich im Herzen. »Ja, ich weiß.«

»Bitte hab Verständnis.«

Ich schmolle noch, doch schließlich bleibt mir nichts anderes übrig als zu akzeptieren, wie die Dinge nun mal liegen. Wir verabschieden uns voneinander und ich lege das Handy beiseite. Meine Arbeit wartet auf mich. Ich habe heute noch keinen Finger gerührt. Die Geschichte lenkt mich ab und nur zu gern flüchte ich mich in das Leben meiner Protagonistin, um nicht weiter über mein eigenes nachdenken zu müssen.

Als ich fertig bin, klingelt es an der Tür. Es ist Ben, den die Schule ins Wochenende entlassen hat.

»Dein Vater möchte gleich mit dir zum Einkaufen fahren«, erkläre ich ihm, als er mich fragt, ob er seinen Freund besuchen darf.

»Oh nö! Kannst du ihn nicht fragen, ob er das allein macht, Sandra?«

»Frag ihn lieber selbst.«

Er lässt die Augenlider auf halber Höhe hängen, verzieht altklug den Mund und tritt ein.

»Erst die Hände waschen, mein Schatz.«

Er ist schon auf dem Weg. Ich muss gestehen, dass Mike und seine erste Frau den Jungen sehr gut erzogen haben. Das könnten wir möglicherweise auch. Ein gemeinsames Kind würde uns enger zusammenschweißen. Wir wären uns dann noch näher. Ich greife mir an den Bauch und denke darüber nach, wie es sein könnte. Irgendwie taucht der Golden Retriever trotzdem in meiner Version eines perfekten Familienlebens auf.

Mein Handy signalisiert mir das Eintreffen einer E-Mail. Ich öffne sofort mein Postfach. Sie ist von dem italienischen Restaurant und beinhaltet das Angebot nebst Speisekarte und möglichem Ablaufplan. Das sieht hervorragend aus. Ich brauche nicht lang, um mich zu entscheiden. Das buche ich.

Plötzlich klingelt es. Durch die schmalen Scheiben links und rechts neben der Eingangstür, kann ich die Tochter unserer Nachbarin Frau Pritschek davor stehen sehen.

»Hi, wie geht es euch?«, frage ich in dem Moment, in dem ich ihr die Tür öffne. Sie sieht übernächtigt aus. Die braunen Haare hat sie praktisch zu einem Pferdeschwanz gebunden. Ihre Klamotten wirken bequem.

»Na ja.« Sie betritt unseren Flur. »Mama ist jetzt wieder zu Hause. Das wollte ich euch nur sagen, bevor ich heimfahre.«

»Komm, wir setzen uns eben ins Wohnzimmer. Magst du was trinken?«

»Nein, danke. Ich muss auch gleich wieder rüber.«

»Wie geht es ihr?«

»Sie nimmt es erstaunlich gelassen. Ich denke, das bringt das Alter mit sich. Sie hat keine Angst mehr.«

»Bewundernswert. Und gut für sie. Ich hatte befürchtet, dass sie Angst haben würde, nach dem Einbruch allein zu wohnen.«

»Überhaupt nicht. Ich denke, sie hat in ihrem Leben schon zu viel erlebt, als sich davon verunsichern zu lassen.«

Ich nicke.

»Trotzdem habe ich jemanden beauftragt, Bewegungsmelder rund um ihr Haus anzubringen und wir werden Fenster und Türen besser sichern lassen. Das Haus ist noch aus den Siebzigern. Da kannst du mit einem Schraubendreher einbrechen.«

Frau Pritscheks Tochter ist nur ein paar Jahre älter als ich. Ihre Mutter muss in den späten Vierzigern gewesen sein, als sie mit ihr schwanger war.

»Ich hatte vermutet, dass ihr sie eine Weile mit nach Frankfurt nehmt.«

Sie schüttelt den Kopf. »Das will sie nicht. Sie will in dem Haus bleiben, das Papa gebaut hat.«

»Versteh ich.«

»Ich habe einen Pflegeservice engagiert, der ab sofort rund um die Uhr nach ihr sieht. So kann ich wenigstens ein bisschen ruhig schlafen.«

»Weshalb war sie denn in der Klink?«

»Sie war ohnmächtig geworden und der Postbote hat sie vor dem Haus im Beet gefunden. Danach musste sie für ein paar Tage zur Beobachtung in die Klink. Entdeckt haben sie nichts.«

»Hmm. Hat die Polizei schon irgendetwas herausgefunden?«

»Nichts. Sie gehen davon aus, dass die längst über alle Berge sind. Sie haben ihren ganzen Schmuck mitgehen lassen, inklusive dem Ehering von Papa. Das macht ihr tatsächlich am meisten zu schaffen.«

Mein Herz fühlt sich an wie in einem Schraubstock. In der Ferne höre ich den vertrauten Handy-Ton für eine neue E-Mail. Das wird sicherlich Uwes Antwort sein. Neugierde packt mich. Was wird er geantwortet haben? Woher kennt er meine Vergangenheit und wie viel weiß er tatsächlich? Nervös sehe ich Frau Pritscheks Tochter an.

»Ich melde mich bei euch, sobald es Neuigkeiten gibt. Mir ist nur wichtig, dass ihr die Augen offen haltet. Mama ist trotz ihrer Stärke in keiner guten Verfassung«, sagt sie wie aufs Stichwort und erhebt sich.

»Das ist doch selbstverständlich!«, sage ich und folge ihr erleichtert zur Tür. Mike und Ben kommen ebenfalls und begrüßen sie. Mike hält kurz Small Talk. Dann gehen sie zum Auto. Mike muss Ben überredet haben, ihn zu begleiten, denn sie steigen beide ins Auto ein und fahren davon.

Ich schließe die Tür hinter allen dreien und eile fast überstürzt in mein Arbeitszimmer, wo mein Handy liegt.

Liebe Sandra,

...

Uwe beginnt nach wie vor freundlich. Das lässt mich aufatmen, da ich Schlimmeres vermutet habe.

... *Ich habe dir ja bereits zugesichert, dass mir dein Wohl am Herzen liegt ...*

Gott sei Dank! Er ist nicht sauer.

... *Jemand wie Du sollte glücklich sein dürfen. Du schenkst so vielen Menschen mit Deiner Kunst Freude, da ist es das Mindeste, wenn Du dasselbe mit gleicher Münze zurückerhältst. (Ich meine die Blumen.) ...*

Er hat einen Smiley dahintergesetzt.

... *Sei nicht so streng mit Dir. Lass es zu, dass man Dir etwas Gutes tut und zwing Dich nicht, an Konventionen festzuhalten.*

Dein treuer Uwe

Damit hat er jetzt bestimmt meine Abfuhr gemeint. Was ist los mit dem Mann? Wieso perlt alles von ihm ab, was ihn verjagen soll? Welches Übereinkommen meint er? Bezieht er sich auf gesellschaftliche Regeln oder denkt er an Mike, mich und unsere Ehe? Das klingt mir alles zu passiv. Es sieht ja gerade so aus, als hätte ich mich nicht selbst entschieden, mich von ihm zu distanzieren. Das macht mich eher wütend, als dass es ängstigt.

Ich gehe in die Offensive. Ohnehin ist es Zeit, mit dem Fuß auf den Boden zu stampfen. Doch ich will es sachte angehen. Noch weiß ich nicht, was ich wissen will und muss.

Du hast meine Frage nicht beantwortet.

Ich finde, das reicht völlig und drücke auf ›Senden‹. Die Antwort lässt nicht lang auf sich warten.

Du dafür aber meine. Im Grunde möchtest du mir schreiben.

Nein! Nein! Nein! Nein! Nein! Das kann doch nicht wahr sein! Das muss ich beantworten.

Ich möchte wissen, wovon du sprichst. Bevor ich das nicht weiß, werde ich keinerlei Antwort mehr geben.

Bisschen radikal vielleicht. Wenn ich ehrlich bin, weiß ich, dass ich das nicht durchhalten werde. Zu sehr hasse ich lose Enden. Eine Weile warte ich, doch es passiert nichts. Das ist vermutlich gut, doch auch etwas beunruhigend. Was hat das zu bedeuten?

Ich muss mich beschäftigen. Ich befürchte jedoch, dass mich die Schreiberei nicht ausreichend ablenken würde. Ich beschließe, joggen zu gehen. In meinen Sportklamotten verlasse ich das Haus, öffne die Pforte und laufe den kleinen Hügel hinauf. Der Straße folge ich immer weiter Richtung Dorfkern. Einige gewaltige graue Wolken haben sich vor die Sonne geschoben. Sofort wird es kühler. Die Luft streift beruhigend über meine Wagen und auch, wenn die Bewegung meinen Puls nach oben treibt, werde ich ruhiger. Ich laufe an perfekt gedrillten Vorgärten vorbei. Sie stellen meinen eigenen weit in den Schatten. Prall blühende Hortensien in penibel gepflegten Rindenmulchbeeten, Wolken aus Astern und Garteneibisch in allen Pastelltönen. Der Herbst steht vor der Tür. Das lässt sich nicht leugnen. Zu meiner Rechten erstreckt sich ein riesiges Grundstück mit alten Kiefern und Eichen. Es ist rund sechs Mal so groß wie unser eigenes. Ein privater Weg führt vom stets offenen Tor hinauf zu einem kleinen Haus, das auf einer Lichtung mit leichter Anhöhe steht. Das Grundstück muss ein Vermögen wert sein, doch ich schätze, es gehört dem Besitzer seit Jahrzehnten. Er wird es erworben haben, als die Preise in dieser Gegend noch im Keller waren. Das Haus gibt mir recht. Es ist ein Klinkerbau aus den späten Siebzigern.

Langsam wird es dunkler, auch wenn es noch nicht so spät am Tag ist, vielleicht gerade einmal sechs Uhr. Doch die Wolken verdunkeln nach und nach den Himmel und verbreiten eine herbstliche Stimmung. Weit vor mir geht eine Frau mit einem Hund an der Leine. Sie trägt eine dünne Strickjacke und ihr Hund sieht aus wie ein Welpe. Aufgeregt wieselt er zwischen Zäunen und Bordsteinkante hin und her und kann kaum genug von seiner Umwelt bekommen, die er begierig beschnüffelt. Als ich näher komme, ist sie stehen geblieben. Ihr Hund, ein kleiner grauer Labrador, hat auf dem Gehweg etwas entdeckt, das seine volle Aufmerksamkeit erfordert.

Wir befinden uns kurz vor einer Kreuzung und ich lege ein bisschen an Geschwindigkeit zu, um an ihr vorbeizulaufen und dann links abzubiegen. In dem Augenblick, als ich mit beiden auf einer Höhe bin, bricht ihr Hund nach links aus und drängt zu der Eibenhecke, die an das dazugehörige

Grundstück grenzt. Es ist zu spät abzubremsen. Mein angewinkelter Fuß verfängt sich in der Leine wie in einem Fallstrick und reißt mich unbarmherzig zu Boden. Der Hund jault, weil er so abrupt vom Objekt seiner Begierde weggezerrt wurde, und klatscht gegen mich. Ausgestreckt mit schmerzenden Knien liege ich auf dem staubigen Pflaster und bemühe mich um Atem.

»Oh Gott. Ist Ihnen was passiert?«, fragt die Frau, die sich nun als eine Mittsechzigerin entpuppt. Sie hat kurzgeschnittenes graues Haar, eine blasse, fast durchscheinende Haut, die ihr ein vornehmes Äußeres verleiht und trägt praktische, aber kostspielige Kleidung. Sie ruft ihren aufgeregt schnüffelnden Hund zur Ordnung, während der den Weg zu meinem Gesicht gefunden hat und versucht, mir seine nasse Schnauze gegen die Wange zu drücken. Hektisch entwirrt sie die Leine von mir.

»Ja. Autsch! Ich denke.« Das Aufstehen tut ein wenig weh. Ich bewerkstellige es trotzdem – gebrochen ist nichts. Meine Knie schmerzen beim Gehen und ich habe mir die rechte Hand ziemlich aufgeschürft. Die dazugehörige Schulter meckert ebenfalls, als ich meine Glieder strecke, um wieder in Bewegung zu kommen.

»Kann ich Ihnen helfen?«, höre ich plötzlich hinter mir. Schnell drehe ich mich um und sehe einen Mann, der aus dem Nichts aufgetaucht ist. Ich komme mir mit einem Mal ziemlich tollpatschig vor und werde rot.

»Das ist nett, aber, nein danke. Es ist alles in Ordnung. Wirklich«, sage ich noch einmal in Richtung der Frau, die unschlüssig aussieht, ob sie mich so zurücklassen kann.

»Nichts passiert.«

»Bitte verzeihen Sie. Mein Hund ist noch ganz jung. Er hört überhaupt nicht. Am Montag gehen wir zur Hundeschule.« Sie lächelt. Und auch ich muss lächeln, weil mir mein Plan wieder einfällt, unsere Familie um einen Hund zu bereichern.

»Er ist ein süßes Kerlchen«, sage ich und tätschle dem Hund den Kopf. Beim Hochkommen zieht es in meiner Schulter und ich stoße einen leisen Pfiff aus.

»Na? Seien Sie vorsichtig. Sie haben sich bestimmt etwas gezerrt«, sagt der Mann neben mir.

»Schon gut.« Ich signalisiere der Frau, dass sie sich keine Sorgen machen muss, schüttle den Kopf, lächle. Sie nimmt diese Geste dankbar an und verabschiedet sich, nicht ohne mir noch alles Gute zu wünschen.

Der Mann sieht mich an. In seinem Blick liegt Sorge und noch etwas anderes. Ich bin nicht ganz sicher. Er hat dichtes braunes Haar, einen Dreitagebart, trägt eine braune Lederjacke über einem schlichten schwarzen T-Shirt und schenkt mir ein unwiderstehliches Lächeln. Ich schätze ihn auf Ende dreißig.

Meine Verletzlichkeit in diesem Moment ist mir unangenehm, also stelle ich mich aufrecht hin, auch wenn es wehtut, und lächle ihn entspannt an.

»Der Hund ist mir einfach vor die Beine gelaufen. Ich hatte keine Chance.«

Er schmunzelt.

»Wirklich!« Ich hoffe inständig, dass er meinen ungeschickten Sturz nicht von Anfang an beobachtet hat. Er hebt die Hand und kommt ein Stück dichter. Ich zucke zusammen, als er mein Gesicht berühren will. Er zieht sie ein bisschen zurück.

»Sie haben Dreck an der Stirn.«

Erneut steigt mir die Hitze in den Kopf. »Ach so«, flüstere ich.

Er kommt wieder näher und wischt ihn beiseite. Jetzt wird mir klar, was das in seinem Blick ist. Es sieht aus wie Zuneigung. Wie kann das sein? Ich gebe zu, dass ich seit seinem Auftauchen das Bedürfnis verspüre, ihm zu gefallen. Doch das liegt an seiner Attraktivität in Kombination mit meiner misslichen Lage. Er hat was von einem Retter in der Not. Um dem Ganzen die Krone aufzusetzen, fragt er mich nun noch, ob er mich zumindest nach Hause begleiten kann. Ich sage ihm, dass das nicht nötig und völlig übertrieben sei, doch er besteht darauf. Also drehen wir uns um und gehen die Straße zurück, die ich gekommen bin. Gott weiß, aus welcher Richtung er kam oder wo er hinwill. Eilig scheint er es nicht zu haben, wenn er in Kauf nimmt, mich durch das halbe Dorf zu begleiten.

»Wohnen Sie hier?«, frage ich neugierig.

»Nein. Ich wollte meine Schwester besuchen.«

Hmm. Er hat nicht ›Freundin‹ gesagt. Was zur Hölle mache ich mir darüber Gedanken?

»Dann werden Sie zu spät kommen«, sage ich.

»Das ist kein Problem. Erst will ich sichergehen, dass Sie heil zu Hause ankommen.«

»So schlimm war es wirklich nicht.«

»Sie sind doch mit dem Kopf aufgeschlagen.«

»Nein, ach. Mich hat es im Ganzen umgerissen.«

»Von meinem Standpunkt sah es so aus, als hätten Sie mit Ihrer Stirn den Boden geküsst.«

»Fühlt sich aber nicht so an.« Ich reibe mit der Hand unter dem Haaransatz entlang. Er muss sich irren. Trotzdem eine nette Geste, die ich ihm im Grunde nicht ausreden mag.

»Wohnen Sie schon lange in diesem Dorf?«, will er wissen.

»Ein paar Jahre.«

»Muss schön sein, sich mit der Familie hier niederzulassen.«

»Das ist es«, bestätige ich seine indirekte Frage. Er nickt.

»Ist jemand bei Ihnen, wenn Sie jetzt heimkommen?«

Ein bisschen weit geht das mir für meine Begriffe schon.

»Ich denke, ja«, antworte ich, auch wenn ich nicht weiß, ob Mike schon wieder zu Hause ist.

»Sehr gut.« Wie automatisch verlangsamt er seine Schritte vor unserem Haus. Oder bin ich es gewesen, deren Körpersprache verraten hat, wo ich wohne. Sein Blick fällt auf die Biomülltonne, deren Deckel immer offen ist und die ganz hinten neben unserem Schuppen steht. Die langstieligen Rosen ragen daraus hervor.

»Wunderschöne Blumen. Hatten Sie Geburtstag?«

»Nein.« Mehr weiß ich nicht zu erwidern. »Ich danke Ihnen für die Hilfe.« Ich gebe ihm die Hand und wir verabschieden uns.

Als Ben am Abend schläft, denke ich wieder über diese seltsame Begegnung nach. Wie aus dem Nichts ist er aufgetaucht und nicht von meiner Seite gewichen, bis ich zu Hause war. Bei aller unterstellter Hilfsbereitschaft … ich würde keinem mir nahestehenden Menschen in meiner Umgebung zutrauen, dass er sich so aufopferungsvoll um eine Fremde kümmert. Insbesondere, wenn nichts passiert ist.

Seit meiner letzten Droh-E-Mail hat Uwe nicht geantwortet. Auf der einen Seite bin ich erleichtert. Auf der anderen fühle ich mich angespannt. Er kann mich nicht täuschen. Das Spiel ist bestimmt noch nicht vorbei. All meine Versuche, ihn abzuschrecken, sind fehlgeschlagen. Wieso sollte eine simple Frage zum Erfolg führen? Was weiß er von mir?

Ich setze mich vor meinen Computer und versuche, für eine Weile in die Tiefen meiner Geschichte abzutauchen. Der Plot langweilt mich irgendwann, und ich überlege, wie ich ein wenig mehr Würze in das Leben meiner Protagonistin bringen kann.

Da erscheint eine E-Mail. Völlig neutral, ja unschuldig wird sie mir in der Menüleiste neben meinem Schreibprogramm angezeigt. Ich öffne mein Postfach und stelle fest, dass die Nachricht von Uwe ist. Ungewollt habe ich ein Bild von ihm vor Augen, während ich die Nachricht lese. Er ist groß, hat eine gesunde Hautfarbe, einen Dreitagebart und dichtes, leicht gewelltes, braunes Haar. Dieser Uwe jagt mir auf einmal keine Angst mehr ein und ich bin gespannt darauf, was er mir schreibt.

Liebe Sandra,

es gibt keinen Grund mir zu drohen ...

So ein Mist. Er fühlt sich angegriffen.

... Ist es nicht in Deinem Sinne, dass ich Interesse daran habe, etwas über die Frau, die ich bewundere, herauszufinden? Es tut mir leid um Deinen Verlust. So viel möchte ich Dir sagen. Ich hoffe, du hast immer noch Freude an den Blumen.

Ein treuer Freund

Ich atme ein. Er hat die Blumen erwähnt. War das ein Hinweis oder weiß er nicht, dass ich sie weggeschmissen habe? Und wenn er der gutaussehende Fremde ist, wieso ist er immer noch so nett, nachdem er die Blumen im Müll gesehen hat? Tut er nur so und will mich in Sicherheit wiegen, will seine Identität nicht preisgeben? Mein Kopf schwirrt. Warum hat er dann überhaupt den Kontakt gesucht? Ich spüre die Enttäuschung. Tief im Inneren hatte ich gehofft, dass hinter Uwe – hinter meinem Bewunderer – mein Retter in der Not steckt. Doch das wäre vermutlich zu viel verlangt. Da spricht das Schriftstellerherz aus mir, die Frau, die Liebesromane schreibt. Die Realität sieht anders aus.

Langsam schlucke ich und versuche, meine Gedanken zu ordnen. Was mache ich hier? Wollte ich tatsächlich unmoralische Gefühle zu einem Stalker entwickeln?

Nein.

Ich muss versuchen, diesen Mann abzuschütteln. Er bedeutet nichts Gutes. Über all den Hormonen habe ich ganz vergessen, dem Inhalt seiner Nachricht ein Augenmerk zu widmen. Doch beim zweiten Lesen sehe ich es. Er weiß von meinem Verlust! Da steht es. Wie kann das sein? Nur wenige Menschen kennen diese abscheuliche Geschichte und nur mit einem davon habe ich noch Kontakt – Mike. Wie konnte er die Verbindung zu meinem Pseudonym ziehen? Ein eisiger Schauer läuft mir den Rücken herunter und ich taste nach der Narbe an meinem Bauch. Sie verläuft von oben nach unten. Nicht von links nach rechts, wie man vermuten würde – nicht die typische Kaiserschnittnarbe. Mein Kind hat tatsächlich meinen Körper auf diesem Wege verlassen, doch das geschah nicht durch einen Kaiserschnitt. Auch, wenn Ärzte daran beteiligt waren, an dem Tag, an dem sie es holen mussten – nach dem Unglück.

Als ich Mike kennenlernte, war ich bereits schwanger. Schwanger von dem Monster, das mich damals vergewaltigt hatte. Diese Tat habe ich nie zur Anzeige gebracht. Er hatte direkt danach von mir gelassen, und das war alles, was ich wollte. Ich wollte keinen weiteren Kontakt, wollte ihn nie wiedersehen. Erleichtert stellte ich fest, dass diese letzte abscheuliche Tat die Genugtuung war, die er noch gebraucht hatte, um unsere Episode abzuschließen. Dann kam irgendwann die Erkenntnis, dass ein Mensch in mir heranwuchs – sein Kind. Doch so sehr ich dieses Kind hassen wollte, so sehr wollte ich es vor dem Grauen da draußen beschützen. Wusste ich selbst doch nur zu gut, wie es war, allein kämpfen zu müssen – mit nichts bewaffnet. Mein Kind hatte die denkbar schlechtesten Voraussetzungen, um auf die Welt zu kommen, doch gerade deswegen wollte ich sein Anker sein. Ich hätte es nicht töten können. Das wäre wie eine Fortführung seines Schreckens gewesen. Noch weniger wollte ich ihn wissen lassen, dass er Vater wurde.

Eine Zeitlang konnte ich es auch verheimlichen, doch irgendwann sah man es mir an. Gemeinsame Freunde brachten ihn darauf und obwohl ich inzwischen mit einem anderen Mann zusammen war und bei ihm wohnte, suchte er nach mir.

Energisch reibe ich mir die pochenden Schläfen. Meine Vergangenheit holt mich immer wieder ein. Was ich auch tue, sie scheint immer einen Schritt schneller zu sein. Kurz entschlossen tippe ich ein paar Wörter …

Wer hat dir davon erzählt? Wenn du mein Bestes wolltest, würdest du diese schrecklichen Ereignisse kaum ansprechen.

Ich sende die Nachricht ohne Gefühlsregung. Praktisch habe ich keine Wahl. Der Mann hat offensichtlich alle Zügel in seiner Hand. Mein Atem kommt stoßweise und ich merke, wie ich zittere.

Draußen ist es inzwischen tiefschwarze Nacht. Mike ist nach oben gegangen und geht davon aus, dass ich an meinem Bestseller feile. Die Antwort, die ich herbeisehne, lässt nicht lang auf sich warten. Fast fühlt es sich ein bisschen verboten an. Mein Mann weiß nichts von den letzten Nachrichten.

Das war nicht schwer herauszufinden und ich wollte Dir sicher nicht damit wehtun. Sagen, dass ich hier bin, wenn Du mich brauchst, wollte ich.

Ich runzle die Stirn, während ich auf meinen hell erleuchteten Bildschirm starre.

... wenn ich ihn brauche.

Reglos sitze ich da und denke nach, doch dieser Prozess erzeugt nur Leere in meinem Kopf. Meine Augen stieren durch die Utensilien auf meinem Schreibtisch hindurch, als würde ich eines dieser alten 3-D-Bilder betrachten, die ich mir in den späten Neunzigern gekauft habe.

... wenn ich ihn brauche.

Der einzige Mensch, der je für mich dagewesen ist, war mein Mann. Er hat mich damals quasi ins Leben zurückgeholt, nachdem ich beinahe gestorben wäre, aufgeschlitzt von diesem Monster. Halbtot, mit einem toten Baby im Bauch – getötet vom eigenen Vater. Er hat mir beigestanden und das Trauma mit mir durchlebt, von dem Moment an, als sie mir nach der Notoperation sagten, dass sie für meine Tochter nichts haben tun können.

Tränen rinnen mir die Wangen herunter. Ich habe sie mehr geliebt als jeden anderen Menschen in meinem Leben zuvor. Nun ist sie nicht mehr da – schon viele Jahre nicht. Wenn ich ehrlich zu mir bin, hat sich seit dem Tag, an dem wir getrennt wurden, nichts geändert. Ich bin allein, auch wenn Mike seitdem nicht von meiner Seite gewichen ist.

Ich bin ihm unendlich dankbar dafür ...

Ich reiße meine Gedanken von dem Computer los und schließe das Programm. Dann stehe ich von meinem Stuhl auf, gehe zum Lichtschalter und knipse die Lampen in meinem Arbeitszimmer aus.

Ein Schrei löst sich aus meiner Kehle. War das ein Mensch vor meinem Fenster, dessen Umrisse ich aus den Augenwinkeln gesehen habe? Hastig schnellt mein Blick zurück. Doch da ist nichts. Nicht einmal die Beleuchtung draußen ist angegangen. Dort kann niemand gestanden haben. Völlig unmöglich. Im Mondlicht sehe ich die Akazien vor meinem Haus schwanken. Ich glaube sogar, die kleinen Blätter in den kugeligen Bäumen rascheln zu hören. Doch da spielt mir meine Fantasie einen Streich. Die Fenster sind dreifach verglast und schirmen derart leise Geräusche ab.

Ist das möglicherweise die Erklärung für die Erscheinung, die ich gesehen habe? Meine Fantasie?

Ich reibe mir die Arme und gehe aus dem Raum. Das Bild des Mannes vom Joggen lässt mir keine Ruhe. Ich hatte mir tatsächlich gewünscht, er wäre Uwe. Das hätte Uwe sympathisch erscheinen lassen. Doch er ist nur ein aufmerksamer Fremder gewesen, den ich niemals wiedersehen werde. Er lebt nicht in unserem Dorf und die Wahrscheinlichkeit, ihm jemals wieder über den Weg zu laufen, ist gleich null.

Wieso sollte ich ihn brauchen?

Ich bin nicht in der Lage, meine Gedanken von Uwes letzten Worten abzubringen. Es ist Jahre her. Wie kommt er darauf, dass es mich jetzt belastet?

Unentschlossen stehe ich in unserem Flur. Ich könnte nach oben gehen und mich neben meinen schlafenden Mann legen. Oder ich könnte den Dingen weiter auf den Grund gehen.

Mein Handy gibt ein Signal von sich, das ich als das Eintreffen einer weiteren E-Mail erkenne. Aufgeregt öffne ich sie.

Du bist wunderschön.

Ich halte den Atem an. Was ist das nur? Ein Kribbeln jagt durch meinen Körper – eine Mischung aus Angst und Hochgefühl. Da ist ein Mann, der mich begehrenswert findet, der meine Arbeit schätzt. Doch all das trifft auch auf meinen eigenen Mann zu. Wieso zieht es mich so in seinen Bann? Mir ist klar, dass das ein Punkt ist, an dem ich mich entscheiden muss, zwischen dem Weg zurück in mein altes Leben oder diesem neuen mysteriösen Pfad. Wird es mein

Leben besser machen? Die Leere in mir füllen? Oder stoße ich mich damit selbst von der Klippe.

Was soll's? Ich war schon immer eine Spielernatur. Ich antworte.

Vielen Dank für das Kompliment. Welches Bild hat dir am besten gefallen.

Dabei denke ich daran, dass es sich gelohnt hat, den Fotografen für meine Website zu engagieren.

Und danke für das Angebot, doch ich bin glücklich und versuche, Vergangenes hinter mir zu lassen.

Ich klicke auf ›Senden‹ und gehe zu unserer Treppe, die ins Obergeschoss führt. Die marmornen Stufen sind mit einem Teppich im Laufbereich beklebt. Ich setze mich darauf und blicke in das dunkle Wohnzimmer, das vor mir liegt. Die Rollläden sind noch nicht runtergefahren und ich habe Aussicht in unseren Garten. Ganz am Ende, hinter dem Zaun, liegt das Grundstück von Irina. In keinem Fenster brennt Licht. Sie müssen früh schlafen gegangen sein. Andererseits schläft mein Mann auch schon geraume Zeit. Somit bin eher ich es, die die Nacht zum Tag macht. Ich und ...

Eine E-Mail trifft ein.

Du gefällst mir in natura am besten und das nicht nur, wenn du dich in Not befindest.

Die Luft pfeift, als ich sie durch meine Vorderzähne ziehe. Er hat mich hier gesehen! Ich muss die Blumenläden nicht mehr abtelefonieren. Diese Blumen hat er persönlich gebracht.

Draußen schaltet sich die Beleuchtung ein. Ich bewege mich nicht. Von draußen kann man mich nicht sehen. Hier drinnen ist es stockfinster. Man müsste schon sein Gesicht an eines der Fenster pressen. Ist er hier? Angst kehrt zurück. Was habe ich getan? Mit dem Feuer gespielt, antwortet eine Stimme in meinem Kopf augenblicklich.

Mit dem Feuer gespielt.

KAPITEL 6

Irgendwie schaffe ich es, das Wochenende und den Montag hinter mich zu bringen. Ich lenke mich ab, mit meinem Roman, Ausflügen mit Ben und unendlich vielen Partien Monopoly. Seit ich seine letzte Nachricht nicht beantwortet habe, ist es ruhig um Uwe geworden. Er hat mich in Ruhe gelassen und dafür war ich dankbar.

Ich stehe vor dem alten Backsteingebäude in der Stadt, wo sich die Praxis von Doktor Feldmann befindet. Kastanienblätter werden mir vor die Füße geweht und ich ziehe meinen dünnen gelben Übergangsmantel enger um mich. Die angenehme Wärme der letzten Wochen ist Vergangenheit.

Als ich die schwere große Eingangstür aufschiebe, folgt mir der Wind und heult dumpf in dem großen Hausflur. Hier drin fühlt es sich an wie in einer Höhle. Ein typischer Altbau mit hohen Decken, steinernen Stufen und wenig

Licht. Die Wände strahlen eine Kühle ab, die ein Stück weit beruhigend auf mich wirkt. Ich habe es nötig, denn ich bin ziemlich aufgeregt. Nach sechs Treppen ins zweite Stockwerk ziehe ich vor der Tür die Maske über Mund und Nase und betätige die Türglocke.

Doktor Nadine Feldmann öffnet mir. Sie trägt eine schlichte weiße Bluse und einen Hosenrock. Ihre Füße stecken in leichten Slippern. Ich werde das Gefühl nicht los, als käme sie direkt aus ihrem Wohnzimmer. Selbstverständlich hat sie in diesem Gebäude nur ihre Praxis, ebenso wie ein Augenarzt und zwei Physiotherapeuten.

»Frau Lindheim! Kommen Sie rein. Schön, Sie wiederzusehen. Die Maske dürfen Sie abnehmen. Die neuesten Bestimmungen gestatten das, sofern wir ausreichend Abstand halten.«

Ich nicke, lächle und trete schüchtern ein. In ihrem Sprechzimmer lässt sie mir die Wahl zwischen einer Liege, einem Stuhl und einem bequem aussehenden Korbsessel. Den wähle ich.

»Wie ist es Ihnen ergangen in den letzten Jahren?«

So lang ist es schon her. Mir kam es wie Monate vor.

»Sie waren seit drei Jahren nicht mehr bei mir. Was bewegt Sie nun, vorbeizukommen?«

»Wo fange ich an?«

»Ist etwas vorgefallen?«

Mir wird heiß und ich beginne zu schwitzen. Sie muss mir meine Anspannung ansehen, denn sie wechselt die Strategie.

»Wie geht es Ihrer Familie?«

Ich stürze mich auf dieses Thema. Das passt, ich finde leichten Zugang. »Gut. Es geht uns sehr gut. Ben ist jetzt in der dritten Klasse und findet nach und nach wieder Lust an der Schule. Die langen Monate mit Homeschooling und Wechselunterricht haben uns ziemlich an unsere Grenzen gebracht. Zeitweise war es schwer, ihn zum Lernen zu bewegen, doch irgendwie ist es mir gelungen, mit ihm dranzubleiben.«

»Das war sicher nicht einfach für Sie.«

Ich schüttele den Kopf. »Ich bin keine Pädagogin. Wenn er die Lust verliert, weiß ich nicht, was ich tun kann.«

»Hat diese Zeit Ihr Verhältnis belastet?«

Die Erinnerungen an einige unschöne Bemerkungen von Ben kommen mir in den Kopf.

Du hast mir nichts zu sagen, du bist nicht meine Mutter.

Ich nicke.

»Wie hat Mike sich dazu positioniert? Steht er hinter Ihnen?«

»Absolut. Mein Mann unterstützt mich in jeder Hinsicht.«

Ich sehe ihr skeptisches Gesicht. Wie kann sie daran zweifeln?

»Erzählen Sie mir von den Situationen, in denen Sie mit Ben aneinandergeraten.«

Ich lehne mich zurück. »Das ist im Grunde nichts Weltbewegendes. Er reagiert einfach zickig, wenn ich Druck aufbaue.«

»Was für Druck zum Beispiel?«

»Wenn ich ihn an seine Pflichten im Haushalt erinnere oder eben an die Hausaufgaben.«

»Was ist mit Verboten? Sprechen Sie so etwas aus oder ist das Mikes Sache?«

»Nein. Ich sage ihm auch, wenn es kein Fernsehen gibt oder keine Süßigkeiten vor dem Essen gegessen werden sollten. So was meinten Sie doch, oder?«

»Genau. Wie reagiert er darauf?«

»Er wird rebellisch.«

»Demütigen Sie die Dinge, die er sagt?«

»Manchmal.«

»Erzählen Sie Ihrem Mann davon?«

»Ja.«

»Was passiert dann?«

Ich schlucke schwer. Meistens versucht Mike, die Dinge mir gegenüber zu relativieren. »Wissen Sie, es ist schwierig, im Nachhinein mit Ben noch ins Gericht zu gehen. Wenn Mike nach Hause kommt, ist die Situation in der Regel schon Geschichte. Er beglückwünscht mich dann meistens dazu, dass ich meine Frau gestanden habe. Er weiß, dass es für mich nicht einfach ist.«

»Verstehe. Fühlen Sie sich manchmal von ihm allein gelassen?«

Tränen füllen meine Augen. Mir fehlen die Worte. »Nein. Er war immer für mich da.«

»Frau Lindheim, sie haben mich angerufen und darüber habe ich mich sehr gefreut. Was hat den Wunsch nach einer Therapiefortführung bei Ihnen ausgelöst?«

»Ich ... ich fühle mich verfolgt.«

»Sie fühlen sich verfolgt?«

»Ja.«

»Wie äußert sich das?«

»Da ist dieser Mann. Er schreibt mir.«

Doktor Feldmann überschlägt die Beine und neigt sich nach vorn.

»Er schickt mir E-Mails.«

»Wollen Sie mir sagen, was darin steht?« Ihre Stimme klingt mit einem Mal ernst.

»Er ist ein Fan. Er dankt mir für meine Arbeit als Autorin und will, dass ich weiß, dass er auf meiner Seite steht.«

»Sie schreiben also endlich. Auf Ihrer Seite? Hat er das so ausgedrückt?«

»Nein. Ich ... das sind meine Wörter. Er sagt, schreibt, er wäre immer für mich da, wenn ich ihn brauche.«

»Haben Sie jemandem davon berichtet?«

»Meinem Mann.«

»Was hält er davon?«

»Anfangs war er sehr entspannt. Er meinte, das wäre normal und ich müsste mir keine Sorgen machen. Auch als die Blumen kamen.«

»Blumen?«

»Ja. Langstielige rote Rosen.«

»Schützen Sie Ihr Privatleben nicht, indem Sie unter einem Pseudonym schreiben?«

»Doch.« Ich zucke mit den Achseln.

»Also weiß er, wo Sie wohnen.«

»Ja. Da bin ich sicher.«

»Wie fühlen Sie sich damit?«

Ich mache es mir im Stuhl bequem. Mein Strickpullover hängt in einem losen Ende Rattan fest und zieht einen Faden. Geduldig beobachtet Doktor Feldmann, wie ich mich daraus befreie.

»Ich habe erst ziemliche Angst gehabt. Deshalb habe ich Sie auch angerufen. Es hat ...« Ich räuspere mich. »Es hat die alten Erinnerungen zurückgeholt.«

Doktor Feldmann nickt. »Sie sagen, ›erst‹ haben Sie ziemliche Angst gehabt. Wie meinen Sie das?«

»Ich weiß es nicht. Ich bin hin- und hergerissen. Auf der einen Seite ist es sehr beängstigend, dass mich jemand beobachtet, auf der anderen ... ich weiß nicht, wie ich es erklären soll.«

»Wieso denken Sie, dass er Sie beobachtet?«

»Nun, er hat diese Blumen geschickt und dann war da diese Begegnung. Ich bin beim Joggen gestürzt und ein Mann hat mir geholfen. Ich bin das Gefühl nicht losgeworden, dass er wusste, wo ich wohne. Irgendwie war die gesamte Begegnung merkwürdig.«

»Sie glauben, dass er Ihnen nachgestellt hat?«

»Zumindest dachte ich das.«

»Jetzt nicht mehr?«

»Ich kann es nicht sagen. Der Mann hat gesehen, dass ich die Rosen weggeschmissen habe, noch bevor sie verblüht waren. Doch dieser Fan, dieser Uwe, fragte mich noch am selben Abend, wie mir die Blumen gefallen haben.«

»Und Sie glauben, er wollte Sie in Sicherheit wiegen, weil er und der mysteriöse Fremde eine Person sind.«

Sie sieht meinen abgehetzten Blick.

»Möglicherweise will er Sie nicht ängstigen.«

»Das kann gut sein. Letzten Freitag kriegte ich eine Nachricht von ihm, in der stand, er wäre für mich da, wenn ich ihn bräuchte.«

»Interessant.«

»Ich denke, er weiß von meinem Kind.« Ich wusste, ich müsste die Bombe irgendwann platzen lassen. Seit Tagen frage ich mich, wie sie darauf reagieren wird.

Sie enttäuscht mich und bleibt gelassen.

»Wie kommen Sie darauf? Haben Sie nach diesem Angriff nicht alle Brücken in die Vergangenheit abgebrochen, sind sogar weggezogen?«

»Ja. Das dachte ich.«

»Was bringt Sie auf den Gedanken?«

»Er redet immer wieder davon, dass er für mich da wäre und dass er von meinem Verlust weiß.«

»Haben Sie einmal daran gedacht, die Polizei zu kontaktieren?«

»Ja. Mike hat das getan. Die können nichts tun, da er mich weder bedrängt noch mir droht.«

»Wie fühlen Sie sich damit?«

»Dass mir die Polizei nicht helfen kann?«

»Ja.«

»Ich fühle mich hilflos.«

»Haben Sie versucht, diesem Mann zu sagen, dass er aufhören soll?«

»Das habe ich am Anfang getan. Er hat es glatt überhört.«

»Er hat weitergeschrieben?«

»Ja.«

»Beantworten Sie seine Nachrichten?«

Die Antwort ist mir unangenehm. »Meistens ja. Denken Sie, ich sollte das nicht?« Ich sehe sie an.

»Ich habe das Gefühl, dass Sie diese Nachrichten gar nicht so sehr stören, wie Sie am Anfang geglaubt haben.«

»Das ist wohl richtig«, antworte ich zögerlich. »Ich glaube, ich habe mich daran gewöhnt.«

»Was erhoffen Sie sich von dieser Therapie?«

So genau weiß ich das nicht. Als ich anrief, um den Termin zu vereinbaren, war ich angsterfüllt. Das hat sich irgendwie relativiert. Sie sieht, dass ich zögere.

»Ich finde, Sie haben sich weiterentwickelt«, sagt sie und sieht mir direkt in die Augen.

»Wieso glauben Sie das?«

»Sehen Sie sich an! Sie sind eine völlig andere Frau als noch vor ein paar Jahren. Selbstbewusst.«

Ich schmunzle und wische diese Bemerkung beiseite. Ich kann nicht glauben, was sie da sagt. Sollte das wirklich stimmen?

»Doch. Doch. Etwas ist mit Ihnen passiert und es war offensichtlich gut für Sie. Sie sind nicht mehr die ängstliche Frau von damals, der Schreckliches widerfahren ist. Sie nehmen die Dinge in die Hand. Was, glauben Sie, hat diese Veränderung herbeigeführt?«

Ich überlege. In diese Richtung habe ich mir noch nie Gedanken gemacht. »Möglicherweise liegt es an der endlosen Unterstützung von Mike.«

»Er hat damals die Dinge für Sie in die Hand genommen. Das ist richtig.«

»Er war immer für mich da.«

»Ihr Anker.«

»Genau.«

»Möglicherweise fragen Sie sich gerade, ob Sie noch so einen Anker brauchen.«

Ich höre das Ticken ihrer alten Standuhr, während ich diese Worte sacken lasse. Das klingt nach etwas Positivem, einem Schritt nach vorn. Doch diese euphorischen Gedanken werden begleitet von Schuldbewusstsein. Ich möchte so einen Gedanken über meinen Mann nicht zulassen.

»Sie denken also, ich mache Fortschritte.«

»Es sieht so aus. Diese Sache mit dem Stalker fordert Sie nun heraus. Doch ich habe das Gefühl, dass Sie dem inzwischen gewachsen sein könnten.«

»Sie denken, er ist ein Stalker?«

»Zumindest bewegt er sich in diese Richtung. Rein rechtlich gesehen hat Ihr Mann recht. Er stellt Ihnen nicht wirklich nach – sie wissen ja nicht, wem Sie begegnet sind. Er hat auch noch nichts getan, was Ihnen tatsächlich Lebensqualität raubt. Sicherlich sind ständige E-Mails belastend, doch das empfinden Sie möglicherweise nur aufgrund Ihrer Vorgeschichte so. Ist diese E-Mail-Adresse leicht zu recherchieren?«

»Sie ist kein Geheimnis. Steht in jedem verkauften Buch von mir.«

»Sehen Sie. Daraus lässt sich nichts machen. Sie fordern die Leute auf, mit Ihnen in Kontakt zu treten und jetzt tut es ein Fan tatsächlich.«

»Also doch kein Stalker.«

»Nicht so schnell. Sie haben dem Mann mitgeteilt, dass Sie diesen Kontakt nicht wünschen.«

»Richtig.«

»Er hat Mittel und Wege gefunden, um an Ihre Adresse zu kommen.«

»Stimmt.«

»Ihr Wunsch ist ihm egal. Er bleibt bei seiner Schwärmerei und möglicherweise hat er bereits persönlichen Kontakt aufgenommen.«

Ich atme tief ein. »Was soll ich tun?«

»Das liegt bei Ihnen. Sobald er anfängt, Ihnen tatsächlich nachzustellen oder zu drohen, kann die Polizei tätig werden. In so einem Fall kontaktieren Sie mich bitte, damit wir darüber reden können.«

»Glauben Sie, dass es so weit kommt? Ich meine, ist das denn typisch?«

»Das lässt sich nicht vorhersagen.«

»Was würden Sie mir raten?«

»Ignorieren Sie ihn. Dann wird sich meiner Meinung nach ziemlich schnell zeigen, in welche Richtung es sich entwickelt.«

»Das tue ich seit einigen Tagen.«

»Und?«

»Seit letztem Freitag habe ich nichts von ihm gehört.«

»Das klingt gut.«

»Vielleicht ist er gar nicht so schlimm.« Ich weiß nicht, wieso ich das gesagt habe.

Sie nickt. »Wollen wir uns nächste Woche wiedersehen? Dann können Sie berichten, wie sich die Sache entwickelt.«

»Ist gut.« Ich nehme meine Tasche und erhebe mich. »Es gefällt mir, was Sie mit dem Zimmer gemacht haben.«

»Was meinen Sie?«

»Die Bilder. Sie sind wunderschön.«

»Das sind dieselben wie schon vor ein paar Jahren.«

»Sind Sie sicher?«

»Ganz sicher.«

Ich verabschiede mich und verlasse sie. Die Maske klemmt immer noch unter meinem Kinn und ich ziehe sie hoch, als mir eine Frau auf der engen, steinernen Treppe entgegenkommt. Draußen auf der Straße bläst ein straffer Wind. Ich schließe meinen Mantel und hole ein Tuch aus der Tasche, das ich mir um den Hals wickele. Der Himmel ist düster und unfreundlich und mittlerweile wird es ein wenig dämmrig. Ich eile Richtung Parkhaus, das nur fünf Minuten von hier entfernt liegt. Auf dem Weg dorthin fällt mir auf, dass die Menschen nicht mehr ausweichen, wenn man Ihnen entgegenkommt, fast so, als wäre schon wieder alles wie früher. Noch vor einigen Monaten hätte mich das wütend gemacht. Mittlerweile ignoriere ich es. Ich kann nicht die ganze Welt verändern.

Der Parkautomat nimmt meine Karte nicht an und so muss ich ein Stockwerk tiefer rennen, um in meinem Auto nach Kleingeld zu suchen. Ich durchstöbere die Mittelkonsole. Genervt. Wühle in alten Quittungen, Tankkarten, Masken, Zopfgummis und entdecke ganz auf dem Boden drei Euro Kleingeld. Perfekt. Als ich wieder auftauche, beschleicht mich ein komisches Gefühl. Ich schließe die Wagentür und sehe mich um. Etwas brummt. Es ist die Beleuchtung ein paar Meter von mir entfernt. Dann höre ich die Zentralverriegelung eines Wagens, ein kurzes Aufleuchten ist zu sehen und ein Mann läuft Richtung Treppe. Sonst nichts. Ich verriegele meinen Wagen ebenfalls und gehe zurück zum Automaten einen Stock höher. Nachdem ich mein Ticket bezahlt habe, muss ich wieder runter. Ich kann mir nicht helfen, doch es erscheint mir ratsam, zügig zu verschwinden. Also entriegele ich den Wagen bereits beim Näherkommen, drücke mich am Nachbarwagen vorbei und gleite hinters Steuer. Die Tür ist zu und ich atme auf.

Wieso? Das weiß ich selbst nicht so genau. Doch hier drin fühle ich mich sicher. Als ich die Zündung einschalte und den Rückwärtsgang einlege, fängt mein Mercedes wie wild an zu piepen. Im Rückspiegel sehe ich eine Person vorbeihuschen – direkt an meinem Heck. Ich spüre einen Stich in meiner Kehle. Viel kann ich nicht erkennen, so sehr ich mich auch recke. Rechts und links steht ein Wagen und nach hinten muss ich mich auf Rückspiegel und Rückfahrkamera verlassen. In beidem ist nichts zu sehen. Das Piepen hat aufgehört und ich setze langsam zurück. Ich visiere die hintere Seitenscheibe an, wie sie nach und nach auf der rechten Seite die Sicht hinter dem Nachbarwagen freigibt. Die Richtung, in die die Person gelaufen ist. Nichts. Mein Herz pocht heftig. Bloß weg hier. So schnell wie möglich kreise ich in dem Parkhaus nach oben zur Ausfahrt.

Draußen auf der Straße wähle ich Irinas Nummer. Sie geht sofort ran.

»Du musst mich ein bisschen aufbauen.«

»Was ist passiert?«

»Ich komme gerade von der Therapie und im Parkhaus habe ich plötzlich Angst gekriegt.«

»Du warst bei der Therapie?«

»Ja.«

»Und?«

»Es war gut, denke ich. Sie war sehr nett. Hat keinen Druck aufgebaut – so wie früher.«

»Aha.«

»Hältst du das für keine gute Idee?«

»Das will ich nicht sagen.«

»Aber es klingt so.«

»Ich habe nur Angst, dass sie dir nicht guttut. Nichts weiter.«

»Sie hat mir ein Kompliment gemacht. Das ging runter wie Öl. Du musst dir keine Sorgen machen. Sie meinte, ich wäre nicht mehr die Frau, die ich vor ein paar Jahren war. Und sie fragt sich, was dazu geführt hat.«

»Das freut mich für dich.«

»Irina, ich weiß, dass ich einen Großteil daran dir zu verdanken habe.«

»Ach was.«

»Doch, doch. Du bringst das Beste in mir zum Vorschein.«

»Hast du ihr das gesagt? Hast du ihr von mir erzählt?«

»Nein«, sage ich ernst, »... das habe ich nicht.«

»Was hast du heute noch vor? Wollen wir was trinken gehen?«

»Ich wünschte, das ginge«, seufze ich, »... doch ich muss heim und essen machen. Mike wird wissen wollen, wie es gelaufen ist. Er macht sich Sorgen um mich.«

»Sicher. Tu das! Für die Party bist du so weit gerüstet?«

»Ja. Das schaffe ich.«

»Ansonsten meldest du dich noch mal. Ich bin immer da.«

»Ich weiß. Ich danke dir.«

Wir verabschieden uns und ich stelle fest, dass ich die Angst von vorhin völlig vergessen habe. Irina hat diese Macht. In ihrer Gegenwart fühlt sich alles ganz einfach an. Sie gibt mir Kraft, eine Kraft, die ich vergeblich in jeder anderen Person gesucht habe. Es ist beinahe so, als wäre diese Energie ansteckend. Als könnte ich sie in mich aufsaugen und nutzen, wenn ich sie brauche, allein durch unsere Freundschaft.

Im Radio spielt ein Song von Coldplay und ich schmettere den Text zu den melancholischen Klängen von ›Yellow‹ mit. In diesem Moment fühle ich mich unverwundbar. Das Leben ist schön. Doktor Feldmann hatte recht. Ganz unbemerkt habe ich mich weiterentwickelt.

Mein Handy klingelt.

»Hi, mein Schatz. Wie geht's dir?«, fragt Mike.

»Großartig. Die Stunde hat mich aufgebaut.«

»Das ist toll, wirklich. Sag mal, hast du etwas bestellt? Vorhin ist ein Päckchen gekommen und Ben quatscht mir die Ohren voll, dass es dieser Truck sein muss, den er letztens im Netz bewundert hat.«

»Nein.«

»Aber es ist an dich adressiert.«

»Keine Ahnung. Mach es doch mal auf.«

»Wirklich? Es ist kein Geburtstagsgeschenk, das du für mich bestellt hast?«

»Nein. Da bin ich mir sicher.«

»Okay.« Er klingt enttäuscht. »Warte.«

Erst höre ich Rascheln und Knistern am anderen Ende, dann herrscht Ruhe.

»Mike? Was ist es?« Erst lausche ich unbefangen, dann fühlt sich die Stille beunruhigend an.

»Die Schachtel ist voller Konfetti und in der Mitte liegt dein letztes Buch.«

»Okay. Merkwürdig. Wieso bist du so still?«

»Auf die erste Seite hat jemand etwas drauf geschrieben.«

»Was denn?«

»Du bist die Beste! Ich liebe dich!«

Ich stutze kurz, dann fällt es mir wie Schuppen von den Augen. »Besteht das Konfetti aus kleinen Herzen?«

»Ja.«

»Das ist von mir. Ich habe Lilly ein Exemplar meines Buches geschickt. Offensichtlich hat die Post es nicht zustellen können. Aber das ist Monate her. Das war lange unterwegs. Entspann dich! Das ist eine Rücksendung an mich. Wenn du hinguckst, siehst du, dass es meine Schrift ist.«

Lilly war meine Freundin in der Schule. Sie wohnt im Saarland und wir sehen uns höchstens einmal im Jahr. Seit der Pandemie ist aber auch das eingeschlafen. Sie ist ein Überbleibsel aus meiner Vergangenheit. Dass das Päckchen sie nicht erreicht hat, spricht dafür, dass auch diese Brücke abgebrochen ist, auch wenn ich nicht weiß warum. Offensichtlich ist sie umgezogen und hat mir nichts davon gesagt.

»Na gut. Wann kommst du heim?« Er klingt wesentlich entspannter.

»Ich bin gleich aus der Stadt raus. Noch zehn Minuten.«

»Gut, bis gleich.«

Wir verabschieden uns. Diese kleine Episode zeigt mir, wie übersensibel ich die Dinge oft betrachte. Nun gut, in diesem Fall war es Mike. Er hat nichts Konkretes gesagt, aber ich wette, er hat befürchtet, Uwe hätte mir ein Geschenk gemacht.

Als ich in die Straße zu unserem Dorf einbiege, sehe ich einen Spaziergänger. Im Dämmerlicht läuft er den Bürgersteig entlang, die Hände in den Taschen. Diese Lederjacke erkenne ich sofort, auch wenn es gerade dunkel wird. Langsam nähere ich mich und lasse auf der Beifahrerseite das Fenster runter, als ich auf seiner Höhe bin.

»Guten Abend!«, begrüße ich meinen Retter in der Not. Er dreht sich überrascht zu mir und ein charmantes Lächeln erhellt sein Gesicht.

»Was für eine Überraschung! Einen wunderschönen guten Abend!«

Ich lasse den Wagen hinter mir überholen – der wäre mir fast reingefahren – und halte an.

»Wie geht es Ihnen?« Er beugt sich zu meinem Fenster runter.

»Sehr gut. Ich sagte Ihnen ja, dass mir nichts fehlt. Dennoch, ich wollte mich noch mal bedanken, dass Sie mir geholfen haben. Das hätte nicht jeder getan.«

»Ich finde schon, dass das selbstverständlich ist. Das vergessen die Leute gern. Gerade in diesen Zeiten. Momentan ist sich doch jeder nur selbst der Nächste.«

Wie wahr. Die meisten Menschen interessieren sich für deine Probleme nicht.

»Was denken Sie, woran das liegt?«

»Was? Tja, ich würde sagen, es geht uns zu gut, meinen Sie nicht?«

Mir ist es peinlich, wie er gebückt neben meinem Auto stehen muss. Als wäre er zu einer Audienz bei mir. Also steige ich aus dem Wagen und komme um das Auto herum. Er lächelt erfreut.

»Wie meinen Sie das … es geht uns zu gut?«

»Ich denke, dass die meisten sich langweilen. Sie wissen die glücklichen Umstände, unter denen sie im Grunde leben, nicht mehr zu schätzen und suchen nach einem Grund, um sich zu beschweren. Sind Sie es nicht auch leid, dieses Genörgel und der Egoismus, der einem von allen Seiten entgegenschlägt?«

»Ich denke, da ist was dran.«

»Ich mache da nicht mit. Mir geht es gut. Ich bin glücklich. Warum soll ich in diesem Zustand nicht auch für andere Menschen da sein, die Hilfe benötigen?«

»Sie meinen tollpatschige Frauen, die keinen Fuß vor den anderen setzen können?« Ich lache und komme mir dabei unglaublich affektiert vor.

»Das würde ich als Bonus betrachten.« Er grinst.

Ich schlage die Augen nieder. Mir gehen die Gesprächsthemen aus. Ohnehin bin ich überrascht, was für ein tiefgehendes Gespräch dieser Mann mit einer Fremden führt. Er wirkt besonders auf mich. Wie eine Sternschnuppe.

»Bitte entschuldigen Sie. Ich habe mich noch nicht mal vorgestellt.«

Mein Herz läuft plötzlich auf Anschlag.

»Mein Name ist Rick Jansen. Ich kann es kaum glauben, dass ich mich nicht schon bei unserem letzten Treffen vorgestellt habe.«

Bei unserem letzten Treffen – das klingt entzückend.

»Rick?«

»Ja, eigentlich Frederick, doch ich finde, das klingt nach Halstuch und Porsche.« Er zuckt die Achseln. Ich muss herzhaft lachen. In seinem schlichten Outfit sieht er alles andere als ärmlich aus, auch wenn ihm das offensichtlich lieber wäre. Der Mann kann einfach nicht anders, als Klasse zu versprühen.

»Ich bin Sandra.« Ich gebe ihm die Hand. Er schaut sie an und zögert einen Moment.

»Entschuldigung«, sage ich.

»Nein, gar nicht. Sie haben völlig recht. Ich habe Sie neulich von der Erde aufgehoben, da spielt es keine Rolle, ob wir uns die Hände schütteln, richtig? Pandemie hin oder her.«

Und wenn schon - mir ist danach, seine Hand zu schütteln. Er ergreift sie freudig. Es fühlt sich gut an. Sie ist warm, weich, aber dennoch kräftig. Sofort fühle ich mich gut aufgehoben. Sein Blick strahlt wieder diese Zuneigung aus, die ich bereits vor ein paar Tagen darin gesehen habe.

»Schön, dich kennenzulernen, Sandra.«

»Gleichfalls. Ich hatte nicht damit gerechnet, dich noch einmal in dieser Gegend zu sehen.«

»Wie es der Zufall so will, werde ich in nächster Zeit öfter mal vorbeikommen.«

Er geht nicht näher darauf ein und ich wage nicht, ihn danach zu fragen aus Angst, neugierig zu erscheinen. Also nicke ich nur. »Das freut mich«, kann ich noch anfügen.

Seine Augen strahlen.

»Na gut. Ich fahre dann mal nach Hause. Ich wünsche dir noch einen schönen Abend.« Ich will nicht gehen, doch wüsste ich nicht, wie ich es verhindern sollte. Enttäuscht verzieht er das Gesicht.

»Das wünsche ich dir auch, Sandra.«

»Mach's gut, Rick.« Ich fühle mich verführerisch, wie ich ihn bei seinem Spitznamen nenne und ohne mit der Wimper zu zucken zurück hinters Steuer gleite. Dann schließe ich die Tür, setze den Blinker und fahre zurück auf die Straße. Dabei hebe ich meine Hand zum Abschied und sehe im Rückspiegel, wie er mir nachsieht. Das Einzige, das nicht ins Bild passt, ist sein grimmiger Gesichtsausdruck. Der verwirrt mich tatsächlich. Aber vielleicht liegt das am Licht.

Den Weg nach Hause fahre ich langsam. Zu aufwühlend war der heutige Tag. Ich möchte in Ruhe darüber nachdenken. Zu Hause wird das nicht möglich sein. Die Männer wollen was essen. Ich bin ohnehin viel zu spät dran. Ben muss morgen zur Schule. Mike will mir von seinem Tag erzählen und das Haus wird so belebt sein, dass ich meine eigenen Gedanken erst hören kann, wenn Ruhe einkehrt und sie beide schlafen.

Ich mache Fortschritte – ich bin auf dem richtigen Weg. Das sagt Doktor Feldmann und ich selbst erkenne es inzwischen auch. Das ängstliche Mädchen verschwindet endlich aus meinem Leben. Sie scheint schon lange gegangen, nur ist es mir selbst nicht aufgefallen. Ich schaffe es, mich zu emanzipieren und folglich eigene Entscheidungen zu treffen.

Das Gespräch mit Rick zählt dazu, auch wenn es einen Hauch unmoralisch ist. Das ist mir klar. Kein Betrug im eigentlichen Sinne, doch meine zügellosen Fantasien sind nicht in Ordnung. Ich beschließe, mir das zu gönnen. Fantasien machen noch keinen Betrug.

Als ich in unsere Einfahrt einbiege, fällt mein Blick auf die grüne Tonne, deren Deckel nicht ganz schließt, weil die Rosen darin stecken. Ein weißer Zettel liegt darauf, den der Wind jeden Moment wegwehen könnte. Ich will den Müll nicht in meinem Garten haben, also steige ich aus dem Wagen und gehe zur Schuppenwand, wo die Tonne steht. Beim Näherkommen entpuppt der Zettel sich als Brief. Neugierig greife ich ihn mir und ziehe eine Karte heraus. Sie ist gefaltet und zeigt auf dem Deckblatt einen Sonnenuntergang. Darunter steht gedruckt: *Mit dir würde ich überall hingehen.*

Augenblicklich schweifen meine Gedanken zu dem dunkelhaarigen Fremden. Ich befinde mich noch immer in dem Hochgefühl, das mich ergriffen hat, seit ich ihn die Straße entlangschlendern sah.

Ich klappe die Karte auf und finde eine persönliche Nachricht. *Würdest du das auch mit meinem Herzen tun?*

Ich stürze von meiner rosaroten Wolke. Mir wird mit einem Mal kalt. Vorsichtig sehe ich mich um. Die ist von Uwe. Auch wenn er nicht unterschrieben hat, steht das außer Frage. Er war hier auf diesem Grundstück, während die beiden Männer zu Hause waren. Das fühlt sich nicht gut an. Er weiß, dass ich die Blumen entsorgt habe. Die E-Mails sind eine Sache. Kontakt zu mir in persona aufzunehmen – eine andere. Auf der anderen Seite des Schuppens klingt es, als würden Holzscheite zu Boden fallen. Ich fahre zusammen und gehe einen Schritt zurück. Dann kommen Schritte auf mich zu. Meine Augen weiten sich. Es ist Mike.

»Hey, Schatz.«

Ich ziehe die Hand mit der Karte unauffällig hinter meinen Rücken.

»Was machst du hier?«

»Ich ... ich habe ein Geräusch gehört.«

»Mir ist gerade der Stapel umgefallen. Ich hatte ein paar Scheite für den Kamin holen wollen. Im Haus ist es eisig. Ich glaube, wir müssen wieder jemanden wegen der Heizung rufen.«

Die Heizung bereitet uns seit zwei Jahren Kopfzerbrechen. Sie fällt gern zu den kühleren Feiertagen aus, wenn man keinen Handwerker bekommt. Ich vermute, wir haben inzwischen jedes einzelne Teil daran ersetzt. Dennoch ist keine Besserung in Sicht.

»Oh. Wie ärgerlich.«

Ich fühle mich schuldig, weil ich ihm den Brief vorenthalte. Doch wie kann ich ihm den zeigen, ohne dass er sich fragt, wieso Uwe so vertraut mit mir spricht? Ich habe es herausgefordert, als ich ihm die letzten Nachrichten schrieb. Das weiß ich. Außerdem nagt da dieser eine Gedanke.

Was, wenn Uwe und Rick ein und dieselbe Person sind? Mike würde nach diesem Brief die Polizei verständigen und die würden ihn aufspüren. Ich will nicht, dass sie ihn verjagen. So unmoralisch wie dieser Gedanke auch ist. Der Mann ist so nett zu mir gewesen. Ich kann mir nicht vorstellen, dass er ein Verrückter ist.

Also gehe ich mit meinem Mann ins Haus und kümmere mich ums Essen.

Den ganzen Abend über frage ich mich, wie ich reagieren soll. Vorm Geschirrspüler, beim Einräumen, fällt es mir wie Schuppen von den Augen. Ich nehme mein Handy von der Arbeitsplatte und tippe eine E-Mail.

Nein. Das ist ein Missverständnis. Aber ich hatte dir ja schon geschrieben, dass mir solche Geschenke Angst machen.

Ich schicke sie ab und bin begeistert von dem Twist, den ich eingebaut habe. Ich antworte Uwe per Mail auf eine Frage, die er in einem Brief geschrieben hat. Das räumt alle möglichen Zweifel aus.

Eine Stunde später – Ben ist im Bett und Mike sitzt vor seinem Computer - checke ich zum zehnten Mal mein Postfach. Nichts. Der scheint sauer zu sein. Hat er mir vorhin deshalb so grimmig hinterhergeblickt?

Ich verscheuche diesen wirren Gedanken. Das ergibt doch alles irgendwie keinen Sinn. Was soll's? Mehr kann ich nicht tun. Ich beende die Arbeiten im Haus und gehe nach oben ins Bad. Vor dem großen Spiegel über den Waschbecken halte ich inne und starre in mein Gesicht, bis es in seine Einzelteile zerfällt. Ich zupfe überschüssige Augenbrauenhaare heraus, trage eine Cremeprobe aus der Parfümerie auf und spaßeshalber Lippenstift. Nur um zu sehen, wie er wirkt.

Diese Warterei macht mich wahnsinnig. Plötzlich fällt mir ein, dass ich das Tor nicht geschlossen habe, als ich vorhin nach Hause gekommen bin. Die Fenster des Badezimmers führen zur Straße raus, also gehe ich zunächst gucken, ob ich richtig liege. Ich ziehe den Vorhang beiseite und schaue raus. Ich hatte recht. Es steht offen. Also gehe ich aus dem Raum und laufe nach unten zur Eingangstür. Ich kann das Tor von drinnen per Fernbedienung schließen, doch muss ich die Tür öffnen um zu sehen, ob ich erfolgreich war.

Da steht ein Mann. Direkt neben einem der gemauerten Pfosten und schaut unmissverständlich in meine Richtung. Ich zucke zusammen, als ich ihn sehe und unterdrücke den Laut, der sich in meiner Kehle nach oben gequält hat. Er steht da, mit den Händen in seiner Jacke und schaut mich an. Nur eine Silhouette, die im Mondlicht kaum zu erkennen ist, doch die Länge der Jacke erinnert mich an Rick. Ebenso die Umrisse seiner Haare. Wenn er es ist, wieso winkt er nicht, als er mich sieht? Vielleicht kann er mich nicht erkennen. Langsam drücke ich die Tür ein Stück weiter auf, damit man mich besser sehen kann. Er rührt sich nicht. Steht da und starrt unbeweglich in meine Richtung. Sein Gesicht liegt im Schatten wie die ganze vordere Seite seines Körpers auch.

Mit jeder Sekunde werde ich unruhiger. Das kann Rick nicht sein. Die ganze Körperhaltung dieser Person verheißt nichts Gutes. Ich nehme die Fernbedienung von der Ablage neben der Tür und drücke auf den Knopf. Langsam schließt sich das schmiedeeiserne Tor mit summendem Motorengeräusch. Die Person bewegt sich noch immer nicht. Mir läuft ein Schauer über den Rücken. Wenn derjenige einen Schritt zu weit vorn steht, bekommt er den Torflügel ins Gesicht. Wieso rührt er sich nicht?

Mit einem lauten Knacken rastet es ein. Vorsichtig schließe ich die Tür und gehe zurück ins Obergeschoss. Das Licht lasse ich aus. Ich schiebe den Vorhang beiseite und starre nach draußen. Dort ist niemand. Genau so wie beim ersten Mal, als ich vorhin durch dieses Fenster geschaut habe. Mein Herz klopft ganz ordentlich, doch noch bevor sich das neue zusätzliche Adrenalin über mich ergießen kann, piept es. Eine neue E-Mail.

Wie wollen wir beide weitermachen, Sandra?

Das ist alles. Das kann kein Zufall sein. Ich sehe Rick vor mir, als ich diese Zeilen lese. Es kribbelt in meiner Brust. Das ängstliche Gefühl von eben weicht einem aufgeregten. Dennoch nagt das schlechte Gewissen an mir. Also schreibe ich: *Ich danke dir, für deine Anerkennung, doch ich wüsste nicht, wie wir weitermachen sollten.*

Es tut ein bisschen weh, das abzuschicken, doch mir bleibt keine Wahl. Egal wie attraktiv ich diesen Mann auch finde. Die Antwort erfolgt prompt.

Also alles leeres Gerede? Du weißt, dass ich immer bei dir bin. Ich lass dich nicht gehen.

War das eine Anspielung auf unsere Begegnung eben? Ich weiß nicht, was ich darauf antworten soll. Ich fühl mich geschmeichelt, aber mehr als ein nettes Gespräch am Auto darf daraus nicht werden. Das ist ein perfektes Argument, denke ich und schreibe zurück.

Ich bin verheiratet und habe Familie. Das ist mir das Wichtigste.

Ich zögere. Meine beiden Männer will ich nicht in seinen Fokus rücken. Angst überkommt mich. Was passiert hier? Bilder stürzen auf mich ein. Der Verrückte … wie er mir an den Bauch greift … wie er ein Messer zieht und gezielt zusticht. Wie er dich tötet, vor meinen Augen, in meinem Körper und ich kann ihn nicht daran hindern. Kann dich nicht schützen oder mich. Das ganze Blut, das an meinem Körper klebt und der unsagbare Schmerz – physisch und in Form des Grauens, als mich die Erkenntnis trifft, dass an dieser Stelle alles vorbei ist und ich nichts tun kann, um es ungeschehen zu machen. Ich bin nicht in der Lage, dich zu verteidigen, ihn zur Strecke zu bringen, weil ich wie ein Schwein blute. Menschen aus der Fußgängerzone stürzen entsetzt herbei und tun das, wozu ich keine Kraft mehr habe. Sie bringen mich ins nahegelegene Krankenhaus und halten das Monster fest.

Jeden einzelnen Tag danach habe ich mir gewünscht, das Monster wiederzusehen. Nur so lange, bis ich ihm ein rostiges Messer tief in sein Herz stoßen kann. Der Gedanke, ihn so aufzuschlitzen, wie er es mit mir getan hat, erfüllt mich mit Genugtuung. Doch es wird noch eine Weile dauern, bis er wieder dieselbe Luft atmet wie ich. Zumindest für eine Weile.

Ich lasse nicht zu, dass meine Familie in Gefahr gerät. Meine E-Mail fällt entsprechend aus.

Die Frage ist nicht, ob du mich gehen lässt. Ich entscheide selbst über mein Leben. Wenn du das respektieren kannst, haben wir kein Problem miteinander.

Mein Puls beschleunigt leicht, als ich auf ›Senden‹ klicke. Ich meine, was ich schreibe, doch die Sorge vor seiner Reaktion ist da. Lange muss ich nicht zittern.

Du bist eine starke Frau. Ich würde gern mit dir zusammen sein.

Der Mann ist die Ignoranz in Person. Doch was soll's? Er klingt harmlos. Ich gebe auf und lege mein Handy weg.

»Hier bist du.« Mike steht hinter mir in der Tür und sieht mich verwundert an. »Was machst du denn im Dunkeln?«

»Ich wollte nachsehen, ob das Tor zu ist.«

»Ist es, ich habe es vorhin geschlossen.«

Ich lege die Stirn in Falten. »Das kann nicht sein.«

Er kommt zu mir und sieht aus dem Fenster. »Doch. Siehst du? Es ist zu.«

»Das war ich.«

»Ich denke, du guckst gerade nach. Hast du die Fernbedienung hochgeholt?«

»Nein.« Er hat mich bei der Notlüge erwischt. »Ich habe es vorhin zugemacht. Vor etwa zehn Minuten. Ich habe mich eben einfach nur noch mal vergewissern wollen.«

Er blickt auf mein Handy, das neben dem Waschbecken liegt, dann auf mich.

»Hast du Angst? Hat er sich noch mal gemeldet?«

Ich sehe die Sorge in seinen Augen. Kummer will ich ihm ersparen. Er hat sich all die Jahre aufgeopfert für eine Frau, die vollkommen kaputt war, als er sie kennengelernt hat. »Nein, alles in Ordnung. Ich denke, er hat das Interesse verloren«, sage ich.

Er lächelt verschmitzt, als er mein ernstes Gesicht sieht. »So, so. Dein Stalker hat also 'ne Neue.«

KAPITEL 7

LÜNEBURGER MORGENPOST

Mittwoch, 15. September 2021

TODESURSACHE DER TOTEN VON LAUENBURG BEKANNT
von Yvonne Andresen

Nach Aussage der Lauenburger Polizei steht die Todesursache des im letzten Monat aufgefundenen Ehepaares fest. Der Mann starb an den Folgen eines Schädel-Hirn-Traumas. Zu den Ursachen für den Tod der Frau wurden uns bisher keine Aussagen gemacht. Es wird jedoch vermutet, dass sie ursächlich an dem Tod ihres Mannes beteiligt gewesen sei.

Zu einem Motiv haben die Beamten sich bisher nicht geäußert. Alles deutet nach unseren Recherchen auf ein Familiendrama hin. Nach Aussage eines Arbeitskollegen hat es in der Vergangenheit Zerwürfnisse zwischen den beiden Eheleuten gegeben. Eine Scheidung sei in Erwägung gezogen worden.

Nach Aussage der Polizei sind die Ermittlungen noch nicht abgeschlossen.

Ich muss aufhören, die Nachrichten zu lesen. Ich werde noch depressiv, wenn ich das jeden Morgen mache. Mein Mann muss für zwei Nächte ins Sauerland fahren. An diesem Mittwochmorgen verabschiede ich mich von ihm und Ben vor der Haustür. Er nimmt ihn im Auto mit und wird ihn auf seinem Weg an der Schule absetzen.

Friedlich liegt unsere Straße vor mir. Die Welt scheint direkt hinter den Häusern gegenüber zu enden. Nebel hängt in den Ästen der Kugelakazien vor unserem Haus. Er schluckt die Verkehrsgeräusche der weiter unten liegenden Hauptstraße.

Ich winke den beiden zu, während der Wagen knirschend die Auffahrt entlangrollt, und schließe die Tür. Im Haus ist es still geworden. Nachdem ich mir einen Tee gebrüht habe, sitze ich vor dem Computer und schaue aus dem Fenster. Der graue Herbsttag inspiriert mich wenig für meine sommerlich-leichte Romanze, die ich schreibe. Der eintönige Himmel lässt keinen Sonnenstrahl durch.

Verträumt starre ich auf meinen Bildschirm, bis der Bildschirmschoner irisierende Strudel bunter Farben darüber schickt. Über die Musikanlage läuft eine Yoga-Playlist und versetzt mich in den entspannten, kristallklaren Zustand, den ich zum Schreiben brauche. Jetzt benötige ich nur noch eine Idee, wie der Antagonist meiner Heldin auflauert.

Ich schreibe eine Szene, in der sie spät abends nach der Arbeit durch den Stadtpark zu ihrem Auto laufen muss. Gerade als der nervige Kunde hinter einer alten Eiche auftaucht, klopft jemand gegen mein Fenster. Ich fahre zusammen und fege dabei die Maus von meinem Tisch. Mit weit aufgerissenen Augen, schwer atmend, entdecke ich einen Mann vor meinem Fenster. Er steht etwa einen Meter von mir entfernt und starrt mich an. Dann hält er ein Amazon-Päckchen nach oben. Erleichtert atme ich aus und gehe aus dem Zimmer, um die Lieferung entgegenzunehmen. Ich hatte vorhin das Tor offen gelassen. Glücklicherweise. Sonst hätte ich meine Kosmetikartikel nicht bekommen. Der Bote ist bereits verschwunden, als ich zur Tür komme. Kontaktlose Übergabe – das gibt es noch nicht so lange. Ich nehme das Päckchen von meiner Fußmatte …

… und als ich aufsehe, steht der geheimnisvolle Fremde vor mir, auf der anderen Seite des Zaunes und lächelt vorsichtig. Dann hebt er die Hand und deutet ein Winken an. Ich winke auch. Unschlüssig, wie ich mich verhalten soll, verharre ich in der Tür. Er geht weiter, am Zaun entlang. Peinlich berührt stelle ich fest, dass mein Herz schneller schlägt. Nach einigen Schritten ist er am Tor und kommt aufs Grundstück.

»Guten Morgen.« Er wirkt fröhlich und ein wenig schüchtern. Die braune Lederjacke hat er gegen eine schwarze Regenjacke eingetauscht.

»Guten Morgen«, antworte ich zögernd.

Er steht vor mir und gibt mir die Hand.

»Ich würde mich gern bei dir entschuldigen.«

»Wieso das denn?«

Er sieht verlegen aus. »Für gestern Abend.«

Mir wird schwindlig. Ich warte mal ab und sehe ihn an.

»Ich ... ich bin hier vorbeigekommen und habe mir dein wunderschönes Haus angesehen und ... plötzlich bist du aus der Tür getreten. Das hat mich überrumpelt.«

»Überrumpelt?« Ich weiß nicht, was sein Problem ist.

Er schaltet sein Fünfhundert-Watt-Lächeln ein. Damit kriegt er mich.

»Ich kam mir vor wie ein Stalker.«

»Haha.« Dieses Lachen reicht mir sicher nicht bis zu den Augen.

»Was musst du denken, wenn du die Tür aufmachst, und ich stehe vor deinem Grundstück? Das war mir wahnsinnig unangenehm. Ich habe gehofft, du würdest mich nicht sehen, wenn ich mich nicht rege.« Er fährt sich mit der Hand durch die Haare und wirft mir dann einen umwerfenden Blick aus seinen haselnussbraunen Augen zu. Irgendwie erinnert er mich an jemanden. Diese Augen. Die Mimik. Ich kann sie nicht einordnen, doch ich fühle mich magisch davon angezogen.

»Ja. Das war schräg. Vor allem, weil du nichts gesagt hast.«

»Sorry.«

»Du bist recht häufig hier.«

Jetzt sieht er ernsthaft verlegen aus.

»Ja, das ... ist ein schönes Dorf.«

Das ist die einzige Erklärung, die ich augenscheinlich von ihm bekomme. Es geht mich aber auch nichts an. Also, was soll's? Ich werde nicht weiter nachhaken.

»Hast du Lust mit mir einen Kaffee trinken zu gehen oder ... frühstücken?«

Das hat mich jetzt doch überrumpelt. Er muss es mir ansehen, denn mein Mund ist in der Bewegung offen stehen geblieben.

»Entschuldigung. War das zu direkt? Du bist verheiratet, richtig?«

Ich fühle mich wahnsinnig geschmeichelt.

»Das ist richtig.«

Er sieht untröstlich aus. Dem kann ich einfach nicht widerstehen. »Aber einen Kaffee darf ich trotzdem trinken gehen. Ich bin ja keine Gefangene.«

Das muntert ihn auf. Ich bitte ihn, ein paar Minuten zu warten, und stürze nach oben, um einen Blick in den Spiegel zu werfen. Die Jeans und der Pullover sind okay, aber ein bisschen Mascara kann nicht schaden. Ich befinde das für vollkommen ausreichend. Er soll schließlich nicht auf falsche Gedanken kommen. Mit dem Besuch heute hat er mir zu verstehen gegeben, dass er Interesse hat – auch, wenn ich darauf nicht eingehen darf. Für eine Weile würde ich mich gern in seiner Aufmerksamkeit sonnen. Es ist ein schönes Gefühl und er ein sehr netter Mann. Solange ich aufpasse, dass ich keine Grenze überschreite, sollte der Kontakt zu ihm auf rein freundschaftlicher Basis möglich sein.

Sein Wagen steht ein Stück weiter unten an der Straße. Er fährt einen Peugeot, der auf den ersten Blick nicht so recht zu seinem neureichen Aussehen und Auftreten passen will. Ich lasse mich in den tiefen Sitz gleiten und er fährt los.

»Wohnst du schon lange hier?«

»Ein paar Jahre.«

»Gefällt es dir?«

»Ja. Schon. Sehr idyllisch. Wir haben lange Zeit in der Großstadt gelebt, aber das hier ... es ist eine ganz andere Lebensqualität. Doch manchmal kann man sich ganz schön einsam fühlen.«

Er lacht. »Das hätte von meiner Schwester stammen können.«

»Versteh mich nicht falsch. Es ist wunderschön. Doch wenn man den ganzen Tag zu Hause ist, so wie ich, dann kann einem schon mal die Decke auf den Kopf fallen.«

Er sieht mich an und ich habe das Gefühl, ihn aufklären zu müssen. »Ich arbeite von zu Hause.«

»Was machst du?«

»Ich schreibe. Romane. Liebesromane, um genau zu sein.«

»Klasse! In dem Genre kenne ich mich nicht aus, aber ich wette, du machst einen hervorragenden Job.«

»Danke.«

Ich schaue aus dem Fenster und verarbeite, dass er mir soeben sehr überzeugend vermittelt hat, dass er von mir als Schriftstellerin noch nie etwas gehört hat. Er ist nicht Uwe. Oder ist das ein Spiel? Doch wozu? Wenn er in meiner Nähe sein will, ist dieses Theater überhaupt nicht notwendig. Er wird sicher gemerkt haben, dass er mir sympathisch ist. Andererseits würde ich nicht in den Wagen eines Mannes einsteigen, der mir erklärt, ein Fan zu sein, und mich näher kennenlernen möchte. Grundsätzlich hätte ich ohnehin genauer darüber nachdenken sollen, ob ich in den Wagen eines Fremden einsteige. Doch er fühlt sich nicht so an wie … wie ein Fremder. Die Tatsache, dass wir uns mehrfach hier in der Straße getroffen haben und er Familie im Dorf hat, umgibt ihn mit einer vertrauenswürdigen Aura. Er gehört dazu und ist kein Außenstehender mehr.

Eine Weile fahren wir schweigend, doch ich merke, wie er versucht, das Gespräch wieder zum Laufen zu bringen. Ich will ihn nicht so in der Luft hängen lassen. Also spreche ich ihn auf seine Familie an. »Du besuchst deine Schwester sehr häufig. Ihr müsst ein gutes Verhältnis zueinander haben.«

Sein Blick verfinstert sich und die beiden Augenbrauen rücken dichter zusammen. »Das war früher nicht so. Doch ich war viele Jahre im Ausland und bin erst vor einigen Wochen zurückgekehrt.« Er räuspert sich und wechselt den Arm, mit dem er das Lenkrad hält. Das baut plötzlich Distanz zwischen uns beiden auf.

»Ich habe gemerkt, wie wichtig mir die Familie ist und wie sehr sie mir gefehlt hat.«

Sein Schmerz ist spürbar und es tut mir mit einem Mal leid, diesen netten Mann traurig gemacht zu haben, indem ich das Gespräch in diese Richtung lenkte. Offensichtlich löst der Gedanke an seine Familie diese Stimmung aus. Aus dieser Gefühlslage möchte ich ihn so schnell wie möglich herausholen. »Es ist doch wunderbar, wenn dir das klar geworden ist. Jetzt, da du wieder da bist, wollt ihr natürlich viel Zeit miteinander verbringen.«

Er starrt weiter geradeaus und es sieht so aus, als hätte ich ihn verloren. Nach einer Minute fängt er sich wieder und beginnt mit Small Talk. Dann, wie aus heiterem Himmel sagt er: »Es ist viel los gewesen in eurem Dorf, wie ich gehört habe.« Er sieht mich nicht dabei an.

»Was meinst du?«

»Ich meine ...« Unsere Augen treffen sich. Seine wandern, als wären sie auf der Suche in meinem Gesicht. »Ach, nichts.«

Das war schräg. So langsam hoffe ich, dass wir bald ankommen. Die Paranoia kehrt zurück. Tatsächlich hält er an einem Café direkt an der Hauptstraße. Ich atme durch. Für einen Moment habe ich mich unter Druck gefühlt und eingesperrt. Ich stelle fest, dass sich der Nebel hier in der Stadt aufgelöst hat und tatsächlich in weiter Ferne erste tiefblaue Löcher im Himmel zu sehen sind.

Wir betreten das Café und setzen uns an einen Bistrotisch am Fenster. Er bestellt Cappuccino und eine Latte macchiato für mich. Ich entscheide mich zusätzlich für einen Frischkäsebagel, während er ein Käse-Brötchen wählt.

»Entschuldigst du mich bitte einen Moment? Ich habe meine Brieftasche im Auto liegen lassen.« Er erhebt sich und geht aus dem Café. Ich genieße derweil das Panorama vor meinem Fenster – die Hauptverkehrsstraße und unzählige Autos, die sich langsam in die Stadt hinein quälen. Mein Handy gibt einen Ton von sich und automatisch öffne ich die App für meine E-Mails. Uwe hat geschrieben. Unbekümmert überfliege ich die ersten Zeilen und spüre unvermittelt einen Stich in der Brust.

Sieht so eine treue Ehefrau aus? Du hast mich fast getäuscht mit deiner keuschen, moralischen Art. Doch jetzt zeigt sich dein wahres Gesicht.

Zitternd starre ich auf die Nachricht. Im selben Moment kommt Rick wieder durch die Tür und lächelt. Das ist zu viel für mich.

»Alles in Ordnung?«, fragt er beim Näherkommen. »Du siehst aus, als hättest du einen Geist gesehen.«

Mir fehlen die Worte. Mit einem Mal stürzt meine Umgebung auf mich nieder. Die Gespräche an den Nachbartischen, das Geräusch, das die Maschine vorn am Tresen beim Milchaufschäumen macht, Tellerklappern, Gabeln auf Porzellan, ein läutendes Mobiltelefon. Ein Kunde fragt die Bedienung, wieso ihre Maske am Kinn hängt. Es riecht nach Kaffee und Streuseln.

»Würdest du mir einen Gefallen tun?«, frage ich. Alle meine Sinne sind geschärft.

»Na klar.« Er fragt nicht, welchen.

»Würdest du dein Handy auf den Tisch legen?«

Einen Moment starrt er mich an, dann tastet er seine Jacke ab, findet das Telefon und legt es vor sich. Seine Augen sind groß. Die Miene eisern.

Ich nehme mein eigenes Handy zur Hand und öffne Uwes Mail. Meine Hand zittert immer noch, als ich die Antwort tippe. Immer wieder blicke ich zu Rick auf und sehe, dass er mich reglos beobachtet. Das Handy auf dem Tisch rührt er nicht an. Ich überfliege die Zeilen ein letztes Mal und klicke auf ›Senden‹.

Ich schätze es nicht, wenn man sich in mein Privatleben reinhängt. Ich bin weder dir noch jemand anderem Rechenschaft schuldig. Damit ist diese Konversation für mich beendet.

Die Nachricht verschwindet ins Nirwana, und ich warte gebannt darauf, dass das Handy vor mir auf dem Tisch einen Ton von sich gibt. Rick folgt meinem Blick.

»Worauf wartest du? Hast du mir etwas geschickt?«

Ich starre ihn an. Nichts passiert.

»Ich erinnere mich gar nicht, dir meine Nummer gegeben zu haben.«

Das beantworte ich nicht. Ich fühle mich ausgenutzt und eingeengt. Mein Stresspegel steigt. Dieses Ding liegt einfach reglos da und tut nichts!

»Hast du den Ton an?«

»Ja.«

»Zeig her.«

Er dreht das Gerät und zeigt mir den Schalter. »Sandra, worum geht es hier?«

»Moment.« Ich checke, ob die Nachricht bei mir rausgegangen ist. Tatsächlich, sie hängt fest. Ich drücke erneut auf ›Senden‹ und siehe da, jetzt taucht sie unter ›Gesendete Nachrichten‹ auf. Ein Brummen signalisiert, dass Ricks Handy etwas empfangen hat. Überrascht blickt er nach unten und dann mich an.

»Na los!«, fordere ich ihn mit brüchiger Stimme auf, »Schau nach!« Mein Puls galoppiert und die Enttäuschung schlägt mir auf den Magen. In diesem Moment wird unser Frühstück serviert.

Rick nimmt sich sein Handy und schaut hinein. Nach einer Weile dreht er es zu mir. »Das ist eine Mail meines Steuerberaters. Bitte schön!«

Ich sehe sofort, dass es nicht meine ist, doch das überzeugt mich kein Stück.

»Du hast eine alte Mail geöffnet.«

Er schnauft. »Warum sollte ich das?« Der Ton seiner Stimme ist dunkel und klingt bedrohlich.

»Weil du nicht zugeben willst, dass du mir anonym Nachrichten schickst!«

»Was? Bist du verrückt geworden?« Er lehnt sich nach hinten, gegen die hölzerne Lehne und verschränkt die Arme vor der Brust. Seine Augen funkeln. Eine Weile starrt er mich abwehrend an. Mit einem Mal habe ich ein Déjà-vu-Gefühl. Es lässt sich nicht greifen. Was ist das? Der Mann erinnert mich an jemanden. Er kneift seine Augen leicht zusammen, dann wird sein Gesicht weich und er lehnt sich wieder nach vorn.

»Schau dir die Uhrzeit der Mail an. Sie ist gerade eingetroffen. Siehst du?«

Er hat recht. Ich sehe eine Übersicht seiner letzten Mails. Das ist die Einzige, die gerade gekommen ist. Ich nicke. Dann kullert mir unkontrolliert eine Träne über die Wange. Das muss die Erleichterung sein, dass er nicht dieser kranke Typ ist, der mir nachstellt. So sehr wie ich es zu Anfang noch gehofft habe, so beruhigt bin ich jetzt, dass es sich als falsch herausstellt. Schließlich fängt Uwe gerade an, die letzte Grenze zu überschreiten.

»Du bist ja richtig verängstigt?« Seine Stirn zieht sich in Falten. »Was ist denn los? Willst du es mir erzählen?«

Für einen Augenblick schließe ich die Augen und atme tief ein. Ich schlage die Wimpern wieder nach oben und sehe, wie er mich mustert. Er scheint wirklich und aufrichtig besorgt. Seine Hand greift über den Tisch und legt sich auf meine zitternde. Beruhigend streicht sein Daumen über meinen Handrücken. Das bringt mir sofort Uwes Mail in Erinnerung und ich ziehe meine Hand zurück.

Er schluckt.

»Willst du nach Hause fahren?«

Der Gedanke jetzt allein zu Hause zu sein, jagt mir Angst ein. Also schüttle ich den Kopf.

»Es ist eine lange Geschichte«, beginne ich.

»Ich hab Zeit.«

Ich blase die Backen auf und fixiere meinen Bagel. Ganz langsam regt sich ein wenig Appetit darauf.

»Ich habe einen Stalker.« Hmm, so lang ist die Geschichte eigentlich nicht. Man kann sie schnell zusammenfassen.

»Einen Stalker?«

»Ja. Der Mann schickt mir immer wieder Nachrichten. Erst waren sie sehr schmeichelhaft, doch mittlerweile geht er zu weit.«

»Was soll das heißen?«

Ich kann den Beschützerinstinkt in seiner Stimme hören und fühle mich wieder etwas sicher.

»Erst hat er Blumen geschickt. Dann folgten Nachrichten, dass er mit mir zusammen sein will und jetzt ...«

Ich schlucke, öffne meine App und drehe das Handy so, dass Rick die letzte Mail von ihm lesen kann. Seine Augenbrauen wandern nach oben, als er endet.

»Warst du damit bei der Polizei?«

»Ja. Mike … also mein Mann … Mike hat da angerufen.«

»Und?«

»Sie wollen nichts unternehmen, bevor er nichts getan hat.«

»Ich finde diese letzte Mail ziemlich bedrohlich. Der Mann spioniert dir nach. Entweder hat er uns wegfahren sehen vor deinem Heim oder er befindet sich irgendwo hier in unserer Nähe.«

»Ich weiß.« Ein Schauer läuft mir über den Rücken und ich schlinge mir die Arme um den Oberkörper.

»Warte? Du kennst den Verfasser dieser Nachricht nicht, richtig?«

»Nein.«

»Und du hast gedacht, ich stecke dahinter?«

Schuldbewusst presse ich die Lippen aufeinander und sehe ihn aus großen Augen an.

»Echt jetzt? Das würdest du mir zutrauen, dass ich dir auf so eine kranke Art und Weise nachstelle?«

»Sei nicht böse. Ich kenne dich doch im Grunde gar nicht. Du bist zur selben Zeit aufgetaucht, als dieser Schreiberling anfing.«

Das lässt ihn innehalten. Er sieht aus, als hätte er etwas sagen wollen, doch im letzten Moment hat er sich eines Besseren besonnen.

»Du hast recht.«

»Was meinst du?«

»Dass ich einfach so aufgetaucht bin.«

Neugierig sehe ich ihn an. »Du bist aus dem Nichts erschienen. Das ist dir doch klar?«

»Das stimmt. Wundert mich nicht, dass du da misstrauisch wirst.«

»Wieso ...?« Ich weiß nicht, wie ich es formulieren soll. »Warum warst du so nett zu mir?« Jetzt ist es raus.

Er lächelt. »Du findest mich nett?«

»Ich ...« Das ist nicht das, was ich gesagt habe, aber er liegt richtig. »Wieso kommst du immer wieder zurück?«

Ein trauriges Lächeln huscht über sein Gesicht. Er scheint hin und hergerissen zwischen einem Kompliment und einem Vorwurf, den man aus meiner Frage durchaus raushören kann, den ich aber so nicht gemeint habe.

»Es ist wegen ihr.«

Sieht aus, als hätte ich mich geirrt.

»Wegen meiner Schwester. Ich habe sie lange Zeit im Stich gelassen und jetzt, da es zu spät ist, fühle ich mich schuldig.«

Das habe ich nicht verstanden. Er sieht völlig zerstört aus.

»Du sagtest schon, dass du oft im Dorf bist, um sie zu besuchen, doch was hat das mit uns zu tun?«

»Mit uns ...«

»Du weißt, was ich meine.«

»Ja. Das ist ja das Problem.«

Seine Augen wandern wieder durch mein Gesicht und er sieht unschlüssig aus. »Du erinnerst mich in gewisser Weise an sie.«

»Tatsächlich?«

»Ja. Würde mich nicht wundern, wenn ihr Freundinnen wart.«

»Wieso bist du so überzeugt davon, dass wir nicht mehr befreundet sind?«

»Sie ist gestorben. Im letzten Jahr. Es passierte, als ich im Ausland war. Ich war nicht in der Nähe, um ihr helfen zu können.« Er räuspert sich und ich kann den Felsen förmlich sehen, der auf seinen Schultern ruht.

»Sie ist tot?«

»Ja. Sie liegt auf dem Dorffriedhof begraben. Seit ich wieder da bin, komme ich jeden Tag vorbei, um sie an ihrem Grab zu besuchen.«

»Oh Gott! Das tut mir wahnsinnig leid.« Jetzt bin ich es, die ihre Hand ausstreckt und damit die seine berührt. »War sie verheiratet?«

»Ja. Ihr Mann ist weggezogen. Er konnte es nicht ertragen, weiter in dem Haus zu wohnen.«

»Kinder?«

»Gott sei Dank nicht.«

»Darf ich fragen, ob sie krank war?«

Untröstlich sieht er mich an. »Nein, Sandra. War sie nicht. Meine Schwester war die Frau, die im letzten Jahr bei euch in der Straße ermordet worden ist. Du musst sie gekannt haben. Sie wohnte in dem modernen weißen Haus am Anfang eurer Straße. Sie war deine Nachbarin.«

»Meine Nachbarin?«

»Ja. Irina Haseldorn.«

KAPITEL 8

Ein Orchester in meinem Kopf zerreißt meine Realität in zwei Hälften. »Nein! Das stimmt nicht!«, ist eine reflexartige Reaktion. Wütend springe ich auf.

»Sandra?«

Ich halte inne. Das ist nicht ... doch! ... ich weiß, dass es wahr ist. Es ist nur – er hat eine Schwester – hatte – und das ist Irina? Meine Irina?

Sie ist tot. Tot. Ich weiß, dass sie tot ist. Manchmal vergesse ich es. Sie starb vor einem Jahr. Und doch ... ich sehe sie nach wie vor. Wie sie am Gartenzaun steht und mit mir redet. Wie sie auf einen Kaffee vorbeikommt, wenn ich sie brauche. Mich anruft und bei mir ist. Für mich ist sie nie gegangen. Meine Freundin Irina. Für mich ist nichts passiert, sie lebt noch immer mit ihrem Mann auf der anderen Seite des Zaunes, kommt zu Gartenpartys, hilft mir in der Not. Sie ist nicht tot.

Ich weiß, dass sie tot ist.

›Komplizierte Trauer‹, hat es mein Hausarzt genannt. Er ist der Einzige, dem gegenüber ich Andeutungen gemacht habe.

Aber das hier? Soll das ein Zufall sein? Er und Irina? Geschwister? Nein. Das kann nicht sein.

Er springt ebenfalls auf. »Was zur Hölle ...?«

Ich richte meinen Zeigefinger ruckartig auf ihn und gebe ihm mit einem Blick zu verstehen, dass er keinen Zentimeter dichter an mich herankommen soll.

»Ich weiß nicht, wie du das mit der Mail gemacht hast, aber ich lasse mich von dir nicht weiter verschaukeln.«

»Sandra. Beruhige dich! Mir liegt nichts ferner, als dich so wütend zu machen.«

»Leck mich!« Ich schnappe mir meine Jacke und stürze zur Tür raus. Einige der Gäste sehen sich nach mir um, das spüre ich. Sie haben meine laute Ansprache gehört. Völlig egal! Sollen sie doch. Ich bin es leid, der Punchingball aller männlichen Exemplare zu sein.

Draußen schlägt mir kühle Luft entgegen, die wie gerufen kommt. Sie beruhigt meine glühenden Wangen und zieht mich zurück auf den Boden. Wir sind etwa zehn Minuten in die Stadt reingefahren. Das wird ein langer Weg nach Hause, wenn ich zu Fuß gehe, doch nicht so lang, dass ich mich davon abschrecken lasse. Ich gehe zügig los und ignoriere die Rufe, die ich hinter mir aus dem Café höre. Plötzlich greift mir eine Hand hinten auf die Schulter und zieht mich herum. Es ist Rick.

»Lass ja die Finger von mir, du Perversling!«

»Sandra! Bitte hör zu. Ich mach dir nichts vor!«

Ich laufe weiter. Er holt mich erneut ein. Dieses Mal baut er sich bedrohlich vor mir auf. »Stopp! Wir müssen reden. Wieso flippst du so aus? Sie ist deine Freundin gewesen, ja? Mich hat es auch hart getroffen. Ich weiß, wie du dich fühlst! Lass uns drüber reden. Im Auto.«

»Du glaubst doch nicht ernsthaft, dass ich zu dir ins Auto steige? Du hast doch was vor. Du willst Irinas Bruder sein? Das kann ich nicht glauben. Sie hat mir nie von dir erzählt!«

Er lässt die Schultern sinken und schaut mir ganz tief in meine Augen, als würde er in meiner Seele lesen. Wie vom Blitz getroffen weiß ich mit einem Mal, woher ich diese Augen kenne, diese Mimik, die Güte darin – von dir.

»Du bist die Frau, die sie gefunden hat, richtig? Ich habe gehört, dass es eine Nachbarin war.« Langsam kommt er einen Schritt auf mich zu.

Wie versteinert stehe ich vor ihm und kann kaum atmen. Die Welt dreht sich und erzeugt einen Wirbelsturm aus Bildern. Ich schließe die Augen so fest, dass es wehtut. Immer schneller strömen Eindrücke auf mich ein. Dein Gelächter in unserem Haus, die lauen Sommerabende, die wir auf der Terrasse zu viert verbracht haben, Picknicks im Park mit Ben. Die Tränen, die ich vergossen habe, als ich dir von meiner Schwangerschaft erzählte, und das Nacktfoto, das du versehentlich an mich geschickt hast – statt an Mike.

Mein Kopf hämmert wie wild, als ich dich vor mir liegen sehe, blutüberströmt, mit einem Jagdmesser zwischen den Rippen. Du streckst die Hand nach mir aus und deine Augen sind im Todeskampf weit aufgerissen. Deine Lippen öffnen sich. Dann blubbert ein Schwall Blut zwischen ihnen hervor, und ich weiß, dass in diesem Moment die beste Freundschaft stirbt, die ich je gehabt habe.

»Ahh!« Mein eigener Schrei holt mich zurück in die Gegenwart. Rick kommt auf mich zu und nimmt mich ohne weiteren Kommentar in seine Arme. Ich zerfließe darin, bis nichts mehr von mir übrig ist. Dann richtet er mich wieder auf, hebt mein Kinn mit seinen Fingern an und sagt: »Das muss die Hölle für dich gewesen sein.«

Völlig leer. Ich bin außerstande, ihm zu antworten.

»Bitte entschuldige. Ich hatte ja keine Ahnung, dass du in dieses Drama involviert bist. Ich hätte von Anfang an mit offenen Karten spielen sollen.«

»Ich ... ich ... kann nicht.«

»Sch, Sch, Sch.«

Mein Gesicht zerfließt unter Tränen. Er drückt meinen Kopf fest an seine Brust. »Ganz ruhig.«

Nichts ist, wie es einmal war, und ich habe das Gefühl, dich ein weiteres Mal zu verlieren. Das halte ich nicht aus. Das bringt mich um.

»Es ist vorbei.«

Damit hat er recht. Taubheit greift nach meinem Körper. Ein alter Freund, ein bekanntes Gefühl. Dichter Nebel legt sich auf mein Gehirn. Die Zeit scheint still zu stehen. Das ist der Schock, haben sie mir damals gesagt. Ich kann ihre Stimmen ganz deutlich in meinem Kopf hören. Spüre, wie sie mir die Hand auf die Schulter legen, mich zu einem Sofa führen. Die Taubheit erreicht inzwischen meine Fingerspitzen. Genau wie damals. Du bist heute wieder gestorben.

»Was soll ich ohne dich tun?« Meine Stimme ist leise und brüchig. Doch er hat es gehört.

»Was meinst du? Ich bin hier.«

Langsam blicke ich nach oben zu ihm. Schaue ihm tief in deine Augen. »Was soll ich ohne sie tun?«

Er sieht schockiert aus, ratlos. Doch mit einem Mal taucht Erkenntnis in seinen wunderschönen Gesichtszügen auf. Deinen Gesichtszügen.

»Sie ist niemals wirklich weg. Das hat mir zumindest geholfen, damit klarzukommen.«

Ich nicke und senke meinen Blick mit Mascara verschmierten Augen. »Ich weiß genau, was du meinst.«

»Es tut mir leid. Es war nicht meine Absicht, dieses Trauma für dich wieder hochzuholen.«

»Warum hast du es trotzdem getan?«, wispere ich.

»Als ich dich kennengelernt habe, wusste ich nicht, dass du ihre Nachbarin warst. Von eurer Freundschaft hatte ich ebenfalls keine Ahnung. Erst als wir bei dir zu Hause ankamen, ist es mir wie Schuppen von den Augen gefallen. Von da an war ich hin- und hergerissen zwischen der Tatsache, dass ich dich mochte, und dem Wunsch, mich nicht emotional in etwas verwickeln zu lassen. Ich weiß, es klingt blöd, doch ich wusste nicht, wem ich aus dieser Straße trauen kann.«

»Trauen?«

»Ja. Die Polizei sagte, Irina müsse einen Einbrecher überrascht haben, doch ich kann das einfach nicht glauben. Sie hat Kampfsport betrieben. Seit Jahren. Sie hätte einen Fremden niemals so dicht an sich herangelassen. Außerdem war die Alarmanlage nicht eingeschaltet. Und die Mordwaffe hat man nie gefunden.«

Meine Knie fühlen sich an wie Pudding und ich sacke leicht nach unten.

»Warte. Ich helfe dir. Lass uns zum Auto gehen. Ich bringe dich nach Hause.«

Mein ganzes Gesicht fühlt sich entzündet und geschwollen an. Beim Atmen spüre ich die verengte Nase. Ich fühle mich kraftlos. Ohne Widerspruch lasse ich mich von ihm zum Parkplatz bringen. Er öffnet vor mir die Beifahrertür und lässt mich sanft in den Sitz gleiten. Dann schließt er die Tür wieder und geht zügig um das Auto herum. Ich spüre, wie das Adrenalin von eben ein riesiges Loch in meinen Kreislauf brennt. Ich reiße die Tür wieder auf und übergebe mich auf den Parkplatz.

Während der Fahrt schweigen wir. Ich versuche innerlich und mit purer Willensstärke, die Zeit zurückzudrehen. Zu dem Zeitpunkt, bevor ich heute Morgen in sein Auto gestiegen bin. Damals war ein lästiger Fan mein größtes Problem. Ich schnaufe. Wem will ich hier eigentlich was vormachen? Er sieht zu mir rüber.

»Ist alles okay?«

Ich starre mit glasigen, verheulten Augen geradeaus durch die Scheibe auf einen unverschämt sonnigen Tag. Wann hat sich der Nebel so stark gelichtet?

Dann schüttele ich mit gesenkten Lidern schnell den Kopf. Er wirkt zerknirscht neben mir. Zumindest vermute ich das. Ich sehe ihm nicht ins Gesicht. Das kann ich momentan noch nicht. Die Wahrheit rollt durch meinen Körper immer wieder und wieder und nimmt mir die Luft. Du bist tot und wirst nicht mehr zurückkommen. Ganz langsam schleicht sich ein zweites Gefühl heimtückisch hinzu.

Was muss dieser Mann von mir denken, weil ich deinen Tod so lange verdrängt habe?

Ich schlucke. Nach einigen Minuten halten wir in meiner Straße. Der Wagen stoppt und hält auf der gegenüberliegenden Seite unseres Hauses. Er bleibt sitzen. Irgendwie hatte ich erwartet, dass er aufsteht und mir die Tür öffnet. Doch nichts passiert. Im Grunde ist seine Anwesenheit momentan zu viel für mich, weshalb ich wortlos die Tür öffne und die Füße nach draußen setze. Ich weiß nicht so recht, ob ich mich bei ihm für das Frühstück und die Fahrt bedanken soll. Deshalb zögere ich kurz. Sein Gesicht ist untröstlich, und als ich genauer hinsehe, kann ich noch etwas anderes sehen.

Mitleid?

Mein Magen zieht sich zusammen und statt einer freundlichen Verabschiedung murmele ich ein kurzes »Ciao« und schließe die Tür, bevor er etwas erwidern kann. Hinter seinem Wagen schleiche ich über die Straße, ohne einen letzten Blick zurückzuwerfen und vergewissere mich am Geräusch des Motors, dass es ihm ähnlich geht. Er will weg.

Nachdem er und sein Wagen unsere Straße verlassen haben, kann ich endlich atmen. Ich stehe auf der Kieseinfahrt vor unserem Haus und starre ins Nichts. Die Sonne ist rausgekommen und obwohl es immer noch frisch ist, liegt eine Erinnerung des vergangenen Sommers in der Luft. Mein Blick wandert über die Grundstücksgrenzen zu Irinas Haus, der Terrasse hinter unseren Thujen und den unkrautüberwucherten Beeten. Beete, in denen seit einem Jahr keiner mehr für Ordnung gesorgt hat. Warum meine Beete so aussehen, weiß ich. Ich habe der Schreiberei immer den Vorrang gegeben. Doch bei Irina sieht es anders aus. Sie ist nicht unordentlich. Sie hatte nur nicht mehr die Gelegenheit, ihre erstklassig gepflegten Rabatten in Schuss zu halten, weil sie zwei Meter unter der Erde auf dem Friedhof die Straße runter liegt.

»Ich vermisse dich.« Diese Worte höre nur ich, so leise verschwinden sie im Wind.

Nach einigen Minuten drehe ich um und verlasse mein Grundstück wieder durch das offene Tor. Ich gehe die fünfzig Meter die Straße herunter und stoppe erst, als ich vor ihrem Haus stehe. Es sieht völlig anders aus, als ich es in Erinnerung habe: kalt, leer und seelenlos. Im Gegensatz zu uns haben Irina und Theo nie einen Zaun besessen. Jeder konnte das Grundstück zu jeder Zeit betreten. Und so komme auch ich jetzt hier rauf. Ein Jahr ist es her, dass ich das letzte Mal über diese Steinplatten gelaufen bin.

Vor der Tür werfe ich einen vorsichtigen Blick ins Innere. Dort ist es finster und irgendwie unheimlich, wie ich finde. Dennoch kehre ich nicht um, sondern gehe an der Tür vorbei, vorbei am Küchenfenster, auf die große Terrasse vor dem ehemaligen Wohnzimmer. Sie verläuft in L-Form um die Ecke des Hauses. Meine Brust fühlt sich eng an, als ich abbiege und mich an dem Ort wiederfinde, wo du die letzten Momente deines Lebens verbracht hast.

Hier, hinter dem Haus, ist es praktisch windstill. Der Rasen hat sich über diesen Sommer in eine Wiese verwandelt. Die einzelnen Halme liegen schwer auf der Seite und machen Platz für Klee und allerhand Unkräuter, die majestätisch und vor Kraft strotzend, ihr Recht verteidigen. Am Ende des Grundstücks, dort wo das Oberflächenwasser sehr weit nach oben kommt, hat sich eine Sumpflandschaft gebildet. Schilf und stachelige Gräser wachsen dort. Das war einmal dein Bereich für deine Kirschlorbeerhecke. Sie hat es nicht geschafft. Ich hatte dich damals gewarnt, dass es dort zu nass für sie werden würde. Du wolltest nicht auf mich hören.

Mein Blick fällt nach unten zu meinen Füßen. Sorgsam trete ich ein paar Schritte zurück. Ein großer dunkler Fleck verschandelt die sonst so tadellosen Betonplatten unter mir. Dein Blut. Es hat eine Spur hinterlassen, für die die Gezeiten Jahre brauchen werden. Meine Augen suchen die Topfpflanzen. Sie sind nicht mehr da. Theo hat das Haus geräumt und ist weggezogen. Was jetzt damit passieren wird, weiß ich nicht. Es sieht nicht danach aus, als hätte es schon einen neuen Besitzer. Eigentlich komisch, in dieser Gegend. Hier reißen sie einem die Grundstücke nur so aus den Händen.

Mit einem Mal kommt die Angst wieder hoch. Die Bilder ... sie stürzen so schnell auf mich ein, dass ich mich nicht schützen kann. Ich greife mir an die Kehle, als müsste ich ersticken … und fahre herum.

»Ahhh!« Da steht er … Rick … nur einen halben Meter vor mir. Er muss so leise hinter mich gelangt sein, dass ich ihn nicht wahrgenommen habe. Mein Schrei lässt ihn kurz zusammenzucken.

Völlig panisch renne ich an ihm vorbei, erreiche die Einfahrt meiner ehemaligen Nachbarn und sprinte die

Straße nach oben zu unserem Haus. Ich suche in meiner Tasche nach meinen Schlüsseln, hetze zur Tür und stochere ungeschickt mit dem Schlüssel im Schloss herum. Das dauert alles viel zu lange und meine Nerven drohen zu zerreißen. Ich werfe einen flehentlichen Blick über meine Schulter, doch da ist niemand. Also versuche ich mich erneut – dieses Mal mit erzwungener Ruhe – an dem Schloss und siehe da … es funktioniert.

Die Tür fällt hinter mir krachend ins Schloss. Völlig hysterisch breche ich auf unserem schwarzen Fliesenfußboden zusammen und heule, bis keine Tränen mehr übrig sind und meine Kehle schmerzt.

Ich weiß nicht, wie lange ich auf dem Boden gekauert habe.

Vielleicht eine halbe Stunde.

Irgendwann bin ich ruhig und das Haus um mich herum ebenfalls. Als Erstes wächst der Wunsch in mir, Mike anzurufen. Doch der steckt in Meetings und ist üblicherweise erst am Abend erreichbar. Dich würde ich ebenfalls gern anrufen, doch ich denke, dass du mir heute nicht antworten wirst.

Die Stille wird durchschnitten von einem scharfen kurzen Pling für eine neue E-Mail.

Lange lausche ich diesem Ton noch nach, obwohl er längst verstummt ist. Geöffnet habe ich mein Postfach noch nicht. Mir fehlt die Kraft dazu. Erst mit der Zeit normalisiert sich meine Atmung wieder und mein Puls wird ganz ruhig. So muss es sein.

Ich stehe auf, entledige mich meiner Schuhe und gehe in die Küche, um mir einen Tee zu machen. Während das

Wasser kocht, wird mir bewusst, dass unser Tor noch immer sperrangelweit offen steht. Kurz hadere ich mit dem Gedanken, ob ich mich hier verbarrikadieren soll, aus Angst, Rick könnte plötzlich auf unserer Terrasse auftauchen oder mir alle Fluchtmöglichkeiten offenhalten. Ich lasse es offen.

Das Teewasser kocht und ich ziehe mich mit einer Tasse auf die Couch im Wohnzimmer zurück. In zwei Stunden kommt Ben heim. Dann bin ich hier nicht mehr so allein. Doch was sage ich da? Ben ist neun. Er braucht Schutz viel nötiger als ich. Ich starre auf das Handy in meiner Hand. Was kann Uwe schon bewirken, das vergleichbar ist mit dem, was ich das ganze letzte Jahr durchgemacht habe? Doktor Feldmann hatte recht. Ich bin bei Weitem nicht mehr die ängstliche Frau, die sie kennengelernt hat. Die Frau, die nicht in der Lage gewesen ist, ihr Kind … ihre junge Familie zu verteidigen.

Ich wische konzentriert und bewusst über den Bildschirm und navigiere mich ins E-Mail-Menü.

Selbstverständlich ist es eine Nachricht von Uwe.

Das war ja ein rasanter Vormittag für dich, meine Liebe. Vielleicht überlegst du dir beim nächsten Mal genau, bei wem du ins Auto steigst.

Trotz allen Mutes, den ich mir eben noch eingeredet habe, wird mir schlecht. Das war's! Ich werde keine einzige Nachricht dieses Perverslings mehr beantworten. Der Reiz, etwas abzuschließen, ist vollständig erloschen. Ich kann gut damit leben, nicht zu wissen, welche Gedanken dieser Irre über mich hegt. Er hat mir also nachspioniert, hat meine Szene vor dem Café beobachtet und möglicherweise auch, wie ich mich aus dem Auto heraus übergeben habe. Sei's drum.

Ich stehe auf, um das Tor zu schließen. Ich kann es ja in zwei Stunden wieder öffnen, bevor Ben kommt. Möglicherweise hole ich ihn sogar ab und begleite ihn mit dem Auto, während er mit seinem Rad nach Hause fährt.

Plötzlich klingelt mein Handy.

Anonym. Klingt nach einem Verkaufsgespräch. Ich gehe ran.

»Hallo?«

»Hey. Bitte leg nicht auf.« Es ist einwandfrei die Stimme von Rick. »Ich muss mit dir sprechen.«

»Was möchtest du?«

»Ich fühle mich wahnsinnig schuldig. Du hast dank mir einen grauenvollen Vormittag gehabt, und ich war nicht einmal in der Lage, dich vernünftig zu trösten.«

Ich schlucke. Genau genommen ist seine Schwester ermordet worden. Ich bin nur ihre Nachbarin gewesen. Noch während dieser Gedanke durch meinen Kopf geistert, weiß ich, dass er meiner Beziehung zu dir Unrecht tut. Dennoch muss ich mit Demut eingestehen, dass die Dinge umgekehrt sein sollten.

»Nein. Dazu besteht gar kein Anlass. Es tut mir sehr leid für dich und deine Familie. Ich habe dir noch überhaupt nicht mein Beileid ausgesprochen. Bitte entschuldige. Das Ganze hat mich überrumpelt.«

»Ja... das konnte ich sehen.«

Peinliche Stille.

Ich kann seinen Blick wieder vor mir sehen. Das Mitleid, obwohl er einen Verlust erlitten hat. Er hält mich für durchgeknallt. Ich atme tief durch und finde mich mit dieser Erkenntnis ab.

»Wir hatten eine enge Beziehung zueinander.«

»Das freut mich für Irina«, sagt er ehrlich erleichtert. »Sie hatte nicht viele ... Freundinnen.«

Die Pause in seinem Satz fällt mir durchaus auf. Doch habe ich keine Lust darauf einzugehen. Ich werde die Letzte sein, die mit Dreck auf dich wirft.

»Rick?«

»Ja?«

»Woher hast du meine Nummer? Ich hab sie dir nicht gegeben.«

»Ja. Das stimmt. Hast du nicht.«

Eine erneute peinliche Pause.

»Ich habe eine Nachbarin unter einem Vorwand darum gebeten. Ich sagte ihr, ich müsste mit dir sprechen. Eine ältere Dame. Sie wohnt schräg gegenüber von dir.«

»Frau Heinrich?«

»Ja. Ich habe sie gestern Abend getroffen, nachdem wir diese peinliche Szene vor eurem Tor hatten. Ich dachte, ich würde dich anrufen und mich bei dir entschuldigen. Doch irgendwie fehlte mir dazu der Mut. Deshalb bin ich heute Morgen einfach vorbeigekommen.«

Ich muss grinsen. »Das fandest du einfacher?«

»Ja. Schon. Ich wollte nicht so wirken, als hätte ich dir hinterherspioniert.«

So blöd, wie das klingt, es macht einen glaubwürdigen Eindruck auf mich.

»Sandra, ich muss mit dir sprechen.«

»Worüber?«

»Ich möchte gern wissen, was du gesehen hast.«

»Ich kann das nicht. Bitte. Ich weiß, wie hart das für dich sein muss, doch ich glaube nicht, dass ich das schaffe.«

»Ich muss wissen, was passiert ist.«

»Ich weiß es nicht!«

»Aber du warst da.«

»Ich kann mich kaum erinnern. Bitte lass mich das vergessen. Du rührst alles wieder auf!«

»Gut.« Das ist alles, was er sagt und es kehrt Stille ein am anderen Ende der Leitung.

Heute Morgen bin ich mit Schmetterlingen im Bauch, na, zumindest mit Motten, in den Wagen eines fremden Mannes gestiegen. Inzwischen steht eine Tote zwischen uns und es fühlt sich an, als würde unsere Bekanntschaft schon viel zu lange dauern.

»Ich muss jetzt auflegen. Sei mir nicht böse.«

»Auf Wiedersehen«, sagt er schlicht und einfach und legt auf.

Pling.

Ich öffne die neue E-Mail von Uwe.

Sie ist leer. Direkt danach folgt noch eine und noch eine und noch eine.

KAPITEL 9

Mikes erste Frau verstarb vor drei Jahren, als Ben gerade sechs war. Mike und ich waren damals schon zwei Jahre zusammen – und frisch verheiratet. Sie hatte einen langen Leidensweg hinter sich und erlag schließlich ihrer Krankheit in einer Spezialklinik. Mein Mann redet nicht gern darüber. Weder mit seinem Sohn noch mit mir.

Als wir uns kennenlernten, hatten sich die beiden schon getrennt. Die Scheidung folgte ein Jahr später. Ich habe nie richtig herausfinden können, was die zwei in ihrer Ehe entzweit hat. Krank musste sie schon einige Zeit gewesen sein. Das war auch der Grund, weshalb Ben von Anfang an bei uns gelebt hat. Er hat seine Mutter die erste Zeit noch gesehen. Regelmäßig. Nach der Schule, an Wochenenden, sie sind sogar gemeinsam in den Urlaub gefahren. Sie und Ben. Etwas, das ich in meiner frisch verliebten Zeit mit Mike genossen habe. Dann hatten wir Zeit für uns und konnten uns kennenlernen. Später ging es ihr zusehends schlechter, sodass sie irgendwann überhaupt nicht mehr kam.

Sie und Mike sind sich vornehmlich aus dem Weg gegangen. Die Kommunikation lief meistens über mich. Es brach mir das Herz, jedes Mal, wenn die beiden sich verabschiedeten. So etwas sollte von keiner Mutter verlangt werden. Ich habe keine eigenen Kinder, doch es muss die schrecklichste Strafe sein, wenn ein anderer sie großziehen darf.

Der Urinstinkt, sie zu beschützen, sich aufzuopfern, um sie wachsen und sich entwickeln zu sehen, die Qual, die entsteht, wenn man dieser Aufgabe nicht gerecht werden darf – nicht durch eigenes Versagen, sondern unverschuldet und durch miese Umstände … das muss sie aufgefressen haben. Ein Leben, das keiner mehr braucht. Weggeworfen von den eigenen Lieben, die sich einen Neuanfang wünschen.

Ich frage mich, ob sie länger gelebt hätte, wenn sie mit ihrem Kind zusammen gewesen wäre. Wenn sie einen Mann gehabt hätte, der sich um sie sorgt.

Sie hat mich nicht sonderlich gemocht. Das konnte ich sehen. Verständlich, da ihre Familie mit mir lebte. Ich hatte Glück – sie nicht. Manchmal hatte ich mir gewünscht, sie wüsste, wie sehr Ben sie vermisste, wenn sie ihn zurückließ. Doch dann wurde mir klar, dass das ihr Leid nur noch vergrößert hätte. War es doch ihre Entscheidung gewesen, dass er bei seinem Vater aufwächst.

Seit einer Stunde liege ich wach, starre an die Decke, finde keine Ruhe. Zehn Meter entfernt über den langen Flur hinweg liegt Ben in seinem Bett und schläft friedlich. Vor dem Abendessen haben wir Mike angerufen und per Videochat eine Weile geredet. Er hat mich danach gefragt, wie mein Tag war, und ich antwortete automatisch: »Wie immer.« Das war natürlich gelogen, doch nach all den anderen Lügen spielt es keine Rolle mehr, wie ich finde.

Mein Fenster ist angekippt und ich lausche den nächtlichen Geräuschen der Straße. Hin und wieder fährt ein Auto vorbei. Der Wind hat aufgefrischt. Die Laterne unter den Arkadenbögen vor unserem Haus schwingt unter Quietschen hin und her.

Mein Blick streift durch das Zimmer. Die Außenbeleuchtung meiner Nachbarin entflammt und wirft die Schatten der Bäume vor meinem Fenster an die Decke. Sie winden sich in den Böen und greifen mit ihren langen Fingern nach mir. Am Fußende meines Bettes sitzt du. Schaust mich direkt an und lächelst.

»Das war kein leichter Tag für dich«, sagst du.

»Nein, tatsächlich nicht.« Ein Schauer läuft mir über den Rücken, als ich auf die pulsierende Wunde in deiner Brust blicke. Seit einem Jahr habe ich sie nicht gesehen. Mir scheint, als würde ich in letzter Zeit neue Facetten an dir entdecken. Sind wir inzwischen so weit, ehrlich miteinander umzugehen?

»Es tut mir leid, Irina.« Meine Augen füllen sich mit Wasser. Sie sieht mich liebevoll an und schüttelt den Kopf.

»Das muss es nicht. Ich bin diejenige, der es leid tun sollte.«

Ich nicke. »Du warst meine beste Freundin – meine einzige.«

»Das bin ich noch. Und ich bin hier bei dir. Ich lasse dich nicht allein.«

Du rutschst ein Stück dichter an mich heran und greifst nach meiner Hand. Sie fühlt sich kalt an. Lange blaue Adern bedecken sie. Ich zucke ein Stück zurück. So nah warst du mir lange nicht mehr. Nicht in der Dunkelheit. Nicht bei Nacht. Das ist überhaupt das erste Mal, seit ...

»Ich werde immer an deiner Seite sein.«

Ich schlucke. Diese Aussicht stürzt mich in ein Wirrwarr aus eigenen Gefühlen. Ich brauche dich an meiner Seite, doch so habe ich mir unsere Freundschaft nicht vorgestellt. Ich atme zitternd ein. »Ich habe Rick kennengelernt. Frederick. Du hast mir nie von ihm erzählt.«

Dein Gesicht ist starr wie bei einem Standbild; deine dunklen Augen fixieren mich.

»Ich wusste gar nicht, dass du einen Bruder hast. Er ist ...« Sehr nett, denke ich. »Du hast nie über deine Familie gesprochen, wenn ich es mir recht überlege. Und ich habe nie nachgefragt.«

Die Stille zwischen uns ist mir unangenehm. »Ich hätte mich mehr für dich interessieren sollen. Stattdessen habe ich immer nur über meine eigenen Probleme gesprochen.«

Ich wünschte, du würdest irgendetwas sagen, doch du starrst einfach durch mich hindurch, als würdest du lauschen. »Ich dachte unsere Freundschaft wäre perfekt gewesen, doch scheinbar haben wir beide auf dem falschen Fuß angefangen.«

Du antwortest nicht, schaust mich nur an mit deinen glänzenden, tiefschwarzen Augen.

Ich kann meinen Atem vor meinem Gesicht sehen. Ich halte die Luft an. Das Quietschen vor dem Haus hat aufgehört. Stattdessen dringt jetzt das Geräusch von Schritten auf dem Kies zu mir nach oben ans Fenster. Lassen meine Muskeln in meinem Körper verspannen. Ich bin hellwach.

Langsam kommen sie an meinem Fenster vorbei. Meine Augen werden größer, während du meine Hand fester drückst.

»Was ist das?« Hektisch drehe ich mich zum Fenster und lausche gebannt. Als mein Kopf zurückschnellt, bist du gegangen. Die Schritte sind noch da und ich höre, wie jemand um das Haus herum zur Küchentür geht. Er hat den Kies verlassen und befindet sich auf dem gepflasterten Weg aus Granitsteinen. Die Schritte sind leiser, aber das Knirschen des Sandes auf den Platten ist deutlich zu vernehmen.

»Ben!«

Das ist der erste Gedanke, der mir in den Kopf schießt. Das Muttertier in mir wird wach. Hastig schlage ich die Decke beiseite, springe aus dem Bett und stürze aus dem Raum. Atemlos sprinte ich den unendlich langen Flur entlang zu Bens Zimmer. Von unten dringen Geräusche aus der Küche an mein Ohr. Es ist jemand an der Tür.

Ich reiße Bens Zimmertür auf, renne zu seinem Bett und ziehe ihn aus seiner Decke. Er ist schlaftrunken und ich nehme mir nicht die Zeit, ihn wach zu machen. Er ist zwar schon echt groß für sein Alter, aber immer noch so, dass man ihn ein kurzes Stück tragen kann. Zeit ist knapp, also schwinge ich ihn nach oben und stapfe beherzt und schnaufend in Richtung Schlafzimmer. Ich zische ein paar beruhigende Worte, damit er nicht wach wird. Es reicht, wenn ich Todesängste ausstehe. Mein Herz rast und ich kann nicht sagen, ob der Eindringling bereits erfolgreich gewesen ist oder aufgegeben hat. Die scharrenden Geräusche an der Küchentür sind auf jeden Fall verstummt. Atemlos stürze ich durch meine Schlafzimmertür, werfe Ben in unser Bett und stürze zurück, um die Tür zuzuwerfen. Mit einem kräftigen Klick drehe ich den Schlüssel im Schloss und trete einen Meter zurück. Zitternd, weil mein Körper große Mengen Adrenalin ausschüttet, starre ich sie an. Es ist immer noch dunkel um mich herum. Das muss ich ändern.

Auf dem Weg zum Lichtschalter halte ich kurz inne und überlege, ob ich mir alles nur eingebildet habe. Ben schlummert friedlich zwischen meinen Kissen und gibt genüsslich klingende schmatzende Laute von sich. Soll ich ihn wirklich wecken, indem ich für Festbeleuchtung in diesem Raum sorge?

Langsam wird von außen die Klinke an der Schlafzimmertür heruntergedrückt und meine letzten Gedanken zerstreuen sich wie Morgennebel. Er ist hier und versucht, zu uns zu kommen. Die Tür bleibt zu. Ich ziehe mich rückwärts in den Raum zurück, die Hand vor meinen Mund gepresst, um einen Schrei zu unterdrücken. Er wird wissen, dass ich hier bin. Er hat meine Schritte im Flur gehört. Er muss sie vernommen haben. Ich spüre an meinen Kniekehlen, dass ich das Bett erreicht habe.

»Sandra.« Nur ein Flüstern im Raum, der zwischen mir und dem Eindringling liegt. Zittrig hauche ich die Atemluft aus. Er ruft mich. Meine Brust fühlt sich an, als würde ein Elefant darauf sitzen.

»Sandra.« Erneut rüttelt er an der Tür, dieses Mal bestimmter. Auf meinem Nachttisch liegt mein Handy. Ich reiße mich aus der Schockstarre und wähle den Notruf. Dann halte ich es mir ans Ohr und blicke wieder Richtung Tür.

Da stehst du, schaust mich an und hast einen ganz merkwürdigen Zug um die Lippen. Während ich an meinem Ohr höre, wie gewählt wird, beobachte ich dich gespannt. Was soll das? Du drehst dich um und greifst zur Klinke.

»Nein! Irina! Nicht!«

»Polizeinotrufzentrale Lüneburg. Guten Abend. Mein Name ist Brit Jakob. Wie kann ich Ihnen helfen?«

Mein Schrei hallt immer noch durch die Luft. Wie eine Schockwelle, die ein Echo hinterlässt.

Du bist verschwunden.

Das Rütteln an der Tür hat aufgehört.

»Hallo?«

Ich stoße meinen Atem abgehakt aus. Mein Herz galoppiert. Wie ein Pferd, das immer mal wieder anhält. Mir ist schlecht.

»Hallo? Sind Sie noch dran? Was ist passiert?«

Mir fehlt der Mut, die Augen von der Tür zu lassen. Kann ich sprechen, oder wird er beim Erheben meiner Stimme durch die Tür brechen?

»Wo sind Sie?«

»Bitte kommen Sie schnell. Es ist jemand in meinem Haus.« Ich gebe ihr die Adresse.

»Bleiben Sie in der Leitung. Ich schicke einen Wagen bei Ihnen vorbei.«

Ich nicke. Sie kann es nicht sehen, fragt aber nicht weiter nach. Vor der Tür bleibt es weiterhin still. Ich höre weder Schritte noch irgendetwas, das auf ein menschliches Lebewesen hinweist. Hinter mir auf dem Doppelbett schläft Ben den Schlaf der Gerechten. Er hat nicht einmal gezuckt, als ich die Stimme erhoben habe. Mit einem Mal sind die Schritte vor dem Fenster wieder zu hören. Diesmal schnell und viel härter. Doch als ich nachsehen gehe, kann ich niemanden entdecken. Inzwischen sind sie verstummt. Und da sehe ich es, das offene Tor. Ich war sicher, es geschlossen zu haben.

Bis auf Bens friedliches Schnarchen herrscht Grabesstille in diesem Raum. Um mich herum ist es immer noch dunkel. Hektisch fahre ich mir mit den Händen durch das Gesicht. Ein dünner Schweißfilm bedeckt meine Stirn. Ich hatte ihn gar nicht bemerkt. Ich wische ihn beiseite, laufe ins Badezimmer, von wo aus ich einen Blick über die ganze Straße habe und starre angestrengt aus dem Fenster. Nichts. Die Laternen werfen wie üblich ein warmes Licht auf den Bordsteinweg. Die geflickten teerschwarzen Risse im Asphalt heben sich als deutliches Netz hervor. Ich reiße das Fenster auf und spüre sofort die kühle Herbstluft in meinem Gesicht. Der Wind scheppert eine Getränkedose über den Gehweg. Entfernt höre ich einen Wagen, der stetig näher kommt. Immer wieder werfe ich zur Sicherheit einen Blick über die Schulter. Hinter mir im Schlafzimmer ist alles still, die Tür zum Flur nach wie vor verschlossen. Das Auto biegt in unsere Straße ab und kommt näher. Es ist ein Streifenwagen, der vor unserem Haus hält. Die Türen gehen auf und zwei Beamte springen heraus. Das ist mein Stichwort. Ich werde zur Tür gehen und sie aufschließen müssen, um nach unten zu kommen und die Beamten reinlassen zu können. Der Kloß in meinem Hals zeigt mir, dass der Gedanke, meinen sicheren Hafen hier oben verlassen zu müssen, mit gemischten Gefühlen verbunden ist. Ich frage mich, ob die Beamten klingeln oder ob sie aufgrund meiner Schilderung versuchen werden, ihren eigenen Weg ins Haus zu finden.

Wie durch einen Nebel höre ich plötzlich eine Stimme. Sie kommt aus dem Schlafzimmer. Es ist nicht die von Ben, sondern die einer Frau. Zittrig gehe ich zurück, nur um festzustellen, dass die Worte aus meinem Handy zu mir dringen. Die Polizistin! Ich hatte das Telefon aus der Hand gelegt, als ich ins Badezimmer gegangen bin. Wie habe ich sie nur vergessen können? Sie muss in heller Panik über mein Schicksal sein. Hastig greife ich danach.

»Es tut mir leid. Ich bin wieder da. Er ist weg. Er ist weggerannt, als ich Sie angerufen habe.«

Ich bin mir sicher, ein Schnaufen der Polizistin hören zu können. »Die Beamten müssten bereits bei Ihnen sein. Ich bitte Sie, sie reinzulassen.«

»Das mache ich. Vielen Dank«, sage ich reumütig und lege auf. Ich hatte das Gefühl, das Gespräch wäre jetzt beendet. Unten höre ich bereits ein Klopfen an der Tür. Hat sie ihre Kollegen informiert, dass ich mich außer Gefahr befinde. Ich frage mich, was passiert wäre, hätte der Fremde mich in seiner Gewalt. Würden sie ebenfalls artig vor der Tür stehen und auf Einlass warten? Doch, ganz sicher sind sie bereits informiert worden.

Ich drehe den Schlüssel im Schloss, schließe die Tür sachte hinter mir, um Ben nicht zu wecken, und fliege die Stufen nach unten zur Haustür. Durch die kleinen Glasfenster kann ich zwei Männer in Uniform erkennen. Gleichzeitig wird mir bewusst, was ich selbst trage. Es ist ein hauchzartes Nachthemd aus weißer Seide, das Mike mir vor einem Jahr zu Weihnachten geschenkt hat. Es ist nicht durchsichtig, aber so dünn, dass man sofort erkennt, dass ich nichts darunter trage. Ich zerre im Vorbeigehen einen Mantel von unserer Garderobe und hülle mich darin ein, um gleich in der Lage zu sein, ein sinnvolles, nicht beschämendes Gespräch mit den Beamten zu führen.

Nachdem ich die Verriegelung der Tür gelöst und sie aufgeschlossen habe, blicke ich in die ernsten Gesichter zweier Mittfünfziger.

»Guten Abend, Frau Lindheim. Mein Name ist Lohfeldt, Polizeiobermeister Lohfeldt. Das ist mein Kollege Polizeimeister Ross. Sie haben uns verständigt, weil sich ein Einbrecher Zutritt zu Ihrem Haus verschafft hat. Mein Kollege hat sich eben schon einmal rund um Ihr Haus umgesehen.«

Sein Blick sagt mir, dass sie nichts entdeckt haben.

»Er ist inzwischen wieder weg. Kommen Sie herein.« Ich trete beiseite und lasse die Männer eintreten.

»Ich habe noch nicht geschlafen, als ich Schritte in unserer Auffahrt gehört habe. Mein Fenster war angekippt. Es war deutlich zu hören, dass jemand um das Haus herum nach hinten zu unserer Küchentür geht. Ich zeige sie Ihnen.« Ich setze mich in Bewegung und gehe voraus. Die Beamten folgen mir.

»Als ich das gehört habe, bin ich zu unserem Sohn ins Zimmer gerannt und habe ihn zu mir ins Schlafzimmer geholt.«

»Wo ist Ihr Sohn?«

»Er liegt oben und schläft.«

»Hatte er keine Angst? Wie alt ist er?«

»Er ist neun. Nein, er ist während der Zeit nicht einmal aufgewacht.«

Einer der Polizisten sieht sich die Tür an, während der andere weiterredet. »Wieso sind Sie nicht bei ihm im Zimmer geblieben?« Er sieht mich durchdringend an und ich fühle mich nicht wohl in meiner Haut.

»Die kann man nicht abschließen, die Kinderzimmertür meine ich. Das wollten wir damals so, damit er sich nicht versehentlich einschließt und wir die Tür aushängen müssen. Blöde Idee, rückblickend betrachtet.«

»Verstehe.«

»Ich hab ihn zu mir rübergeschleppt und dann die Tür abgeschlossen. Kurz darauf war der Einbrecher auch schon oben und hat versucht reinzukommen. Ich habe gesehen, wie er die Klinke nach unten gedrückt hat und in dem Moment habe ich Sie angerufen.«

»Wo ist Ihr Mann, Frau Lindheim?«

»Auf Geschäftsreise. Er kommt übermorgen wieder. Morgen, um genau zu sein. Wir haben es ja schon nach Mitternacht.«

Polizeiobermeister Lohfeldt blickt zu seinem Kollegen an der Tür. Der schüttelt den Kopf.

»Können wir uns irgendwo setzen?«, fragt Lohfeldt.

»Selbstverständlich. Gehen wir ins Wohnzimmer. Hier entlang, bitte.«

Wir setzen uns an den Esstisch.

»Frau Lindheim, an Ihrer Küchentür sind keinerlei Spuren eines Einbruchs zu finden.«

Ich starre ihn an. »Das kann nicht sein.«

»Sehen Sie es sich selbst an. Normalerweise würde man Hebelspuren finden. Insbesondere, wenn der Eindringling erfolgreich war. Ist es möglich, dass Sie die Tür offen gelassen haben oder einen Schlüssel draußen haben stecken lassen?«

Ich bin irritiert. »Ich glaube nicht. Mein Schlüssel steckt an der Eingangstür. Ich habe Sie gerade dort reingelassen. Der einzelne Schlüssel, der immer in der Hintertür innen steckt, ist dort noch.« Ich springe auf, um meine eigenen Worte zu überprüfen. Einige Sekunden später kehre ich zurück und nicke. »Es ist, wie ich gesagt habe. Er steckt. Meinen Sie, der Einbrecher hat ihn eingesteckt, als er gegangen ist?«

Wie dumm diese Frage ist, merke ich sofort, nachdem die Worte meinen Mund verlassen haben. Dazu muss ich nicht erst in die betretenen Gesichter der Beamten blicken.

»Tut mir leid. Ich bin nervös.« Den aufgeklappten Mantel ziehe ich fester um mich.

»Frau Lindheim. Wir haben uns draußen umgesehen und hinten an der Tür. Nichts deutet darauf hin, dass hier jemand eingebrochen ist.«

»Denken Sie, ich belüge Sie?« Kerzengerade setze ich mich auf.

»Nein«, sagt Lohfeldt entschieden. »Sie machen mir nicht den Eindruck. Sie sehen mitgenommen aus. Verzeihen Sie, wenn ich das so unverblümt sage. Irgendetwas hat Sie stark geängstigt.«

Ich nicke.

»Vor ein paar Tagen ist nebenan bei Ihnen eingebrochen worden.«

»Ja.«

»Sie selbst sind den Tätern begegnet, wie mein Kollege mir auf dem Weg hierher berichtet hat.«

»Richtig. Einer hat mich umgerannt.« Ich bemühe mich um ein Lächeln.

»Das war eine stressige Woche für Sie. Ihr Mann ist nicht zu Hause ...«

»Wollen Sie sagen, ich bin überspannt?«

Er wählt seine Worte mit Bedacht. »Sie haben einiges ertragen müssen. Habe ich nicht recht?«

»Wie meinen Sie das?« Enttäuscht stelle ich fest, dass dieser Mann nicht auf meiner Seite ist.

»Vor einem Jahr wurde Ihre Nachbarin niedergestochen. In ihrem eigenen Haus. Sie haben sie gefunden, nicht wahr?«

»Ja.«

»Die Beamtin, die Sie heute auf der Wache erreicht haben, teilte uns über Funk mit, dass Sie nach ihr gerufen hätten, als Sie mit Ihrem Notruf durchgekommen sind. Irina. Das war doch ihr Name, richtig?«

Ich nicke. Jeder hier in der Gegend hat von Irina gehört. Mein Hals fühlt sich so eng an, dass ich keinen Ton herausbekomme. Weinen werde ich vor den beiden nicht. Also bemühe ich mich, jedes Gefühl wegzudrücken, das mir die Kehle hochwandert. Sie geben mir Zeit, mich zu sammeln. Niemand sagt etwas. Nach einer Weile beende ich die Stille. Es ist mein Haus. Ich denke, ich sollte mich entsprechend verhalten.

»Da war ein Mann. Erst hinter dem Haus, dann an der Tür. Ich habe das Geräusch gehört, das er dort gemacht hat.«

»Hörten Sie ihn durchs Haus laufen?«

»Nein. Aber auf der Treppe liegt Teppich. Er hat meinen Namen gerufen. Eigentlich war es nur ein Flüstern.«

»Er hat Ihren Namen gerufen?« Lohfeldt lehnt sich nach vorn zu mir, die Hände vor sich verschränkt. »Wie hat er sie genannt?«

»Sandra. Wie sonst?«

»Nur beim Vornamen, als würden Sie sich kennen?«

»Nun ja … ja.«

»Haben Sie die Stimme erkannt?«

»Nein.«

»Glauben Sie, dass es ein Bekannter war oder ein Fremder?«

»Das verstehe ich nicht.«

»Der Mann nennt Sie beim Vornamen. Sie sprachen die ganze Zeit von einem Einbrecher, doch nichts deutet auf einen typischen Einbruch hin. Sie sagten, Sie wären zu der Zeit, zu der er sich Zutritt verschafft hat, über den Flur gerannt, um Ihren Sohn zu holen. Wie wir vorhin sehen konnten, als wir ins Wohnzimmer gegangen sind, haben Sie im Flur Licht, das über einen Bewegungsmelder gesteuert wird. Dasselbe Licht ging an, kurz nachdem wir vorhin geklingelt haben. Das bedeutet, Sie haben im Obergeschoss ebenfalls einen Sensor, der auslöst, sobald Sie das Schlafzimmer verlassen. So wie zu dem Zeitpunkt, als Sie vorhin die Treppe runtergekommen sind. Ich konnte Sie durch die kleinen Glasscheiben sehen.«

»Na und? Worauf wollen Sie hinaus?«

»Es muss auch angegangen sein, als Sie über den Flur gerannt sind. Wieso ist er nicht verschwunden?«

»Er wusste doch, dass ich da bin. Mein Auto steht vor der Tür.«

»Ja, aber ein Einbrecher plant nicht, Sie anzutreffen. Der führt seinen Beutezug unbemerkt durch. Jemand, der dennoch nach oben kommt und Sie beim Namen nennt, hat einen persönlichen Beweggrund.«

Ich zögere. Nichts von dem, was er sagt, überrascht mich. Natürlich ist dieser Mann wegen mir hier gewesen. Allein die Schritte auf dem Kies haben bei mir alle Zweifel weggewischt. So entschlossen. Er hat nicht versucht, sich anzuschleichen.

»Er war wegen mir hier.«

Lohfeldt sieht seinen Kollegen an. »Also wissen Sie, um wen es sich handelt?«

»Nein.«

»Frau Lindheim ... wir möchten Ihnen helfen, doch momentan sieht es danach aus, als hätte nichts von dem stattgefunden, das Sie uns berichtet haben. Möglicherweise haben Sie schlecht geträumt, die Ereignisse der vergangenen Tage, das Trauma, das Sie vor einem Jahr erlebt haben ... jedes Mal traf es Frauen in Ihrer Nachbarschaft. Rechts von Ihrem Haus und links daneben. Auch wenn genau genommen die ältere Dame nebenan nicht daheim war. Möglicherweise dachten Sie, es wäre nur eine Frage der Zeit, bis es sie trifft?«

Das ist ungeheuerlich. Ich bin nicht hysterisch.

»Irina war eine sehr liebe Freundin«, sage ich mit gebrochener Stimme, »doch das hier hat nichts mit ihr zu tun.«

»Sie haben ihren Namen gerufen.«

Ich werde den Teufel tun, ihm dazu eine Erklärung abzugeben. Am Ende sperren sie mich noch weg, bevor der Morgen anbricht. »Ich habe einen Stalker«, sage ich stattdessen.

»Einen Stalker?« Polizeimeister Ross findet das offensichtlich schwer zu glauben. Seine hochgezogenen buschigen Brauen nerven mich zu dieser fortgeschrittenen Stunde. Ich kann kaum noch die Augen offen halten. Ehrlich gesagt schwindet meine Angst, je später es wird.

»Ja! Ich bin Schriftstellerin und habe offensichtlich einen Fan, der nicht loslassen kann«, sage ich gereizt.

»Wieso glauben Sie, dass er hier eingedrungen ist?«

»Einen Moment.« Ich stehe auf, um mein Handy zu holen. Wie erwartet schaltet sich die Beleuchtung im Flur ein, als ich die Treppe hinauf gehe. Ich kann die hochgezogenen Augenbrauen von Ross in meinem Rücken spüren. Wenig später bin ich am Tisch zurück und zeige den beiden Beamten die E-Mails von Uwe. Ich berichte über die Rosen und dass ich den Vormittag mit einem alten Bekannten verbracht habe, was Uwe offensichtlich nicht entgangen ist.

Dass ich Rick eben erst kennengelernt habe, geht hier niemanden etwas an.

»Puhh!«, bemerkt Lohfeldt. »Das wirft ein völlig anderes Licht auf die Dinge.«

»Mein Mann sagte, Sie könnten nichts wegen der E-Mails tun.«

Er reibt sich mit der Hand über das Kinn. »Sie werden hier nicht bedroht. Er wirkt hin und wieder gereizt durch Ihr Verhalten. Er ist in vielerlei Hinsicht übergriffig. Aber strafbar ist das nicht, was er tut. Sie können diese Mails blockieren oder lassen Sie sie einfach in Ihren Spam laufen.«

»Was soll das bringen? Dann weiß ich doch nicht, was er vorhat.«

»Sie denken, er ist der Eindringling?«

»Wer sollte es sonst sein?«

»Wie gesagt. Ich denke, es ist jemand, der einen Schlüssel hat. Jemand, der Ihnen Angst machen will. Vorausgesetzt, es ist tatsächlich jemand hier gewesen.«

Ich bin erledigt. Dieses Gespräch ermüdet mich so sehr, dass ich allem zustimmen würde, nur um endlich ins Bett zu kommen. Es führt ohnehin zu nichts.

»Ich habe Ihnen erzählt, was passiert ist«, sage ich. »Ich weiß nicht, was ich noch tun kann.«

»In Ordnung. Ich lasse Ihnen meine Karte hier. Schließen Sie die Türen ab, wenn wir gegangen sind. Und ganz wichtig: Schließen Sie Ihr Tor! Mehr können wir leider momentan nicht tun. Wenn Sie sich unsicher fühlen, rate ich Ihnen, mit Ihrem Sohn die Nacht bei Freunden zu verbringen.«

Ich nicke. Meine einzige Freundin ist ohnehin immer bei mir. Ich wüsste nicht, wo wir sonst hinsollten. Die Herren erheben sich und ich bringe sie zur Tür. Ross greift zur Klinke, und als er die Tür öffnet, sehen wir Mike, der mit ausgestreckter Hand und Schlüssel darin davor steht.

Einen Moment bin ich sprachlos – wie wir alle. Dann ergreift Polizeiobermeister Lohfeldt das Wort. »Herr Lindheim, nehme ich an?«

Mikes Augen sind riesig. »Ja. Und Sie sind …?«

Die beiden Beamten stellen sich vor und erklären kurz ihre Anwesenheit. Mike tritt langsam durch die Tür, legt seine Tasche ab und knöpft sich den Mantel auf. Er schüttelt den beiden die Hand, ohne seinen Blick von ihren Gesichtern zu lassen.

»Ich denke, wir verabschieden uns jetzt«, sagt Lohfeldt. »Ihre Frau wird Ihnen alles Weitere erzählen.«

Es ist spät. Ich bin mir sicher, die beiden sind ebenso müde wie ich. Ich schließe die Tür hinter ihnen und wende mich dann Mike zu.

»Wieso hast du den Mantel an?«, fragt er völlig verwirrend.

»Ich wollte nicht im Nachthemd befragt werden.«

Er guckt mich irritiert an. »Befragt?«

»Irgendwie fühlte es sich so an. Ich weiß auch nicht.«

»Was ist passiert?« Er steht jetzt vor mir und hat eine Hand an meine Wange gelegt.

Ich schlage meine Augen nieder. »Ich weiß es wirklich nicht. Ich habe Schritte gehört. Unter meinem Fenster. Dann ein Geräusch an der Küchentür und dann habe ich Ben zu mir geholt.«

»Ben!«

»Keine Sorge. Es geht ihm gut. Er schläft friedlich in unserem Bett.«

»Was ist dann passiert?«

»Ich habe mich eingeschlossen mit ihm, die Polizei gerufen und er ist geflohen.«

»Er? Hast du jemanden gesehen?«

Ich starre ihn enttäuscht an. »Glaubst du mir nicht?«

»Doch natürlich! Wie kommst du darauf. Ich will nur wissen, wer es ist. Du sagst es war ein Mann. Also dachte ich, du musst etwas gesehen haben. Vielleicht, als du aus dem Fenster geguckt hast.«

Ich bin ein wenig besänftigt. »Nein. Ich habe nichts gesehen. Nur gehört. Schritte, die weggerannt sind.«

»Woher weißt du dann, dass es ein Mann war?«

Zunächst einmal finde ich den Gedanken merkwürdig, dass eine Frau bei uns eingebrochen sein soll. Gibt es eigentlich viele weibliche Einbrecher? Keine Ahnung. Ich nehme mir vor, morgen danach zu googeln. »Zunächst einmal hat er gesprochen, als er oben versucht hat, in unser Schlafzimmer einzudringen.«

Mike sieht mich erschüttert an. »Oh Gott, mein armer Schatz! Was hat er gesagt?«

Ich schlucke. »Er hat meinen Namen geflüstert.«

»Das klingt ja wie in einem Horrorfilm.« Er zieht mich an sich und drückt mich kräftig. Sein Deo muss versagt haben. Er riecht ziemlich nach Schweiß.

»Er verschwand, als er hörte, dass ich die Polizei rief. Ich habe ihn auf dem Kies rennen hören, aber als ich zum Fenster kam, war er nicht mehr zu sehen.«

»Das tut mir wahnsinnig leid. Ich hätte dich nicht allein lassen dürfen!«

Ich lächle dankbar, sage dann aber ernst: »Ich denke, es ist Uwe.«

»Der Stalker? Wieso glaubst du das?«

»Wer sollte es sonst sein?« Ich kämpfe innerlich mit mir, ob ich etwas von den Nachrichten heute Vormittag sagen soll. Dann müsste ich ihm von Rick erzählen und irgendwie ist mir das alles zu viel. Warum sollte ich mit irgendetwas ein schlechtes Licht auf mich werfen. Das würde Mike nur von dem eigentlichen Problem ablenken.

»Du hast recht. Hast du das der Polizei erzählt?«

»Hab ich. Die können momentan nichts machen.«

»Wieso? Das geht weit über die Belästigung per E-Mail hinaus. Ich rufe da morgen an. Hast du eine Karte bekommen?« Er klingt erzürnt.

»Ja. Aber das ist nicht der Punkt. Sie können diesen Einbruch nicht mit Uwe in Verbindung bringen. Er hat überhaupt keine Spuren hinterlassen.«

Mike sieht nachdenklich aus. Wir stehen immer noch im Flur. Meine Beine werden immer weicher unter mir. Ich muss mich hinlegen.

»Lass uns ins Bett gehen, Schatz. Ich bin hundemüde.« Ich ziehe ihn an der Hand zur Treppe. Er nickt, wirft seinen Mantel über die Garderobe und folgt mir.

»Sag mal ...« Ich bleibe auf der fünften Stufe stehen und drehe mich zu ihm um. »Was machst du eigentlich hier?«

Sein Gesicht wird weich. Er schmunzelt sogar ein bisschen. »Ich hab mich schon gefragt, wann du danach fragst.

Du hast ungewöhnlich lange gebraucht für deine Verhältnisse.«

Ich halte den Atem an. Nach Spaß ist mir momentan nicht zu Mute.

»Du hast irgendwie komisch geklungen, bei unserem Videochat vor ein paar Stunden. Ich hab mir Sorgen gemacht. Du sagtest zwar, dass alles in Ordnung sei, doch deine Augen haben mir etwas anderes verraten.« Er kommt auf mich zu und gibt mir einen Kuss. Dann nimmt er mich in die Arme.

»Ich weiß inzwischen, wie du aussiehst, wenn du Angst hast. Die letzten Tage hast du immer wieder so ausgesehen, wenn sich dieser Clown gemeldet hat. Es tut mir leid. Ich habe nicht darüber nachgedacht, als ich die Reise angetreten habe. Ich hätte von vornherein hierbleiben sollen. Als ich dich heute gesehen habe, war mir klar, dass ich zurückkommen muss, um dich zu unterstützen.« Er streicht mir ein paar Strähnen aus der Stirn und sieht mir in meine tränengefüllten Augen.

»Du hast es nie leicht gehabt. Das weiß ich. Das Baby, dann letztes Jahr Irina.« Ich sehe, wie er die Backenzähne aufeinanderpresst. Wir haben nie über Irina gesprochen. Nicht wirklich. Nur über meinen Verlust.

»Jetzt ist dieser Durchgeknallte in deinem Leben aufgetaucht.«

Ich nicke. »Mir ist nach Urlaub«, sage ich mit einem schiefen Lächeln auf den Lippen.

»Das kann ich verstehen. Und das sollten wir auch machen. Was hältst du von einer spontanen Tour am Wochenende? Nur wir drei. Wir fahren in ein schickes Hotel und lassen es uns gut gehen.«

Gott! Wie gern würde ich das tun. Doch diesen Samstag ist die Party. Keine Chance, das noch zu verschieben. »Das ist mir ein bisschen zu spontan. Aber vielleicht danach. Das gibt uns noch ein bisschen Zeit was rauszusuchen. Ich finde die Idee toll. Wirklich! Nur nicht dieses Wochenende.«

Er sieht mich an. Er prüft mich. Er weiß, dass er Geburtstag hat. Ich schätze, die Katze ist aus dem Sack.

»In Ordnung. Dann nächstes Wochenende.« Dabei belässt er es und ich auch.

»Super! Lass uns jetzt schlafen gehen.«

Wir gehen beide nach oben und beschließen, Ben diese Nacht bei uns im Bett zu lassen. Er hat sich kaum bewegt, seit ich ihn hier oben gelassen habe. Sein kleines engelsgleiches Gesicht ist völlig entspannt. Er ahnt nichts von den Dingen, die sich hier in diesem Haus abgespielt haben oder letztes Jahr im Nachbarhaus. Wir haben damals nur gesagt, es hätte einen Unfall gegeben. Mehr nicht. Ein Kind muss so etwas nicht wissen. Er wird noch früh genug Erfahrungen machen, die ihn zutiefst erschüttern werden. Im Grunde hat er das schon. Doch auch damals, als seine Mutter nach langer Qual starb, hat Mike ihn mit Details verschont. Das Trauma war ohnehin schlimm genug für den armen Ben. Er war zwar erst fünf Jahre alt, doch allein die Tatsache, ohne Mutter aufwachsen zu müssen, prägt diesen Jungen seit jeher. Meinen Jungen. Das ist er jetzt. Und ich bin stolz auf mich, dass ich heute in der Lage gewesen bin, ihn zu beschützen.

Ob wir uns in wirklicher Gefahr befunden haben, weiß ich nicht. Es hat sich so angefühlt. Doch jetzt, da ich im Bett liege und die Dinge Revue passieren lasse, kommen mir Zweifel.

Was hat Uwe für einen Grund, mir so viel Angst einzujagen? Im Grunde ergibt das alles keinen Sinn. War das tatsächlich Uwe? War überhaupt jemand hier? Ich lege mir die Hände aufs Gesicht und atme tief ein. Neben Ben ist Mike längst in den Schlaf gesunken.

Gott, Sandra! Denk nach! Hat sich diese scheiß Türklinke tatsächlich bewegt? Es war so dunkel. Nur das Licht, das unter der Tür durchschien, hat mich Umrisse im Raum erahnen lassen. Und natürlich das Mondlicht hinter mir. Im Fenster. Erst war Irina da und dann dieser Mann. Ich dreh noch durch! Was kann ich tun? Mit Mike kann ich nicht darüber sprechen. Er wird mich sofort verlassen, wenn ich andeute, wie es mir oft geht. Das Gleiche gilt für Doktor Feldmann. Sie wird mich einweisen. Ganz sicher. Dabei ist mit mir alles in Ordnung.

»Du solltest Mike endlich fragen.«

Ich schlage die Augen auf und blicke in Irinas bleiches Gesicht, dass sich einige Zentimeter entfernt befindet. Sie hockt neben meinem Kopfende. Sie leuchtet im fahlen Licht des Mondes.

»Das kann ich nicht«, flüstere ich.

Ihr Atem dringt in zarten Wölkchen zu meiner Wange. Ich spüre die Kälte auf meiner Haut, als sie weiterredet. »Du musst es tun. Eher werde ich keinen Frieden finden.«

Ich schüttle den Kopf. Werfe einen nervösen Blick rüber zu Mike, der ganz seelenruhig schläft. »Das wäre das Ende unserer Beziehung.«

Sie zuckt mit den Schultern. Ihren durchdringenden Blick lässt sie nicht von mir. »Das wirst du erst sehen, wenn du ihn gefragt hast.«

»Das werde ich nicht riskieren. Auf keinen Fall!«, zische ich entschlossen. »Er ist der Letzte, der mir geblieben ist. Das mache ich nicht. Außerdem … was soll das ändern? Es spielt jetzt keine Rolle mehr.«

Ein breites Grinsen erscheint auf Irinas Gesicht. Sie sieht genauso hübsch aus wie früher. Mit ihrem Charme hat sie immer jeden um ihren Finger gewickelt.

Plötzlich ist sie nicht mehr da und ich spüre, wie ich müde in einen lang ersehnten Schlaf hinabgleite. Vor meinem Fenster quietscht die Kette, an der unsere Laterne hängt, Blätter werden im Wind hin- und hergezerrt und der Bewegungsmelder schaltet die Beleuchtung an. Während ich wegdämmere, überlege ich, ob Mike das Tor geschlossen hat, nachdem er auf die Auffahrt gefahren ist. Dann sehe ich dich und mich an unserem letzten Tag vor einem Jahr.

KAPITEL 10

Wir waren verabredet gewesen. Genau genommen wolltest du es so. Ich hatte mich eine Zeit lang nicht mehr bei dir gemeldet und du hattest auf einem Gespräch bestanden. »Weil unsere Beziehung irgendwie eingeschlafen ist …« so hast du dich damals am Telefon ausgedrückt. Ich war noch nicht so weit. Doch konnte ich dir nicht sagen wieso. Jetzt diese Einladung ...

Du würdest eine Erklärung von mir wollen, das war mir bewusst. Und so hatte ich den ganzen Vormittag darüber gegrübelt, was ich dir sagen würde und wie ich begründen würde, warum unser Kontakt von einem auf den anderen Tag abgebrochen war. Selbstverständlich hatte ich daran gedacht, dich zu konfrontieren. Dir die Beweise vor die Nase zu halten und dich anzuklagen. Das Problem war, dass ich mich noch nicht entschieden hatte, wie es weitergehen sollte. Ich wollte diese Entscheidung allein treffen und es mir weder von dir noch von Mike abnehmen lassen. Was hätte es bedeutet, wenn es rausgekommen wäre? Eine große Aussprache? Ein Mann, der mich flehentlich um Verzeihung bittet? Oder die Freiheit für euch beide, endlich ein neues Kapitel aufzuschlagen? Nein! Sobald es ausgesprochen war, würde sich etwas in Gang setzen, das ich nicht mehr aufhalten könnte, und wenn ich ehrlich bin, hatte ich die ganze Zeit meine Zweifel, als Gewinnerin aus der Sache rauszukommen. Was sollte ich also tun?

Eine Zeit lang hatte ich nur beobachtet. Genau hingesehen und Details aufgeschnappt. Beweise gesammelt, wenn man so will. Habe genau aufgepasst, wohin er ging und wo du zu diesem Zeitpunkt warst. Hab auf Kleinigkeiten in seinen Geschichten geachtet, wie er mich behandelte, ob er schuldbewusst wirkte. Roch an seinen getragenen Hemden, bevor ich sie in die Waschmaschine schmiss, inspizierte seine Unterwäsche. Ich hatte zu diesem Zeitpunkt nicht gewusst, was ich zu finden glaubte. Den klischeehaften Lippenstiftfleck am Hemdkragen hatte es nie gegeben. Auch habe ich euch niemals zusammen gesehen oder ihn dabei erwischt, wie er sich in einer Lüge verstrickte. Doch von dem Tag an, an dem du mir versehentlich dieses Foto schicktest, waren mir die Augen geöffnet. Zu dem Zeitpunkt hatte ich gerade im Garten gesessen und ein Buch gelesen und Mike schwitzte auf seinem Bike irgendwo in der Heide sein rotes Trikot durch. Dieser Moment hat sich bis heute in mein Gedächtnis eingebrannt. Manchmal durchlebe ich ihn erneut, weil er ein Wendepunkt war. Der

Zeitpunkt, an dem alles anders werden würde, alles anders wurde.

Auf mein Bauchgefühl habe ich mich immer verlassen können, und so blieb das Kribbeln im Nacken, auch noch, nachdem du mir fröhlich mitgeteilt hattest, das Bild hätte mich absichtlich erreicht. Mir war klar, dass du ihm davon erzählen, ihn warnen würdest, und so spürte ich die Veränderung in seinem Verhalten mir gegenüber noch intensiver, als er vom Sport heimkehrte. Eine Erschütterung unseres Alltags, unseres Trotts. Er wirkte nicht schuldbewusst … wieso hatte ich immer darauf gewartet. Nur ... auf der Hut. Er war nicht so abgelenkt wie sonst, so wenig aufmerksam, auf sich konzentriert. Nein. Er war ganz bei mir. Hing an meinen Lippen, wenn ich etwas sagte, und schenkte mir jene Aufmerksamkeit, die ich seit einiger Zeit vermisst hatte. Wenn ich es mir genau überlege, hatte ich sie nicht einmal vermisst. Ich hatte mich daran gewöhnt, war es leid, darüber nachzudenken, dass es einmal anders zwischen uns war. Hatte akzeptiert, was das Hamsterrad aus uns gemacht hatte. Wir funktionierten für Ben, für reibungslose Abläufe in einem eng getakteten Alltag. Und wenn wir nicht mehr gebraucht wurden, zogen wir uns in unser Innerstes zurück. Schlossen die Welt und jeden anderen Menschen aus und leckten unsere Wunden vom Tag. Nur dass wir das nie gemeinsam taten. Er suchte Trost in schweißtreibendem Sport und ich in der Gartenarbeit.

Nach deinem SMS-Irrläufer war er plötzlich wieder ganz bei mir, nicht übertrieben, aber auffällig. Da wusste ich, dass unsere Ehe in Gefahr war. Er hatte nicht gebeichtet, sondern schien darauf zu hoffen, dass du mich überzeugt hattest. Und so wuchs von Tag zu Tag die Gewissheit in mir, dass seine Wahl – sollte er eine treffen müssen – auf dich fallen würde.

All die Feiern, gemeinsamen Essen, Weinabende, Spieleabende, Kinobesuche. Sie hinterließen plötzlich einen schalen Geschmack. Aber schlimmer noch lastete auf mir das Gefühl, verraten worden zu sein. Von dir. Du kanntest als Einzige meine Geschichte, mein Leid – von ihm mal abgesehen. Du musst gewusst haben, wie viel mir deine Freundschaft bedeutete. Du warst meine Familie und doch hast du dir einfach genommen, was mir gehörte.

Und jetzt wolltest du dich mit mir treffen, verwundert, warum wir einige Zeit keinen Kontakt hatten. Du konntest es nicht auf sich beruhen lassen, musstest es auf die Spitze treiben.

Als ich mich auf den kurzen Weg zu dir machte, überlegte ich, ob das ein weiterer Wendepunkt sein würde – unsere Begegnung, die gleich folgen sollte. Was würde ich danach tun? Woher würde ich meine Kraft in Zukunft nehmen? Du warst immer meine weise Stimme der Vernunft, mein Cheerleader, meine große, tröstende Schwester. Mit einem Mal stand fest, dass es nie mehr so sein würde. An diesem Brocken musste ich stärker schlucken als an dem Verrat, den du mir gegenüber begangen hattest.

Und was war mit Mike? Ja. Was war mit ihm? Ich war traurig und wütend. Das weiß ich genau. Doch ich erinnere mich, als wäre es gestern gewesen, an den einen Gedanken, der sich spitz und schmerzend sofort in mein Bewusstsein bohrte.

Ich will meine Familie nicht verlieren. Meinen sicheren Hafen.

Ich hatte erst ein Kind verloren und Freunde. Beinahe mein eigenes Leben. Ungerechtigkeit. Ja, das fühlte ich sofort. Aber Wut, betrogen worden zu sein? Weit hinten in einer kleinen Windung meines Gehirns. Ganz im Vordergrund stand mein Leben, das ich mir aufgebaut hatte, gemeinsam mit Mike und Ben. Ich wollte alles dafür tun, dieses Leben nicht zu verlieren.

Was also konnte ich dir sagen? Wollte ich den Stein ins Rollen bringen und unbedacht und ungestüm die verletzte Ehefrau mimen? Oder würde ich es für mich behalten? Natürlich wollte ich nicht wegsehen. Dafür bin ich zu stolz.

Ich zermarterte mir meinen Kopf, während ich so langsam wie möglich den Weg hinunter zu eurem Haus ging. Es war Herbst, genau wie jetzt. Dunkel. Lange nach dem Abendbrot, das ich mit meinem Ehemann eingenommen und Ben ins Bett gebracht habe. Eine schwache Straßenlaterne vor unserem Haus brummte entfernt, als ich auf eurer Einfahrt einbog. Mein Herz wummerte hart gegen meine Brust, und ich hielt den Atem an, als ich auf den silbernglänzenden Klingelknopf drückte. Durch das angekippte Küchenfenster hörte ich Gloria Gaynor aus dem Lautsprecher, über den du üblicherweise deine Playlists streamst. Was ich tun würde, entschied sich in diesem Moment.

Das Geräusch der Türglocke war gerade erst verstummt, da hatte ich einen Entschluss gefasst.

Beim Aufwachen höre ich, wie ein Auto von der Auffahrt fährt, über knirschenden Kies und auf der Straße mit der

Entfernung leiser wird. Mike. Mein Pyjama klebt an meiner nassgeschwitzten Haut. Ich halte es keine Sekunde länger unter diesem Federbett aus. Also reiße ich mir die Decke vom Leib, spüre die sanfte Brise, die aus dem angekippten Fenster meinen verschlafenen Körper streichelt, und komme hoch. Ein Blick auf mein Handy sagt mir, dass es kurz vor acht Uhr ist.

Schule. Ben. Ich habe verschlafen!

Das schlechte Gewissen streift mich kurz, doch dann kommen mir die Ereignisse der letzten Nacht mit einem Paukenschlag wieder zu Bewusstsein. Ein Wunder, dass ich so früh wach bin. Wie sich langsam lichtender Nebel kehren die dazugehörigen Gefühle zurück und mir läuft ein Schauer über den Rücken. Und doch … Stunden sind seitdem vergangen. Wir leben und wurden nicht alle in unseren Betten ermordet. Zumindest nehme ich das an.

Ein Blick aus dem Schlafzimmerfenster bestätigt mir, dass Mikes Auto nicht mehr in der Auffahrt steht. Er bringt Ben zur Schule. Die Welt dreht sich weiter. Ganz ohne mein Zutun. Die Polizei war hier gewesen, zwei Beamte. Es gibt jetzt eine Akte über eine einsame Hausfrau und Mutter, die des Nachts ohne Grund den Notruf gewählt hat. Bei Tageslicht betrachtet scheint selbst mir diese Beschreibung nicht so abwegig zu sein. Wenn ich es recht betrachte, bin ich seit Langem angespannt, Mike hatte wenig Zeit für mich in den letzten Wochen, und dieser Stalker hat Ängste in mir geweckt, die ich seit Langem für verschüttet gehalten habe.

Uwe. Was macht er eigentlich? Er hat mir einige leere Nachrichten geschickt. Verstörende Nachrichten. Das war gestern Vormittag. Danach habe ich nichts mehr von ihm gehört. Kein Wunder, dass ich zuerst an ihn gedacht habe, als ich mich bedroht fühlte. Er ist in diesen Tagen allgegenwärtig, und auch wenn ich es nicht wahrhaben wollte, er beeinflusst mein Verhalten nachhaltig.

Ich starre wie geistesabwesend durch die Wand gegenüber von meiner Bettkante und kaue auf meinem Daumennagel. Ich habe gestern etwas gehört, das mich stark geängstigt hat. Keine Frage. Und ich habe etwas gesehen. Jemand hat versucht, in mein Schlafzimmer zu gelangen. Doch der Stalker? Es muss jemand sein, der mir Angst machen will, hatte Lohfeldt gesagt. Das passt natürlich zu Uwe. Doch daran stört mich etwas. Schon die ganze Zeit. Mit einem Mal weiß ich es. Wir kennen uns kaum. Gar nicht. Er ist ein Fan – ein durchgeknallter, aber ein Fan. Diese Reaktion wäre maßlos übertrieben. Ich verziehe das Gesicht. Versuche ich, mich in die Motive eines Stalkers reinzuversetzen? Trotzdem. Ich sollte woanders nach jemandem suchen, der mir Angst machen will. Jemand, der einen Grund dafür hat.

Meine Hand beginnt zu zittern, als ich mir durch die Haare fahre. Ich stehe mit eiserner Miene auf und gehe ins Bad. Unter der Dusche lasse ich das heiße Wasser einfach nur an mir herabgleiten. Ich stehe da und starre gegen die cremefarbenen Fliesen. Die Regendusche zieht meine sonst leicht gewellten blonden Haare zehn Zentimeter länger. Er kann es nicht sein.

Entschlossen drehe ich den Hahn zu und gehe zu meinem Handtuch. Was, wenn doch? Ich bleibe tropfend mit dem Handtuch in der Hand vor dem Badfenster stehen und starre nach draußen. Die Sonne scheint und dieser strahlend blaue Himmel gibt mir Auftrieb. Unmöglich. Er hat neuneinhalb Jahre Haft bekommen. Die sind noch lange nicht um. Man hätte mich sicher informiert, wenn er geflohen wäre.

Ich schlucke und trockne mich ab. Es kann nicht schaden, später einen Anruf zu tätigen. Nur um sicherzugehen, dass alles so ist, wie es sein sollte und dass der Tag, den ich in meinen Kalender eingetragen habe, nach wie vor der Tag ist.

Als wir damals in dieses Haus einzogen, wollte ich alles hinter mir lassen, nach vorn blicken und es besser machen. Ich habe eine Fußmatte gekauft, auf der *Home Sweet Home* stand und beschlossen, dass ich ab sofort auf der Sonnenseite leben werde, mit einer eigenen Familie. Doch ich hätte wissen müssen, dass man seine Vergangenheit nie hinter sich lassen kann.

Meine Familie hab ich, das Haus auch, doch eng damit verbunden ist Schmerz. Und was immer ich versuche, ich werde ihn nicht los.

Auf der Einfahrt knirscht der Kies und verheißt die Rückkehr meines Mannes. Ich hänge das Handtuch weg und gehe mich anziehen, während Mike von unten meinen Namen ruft.

»Ich habe uns frische Brötchen mitgebracht«, sagt er, während die Tür hinter ihm ins Schloss fällt.

»Hast du nicht mit Ben gegessen?«, frage ich verwundert.

»Wir waren heute alle ein bisschen spät dran. Er hatte Müsli.« Ich höre ihn Richtung Küche gehen und einen knisternden Beutel auf die Kücheninsel legen. Kurz darauf zischt die Kaffeemaschine. Nachdenklich gehe ich die schwarzen Stufen der Granittreppe herunter. Etwas versucht, sich den Weg in mein Bewusstsein zu bahnen. Auf der drittletzten Stufe bleibe ich stehen und starre hoch zur gegenüberliegenden Wand, an der eine große Bahnhofsuhr hängt. Sie besitzt ein integriertes Pendel, das im Sekundentakt schlägt, synchron mit einem filigranen, geräuschvoll tickenden Zeiger und meinem Herzen.

Mein Mann steht in der Küche und klappert mit Geschirr aus dem Geschirrspüler. Ich höre den Teekocher piepen und weiß, dass er mir gleich einen Hagebuttentee aufbrühen wird. Ich bin ein Gewohnheitstier. Jeden Morgen einen Hagebuttentee, um in Gang zu kommen. Er hat sich sicher einen Cappuccino gemacht. Das ist sein Ritual. Hmm ... die Kaffeemaschine. Sie steht direkt neben dem zweiten Eingang in unser Haus. Auf einer Arbeitsplatte über ... ich runzle die Stirn. Sollte ich nachsehen? Mein Kopf fühlt sich warm an und ich atme schneller. Das muss ich tun. Auch, wenn es Quatsch ist. Ganz sicher ist meine Sorge unbegründet.

Mein Herz pocht, als ich zu Mike in die Küche trete. Er sieht auf und lächelt mich an. Mit dem Brötchenkorb in der Hand gibt er mir einen Kuss.

»Hast du noch etwas schlafen können?«

»Ja. Geht so.«

»Alles in Ordnung? Du siehst irgendwie ... gestresst aus.«

Ich überarbeite meine Mimik. Hoffe, dass mein gestrafftes Äußeres ihn überzeugen kann … dass es keinen Grund für Misstrauen gibt. Es klappt.

»Kommst du mit zum Tisch?«

»Bin gleich bei dir«, sage ich und gehe zu einem Schrank, dessen Tür ich öffne, nur um dann wahllos zwischen Tassen herumzustöbern. Er geht an mir vorbei und ich weiß, dass mir nur ein paar Sekunden bleiben. Sobald er um die Ecke gebogen ist, hechte ich zur Kaffeemaschine und öffne die Schublade darunter. Sie befindet sich direkt neben der Tür, durch die der Einbrecher gestern Abend gekommen ist. Sie ist voller Papiere, Garantien von Elektrogeräten, alten Schlüsseln, einem Adapter, zwei Schraubendrehern und ... ich taste mit meiner Hand tief unter den Stapel von Dingen, die ich nicht wegschmeißen wollte, für die ich aber keinen festen Platz zur Aufbewahrung wusste und ...

»Was suchst du?«

Ich zucke zusammen, als Mike plötzlich hinter mir steht. Schuldbewusst habe ich die Hand aus der Schublade gezerrt und mir dabei einen Splitter in die weiche Haut des Unterarms gezogen. »Autsch.«

»Was ist los?« Er steht immer noch auf Abstand. Ich kann erkennen, dass er einen Moment besorgt aussieht, als ich mir auf die Zähne beiße und schmerzverzerrt meinen Arm betaste. Dennoch bleibt er, wo er ist, und mustert mich.

»Du hast mich erschreckt.«

»Das tut mir leid. Lass mal sehen.« Jetzt löst er sich aus seiner Haltung und greift nach meiner Hand. »Warte.« Vorsichtig umfasst er den Splitter mit den Fingernägeln und zieht ihn heraus.

»Danke dir.« Ich schließe mit einem Hüftschwung die Schublade und gehe zum Wasserhahn, den ich aufdrehe, um die kleine Wunde zu spülen. Seinen Blick spüre ich nach wie vor auf mir ruhen. Automatisch ringe ich mir ein Lächeln ab, als ich zu ihm aufsehe. »Geht schon wieder. Wollen wir essen?«

Er sieht kurz so aus, als wäre die Schublade für ihn noch nicht Geschichte, als steckte er fest und käme ohne meine Hilfe nicht heraus. Doch dann zieht er die Mundwinkel nach oben und folgt mir.

Nach dem Frühstück, das wir jeder in seine Gedanken versunken, zu uns genommen haben, geht Mike nach draußen, um den Rasen zu mähen. Er hat sich kurz entschlossen für heute freigenommen, um bei mir zu sein, wie er sagte. Ben ist in der Schule und ich gehe in Gedanken die Dinge durch, die ich vor der Party übermorgen noch erledigen muss. Ich habe geplant, die Jungs ins Schwimmbad zu schicken – unter dem Vorwand, ein leckeres Geburtstags-Abendessen zu zaubern, für das ich etwas Zeit benötige. Zu der Zeit wird der Caterer kommen, alles aufbauen und sich dann in unserer Küche um den letzten Schliff am Essen kümmern. Die Gäste sind für neunzehn Uhr bestellt. Ich schicke die beiden gegen vier weg und bitte sie, um sieben wieder hier zu sein. Der Plan ist perfekt. Ich wüsste nicht, wie ich ihn noch verfeinern könnte.

Dann erlaube ich meinen Gedanken, in die Richtung zu gehen, die sie schon die ganze Zeit versuchen einzuschlagen. Es ist nicht mehr da.

Ich hatte nicht genügend Zeit vorhin, als Mike mich überrascht hat, doch ich spüre die Gewissheit, dass etwas passiert ist. Es ist nicht mehr da.

Ein Blick aus dem Fenster bestätigt mir, dass Mike im Sonnenschein langsame Bahnen über unsere große Rasenfläche vor der Wohnzimmerterrasse zieht. Er trägt Kopfhörer und lauscht vermutlich einer seiner Playlists. Sein Gesicht verrät nichts über seine Gedanken.

Zügig husche ich in die Küche. Ich weiß nicht, wieso ich mich dabei bemühe keine Geräusche zu machen. Niemand kann mich sehen oder hören. Vor der Schublade atme ich einmal tief aus und öffne sie. Es besteht immer noch die Möglichkeit, dass es zwischen das ganze Gerümpel gerutscht ist, was sich über die Jahre hier drin angesammelt hat. Also nehme ich alles heraus und lege es hinter mir auf die Kücheninsel. Systematisch trenne ich alles aus Papier von den restlichen Dingen, die keinen festen Platz in unserem Haus gefunden haben. Dann blättere ich alle Beschreibungen und Garantien durch. Drehe sie um und schüttle. Es hätte dazwischen gerutscht sein können.

Nichts. Meine Atmung wird schneller. Ich bücke mich, um bis zum Ende der Schublade zu schauen. Die müsste ich mal feucht auswischen.

Wieder nichts.

Gut. Was jetzt? Es ist weg. Viele Monate habe ich keinen Gedanken daran verschwendet. Ich hätte mich früher darum kümmern sollen. Doch ich wusste nicht, was das Beste gewesen wäre. Jetzt ist es zu spät. Er hat es. Er hat es sicher mitgenommen. Wahrscheinlich ist er einzig allein deswegen gekommen. Aber wieso jetzt? Es ist so lange her.

Und dann wird mir eines klar: Damit ist ausgeschlossen, dass Uwe mir gestern einen Besuch abgestattet hat. Ich schließe die Augen und reibe mir mit den Händen übers Gesicht. So lange, bis ich ein paar Mal tief ein- und ausgeatmet habe. Verdammt! Was mache ich jetzt? Ich drehe mich um und sehe durch die Terrassentüren der Küche nach draußen. Mike zieht stoisch seine Kreise. Könnte ausgerechnet er vielleicht …? Im selben Moment schüttle ich den Kopf. Oder doch? Er hätte etwas gesagt. Denke ich. Ich bin ratlos, räume den Inhalt der Schublade wieder an seinen Platz zurück. Die Polizei hat gefragt, ob etwas gestohlen wurde, doch davon kann ich ihnen nichts erzählen. Stattdessen sollte ich überlegen, wie ich es zurückbekomme.

Alles gerät aus den Fugen, das spüre ich. Noch mal von vorn. Ich schnappe mir eine Flasche Wasser und gehe ins Wohnzimmer, wo ich mich in einer Ecke in einen großen Ohrensessel gleiten lasse.

Uwe. Was ist das für ein Mensch? Er ist nicht einfach nur ein Fan. Das steht inzwischen fest. Er weiß viel über mich. Wie ich tatsächlich heiße, wo ich wohne und dass ich einen schweren Verlust erlitten habe. Er hat seine Hausaufgaben gemacht. Möglich, dass er mehr weiß, wenn er gekommen ist, um es zu holen. Denn wer sollte es sonst gewesen sein. Wie hatte er davon erfahren?

Blödsinn! Das ist alles Quatsch. Egal, wie verrückt der Kerl ist und was er weiß, davon kann er nichts ahnen. Das ist reiner Zufall. Ich muss das ein für alle Mal vergessen. Und viel wichtiger. Ich muss nach vorn schauen und nicht ständig zurück. Die Vergangenheit kann ich nicht mehr ändern. Wer weiß schon, was sich gestern Nacht zugetragen hat. Ich steh unter Stress. Das lässt sich nicht leugnen. Ihr Todestag jährt sich. Das hat ein Echo hinterlassen. Eine Erinnerung daran, dass ich allein bin. Nicht für ein Happy End bestimmt, auch wenn ich sie jetzt habe, meine kleine Familie. Etwas fehlt.

Ich kaue wieder auf meinem Daumennagel herum und spüre, dass man nicht von vorn anfangen kann. Vergangenes wird immer zu meinem Leben gehören wie Gegenwärtiges. Mein totes Kind, mein psychopathischer Ex-Freund und meine tote beste Freundin.

Ich halte inne. So habe ich noch nie über sie gedacht. Seit dem Tag ... diesen Gedanken noch nie so formuliert. Ich hoffe, dass das nicht bedeutet, dass ich sie nie wiedersehen werde. Sie würde mir fehlen. Ich schnappe mir die Flasche Wasser und stehe auf. Bringe sie in die Küche zurück. Ich muss was unternehmen. Irgendetwas, das mich in Bewegung hält. Zum Schreiben bin ich momentan nicht entspannt genug. Meine Gedanken würden nur abschweifen. Das muss bis nach dem Wochenende warten. Wenn Mike wieder in seiner Firma ist und Ben in der Schule. Wenn die Party vorbei ist. Ich wünschte, ich hätte eine Freundin, zu der ich gehen könnte, mit der ich reden könnte.

Warum redest du nicht mit deinem Mann?, fragt eine kleine Stimme in meinem Ohr.

Weil er mich nicht verstehen würde, lautet meine spontane Antwort.

Die Erkenntnis lässt mich seufzen. Sie verknotet mir kurz den Hals, bevor ich den Kloß wegschlucke und meinen Blick senke, der zuvor Mike im Garten fixiert hat. Ich muss hier raus.

Draußen auf der Straße geht es mir deutlich besser. Die milde Herbstluft strömt durch meine Nase und weitet meine Lunge. An diesem Freitagmorgen sind meine Nachbarn in ihren Gärten und harken, grubbern, zupfen oder schneiden. Ich wünschte, ich könnte ebenfalls so viel Elan dafür aufbringen. Ein paar grüßen, als sie mich runter zur Hauptstraße laufen sehen. Irinas Haus zur Linken ignoriere ich. Heute nicht. Ich frage mich, wie ich die nächsten Jahre damit klar kommen will, dass ich es immer vor der Nase habe. Ein Neuanfang wird so kaum möglich sein. Meine Schritte führen mich Richtung Wald. Ein Spaziergang ist jetzt genau das Richtige.

Nachdem ich den Friedhof weit hinter mir gelassen habe, biege ich in einen Sandweg ein. Das Dorf fällt in meinen Rücken zurück. Die Bäume gleiten näher. Ich tauche ein in das grüne Dickicht, das nur am Ende der Gipfel den Blick auf ungetrübtes Blau frei gibt. Tief im Inneren des Waldes kann ich Vögel hören. Ein Tschilpen, Geflatter zwischen den Ästen, ohne dass ich den Vogel sehen kann. Kühle Luft hüllt mich ein, passend zur friedlichen Ruhe um mich herum. Eine eigene Welt, in der ich der Eindringling bin und dennoch willkommen.

Die Zeit läuft hier langsamer, meine Probleme warten auf mich. Draußen am Waldrand. Tief atme ich ein, schließe die Augen. Mein Kopf schwirrt immer noch vor Gedanken, was ich als Erstes tun soll.

Ich weiß es nicht.

Ich trenne mich von dem Druck sofort eine Entscheidung treffen zu müssen, lausche auf die Geräusche des Waldes. Spüre die Luft auf meinem Gesicht. Unter meinen Schuhen knirscht der Weg. Ein Knacken in den Baumkronen der Kiefern hier und dort zieht meine Aufmerksamkeit auf sich.

Plötzlich klingelt mein Handy in der Hosentasche.

»Hallo?«

Es ist Elisabeth. Die Mutter von Isabelle. Isabelle geht mit Ben in eine Klasse. Elisabeth ist keine richtige Freundin, aber wir unterhalten uns immer sehr nett, wenn wir uns mal sehen. Auf Elternabenden, Theatervorführungen der Kinder oder bei Kindergeburtstagen. Viele solcher Gelegenheiten gab es in der Vergangenheit nicht. Die Pandemie hat uns in den letzten zwei Jahren diesbezüglich viel abverlangt. Wir sind schon zufrieden, wenn die Kinder die Schule besuchen oder sich nachmittags sehen können.

Elisabeth klingt aufgeregt. Ich lasse sie reden, höre erst nur mit einem Ohr zu. Meine eigenen Gedanken halten mich viel zu sehr gefangen. Dann wird mir bewusst, dass sie über mich redet.

»Was hast du gesehen? ... gelesen? ... was?«

Mein Herz steht still. Die Geräusche des Waldes sind mit einem Mal verstummt und die Bäume beginnen sich um mich herum zu drehen.

»Was für ein Schwachsinn! ... Wer hat dir? ... Nein. Es ist nicht wahr! Wer schreibt so einen Blödsinn? ... Gab es keinen Absender? ... Oh Gott!«

Mir kommen die Tränen. Elisabeth hat in der Nachbarschafts-App einen Eintrag entdeckt, in dem vor mir und meinen ›untreuen Machenschaften‹ gewarnt wird. Offenbar hat ein anonymer Absender beschrieben, wie ich ihn mit List und Tücke um eintausend Euro erleichtern wollte, indem ich vorspielte, eine Affäre mit ihm zu haben. Während dieser Affäre soll ich auf belastende Schulden hingewiesen haben, von denen ich unmöglich meinem Mann erzählen könne. Als er mir dennoch nicht helfen wollte, hätte ich gedroht, seiner Frau von uns zu erzählen. Heldenhaft hat er sich nun entschieden, seiner betrogenen Ehefrau zu beichten und in der Hoffnung, sie möge ihm verzeihen, diesen Artikel zu posten, um andere potenzielle Opfer vor mir zu warnen.

»Was mache ich denn jetzt?«, frage ich Elisabeth. Meine Kehle ist staubtrocken und eng. Sie findet, ich sollte das zur Anzeige bringen.

»Oh Gott. Was, wenn Mike das gesehen hat?« Inzwischen laufen mir die Tränen sturzbachartig über das Gesicht. Sie hört, wie ich schluchze, und beginnt mich zu trösten. Wenn sie wüsste, dass meine Seele nur Schmerz gewöhnt ist. Doch womöglich kann sie es sich denken. Jeder im Dorf weiß, dass ich die Frau bin, die Irina damals gefunden hat. Die Frau, die sie tot gesehen hat.

Nachbarn sind ein berechenbares Volk. Sie kommen scharenweise herbei, um dir in deiner schwersten Stunde zur Seite zu stehen, nur um ein exklusives Detail einer morbiden Story zu erhaschen, mit dem sie bei ihren echten Freunden prahlen können. Wenn sich die ganze Aufregung dann gelegt hat, sind sie alle mit einem Mal verschwunden. Wie auf Knopfdruck hat plötzlich keiner mehr Zeit für eine Tasse Kaffee. Immerhin klebt der Schrecken dieser blutigen

Tat in ihren Augen an dir und zieht sie in etwas hinein, das sie gern erfahren, aber womit sie nicht in Berührung kommen wollen. Die Sensationslust weicht schnell dem Drang, dich zu meiden, sodass nicht nur dein Trauma, sondern auch ihr Verhalten dir gegenüber ein Stigma hinterlässt.

Seit einem Jahr habe ich kaum Kontakt zu meinen Nachbarn. Sie grüßen freundlich, nicken, wenn ich vorbeigehe. Ben und Mike sprechen sie freundlich an, bei mir bleiben sie distanziert. Scheinbar bin ich ansteckend. Mit Tod. Wenn die wüssten, wie recht sie haben.

Elisabeth hat sich davon nicht abschrecken lassen, doch auch sie ist eine oberflächliche Bekannte und wird vermutlich nie mehr werden. Zu sehr schirme ich mein Innerstes vor ihr ab. Was würde es auch nützen? Ihr würde es nicht gefallen, mehr über mich zu erfahren.

Doch das ... ich kann kaum atmen, beim Gedanken, dass der Ruf meiner Familie in den Dreck gezogen wird. Blind stolpere ich abseits des Weges durch das Unterholz.

»Weißt du, wann das geschrieben wurde?«

Sie schaut offensichtlich nach.

»Heute früh.«

Das war's. Das dicke Ende kommt also noch. Kein Eintrag, der länger im Nirgendwo verweilt hat. Ungesehen, ohne Schaden anzurichten. Das hier ist brandneu und hat den Weg sofort in mein Leben gefunden. Während ich ziellos durch die Büsche streife, überlege ich, ob womöglich selbst Elisabeth ihren Freunden davon berichten wird. Sie wird es sicher vorsichtig tun, ohne mich in ihren Äußerungen in den Dreck zu ziehen. Vielleicht wird sie verwundert tun, dass so etwas passieren kann. Doch sie wird es verbreiten wie jeder andere, der uns kennt.

Oh Gott, Ben!

Jetzt heule ich und weil ich meine Gefühle nicht mehr unter Kontrolle kriege, entschuldige ich mich am Telefon und lege auf. Was geht hier vor sich? Schwer gleitet mein Arm mit dem Handy in der Hand nach unten, nachdem ich aufgelegt habe. Ich streife weiter Richtung Bachlauf. Alles fühlt sich mit einem Male sinnlos an, geradezu aussichtslos. Mein Atem steckt zwischen Kehlkopf und Brust fest. Meine Kehle ist kurz vorm Zerbersten.

Was habe ich getan? Sie werden unseren kleinen Jungen hänseln und ihm das Leben in der Schule zur Hölle machen. Das ist eine kleine Gemeinde. Hier kennt jeder jeden.

Ruhelos bewegen sich meine Füße weiter, während ich starr ins Nichts blicke. Das geht eindeutig nicht mehr nur gegen mich. Hier will jemand meiner ganzen Familie schaden. Ben. Dieser unschuldige Junge.

Wie betäubt stecke ich mein Handy in die Hosentasche und gehe weiter. Das Moos zu meinen Füßen wird immer weicher. Dazwischen abgestorbene Äste. Stolperfallen. Die Tränen lassen meinen Blick verschwimmen. Meine Nase fühlt sich wund an, die Augen brennen. Wann hört das auf? Nicht dieses Jahr, antworte ich in meinem Kopf. Der Weg liegt inzwischen weit hinter mir. Ich stolpere durch ein kleines Dickicht, in dem ich mich plötzlich wiederfinde. Meine Strickjacke bleibt an einem hartnäckigen Ast hängen und zerrt mich zurück. Gewaltsam reiße ich mich los. Kann irgendwo auf der anderen Seite schon das Geplätscher des Flusses ein paar Meter unter mir hören. Ich komme ins

Straucheln und spüre, wie ich mein Gleichgewicht verliere. Das Gebüsch zerrt an mir und hält mich zurück. Ich könnte schwören, es legt mir die Hände auf die Schultern und packt mich. Mein Blick ist immer noch verschwommen und so kann ich die Ursache für meinen Sturz nicht ausmachen, der direkt im Anschluss folgt. Erst torkele ich unbeholfen über den Teppich aus Nadeln und Ranken. Dann habe ich mich verheddert. Es fühlt sich an, als würde mir ein gespannter Ast, an dem ich mich zuvor verfangen habe, einen Schubs geben und mich von meinen Beinen befördern. Die Hände zum Kopf gezogen … so versuche ich, mich vor dem unweigerlich harten, unkontrollierten Aufprall zu schützen. Doch da ist nichts. Und in diesem Moment wird mir klar, dass ich schon viel zu lange falle.

KAPITEL 11

»Sandra? Hey.«

Etwas klopft auf meine Wange.

»Hey. Alles okay?«

Ich schwimme weit weg in Stille.

»Mach die Augen auf.«

Stöhnend öffne ich langsam meine Lider. Um mich herum sind Bäume und ein großes Stück Himmel. Vögel zwitschern. Ein paar blaue Fetzen strahlen zwischen den Baumwipfeln auf mich herab. Ich muss blinzeln, weil mich ein Sonnenstrahl trifft. Mein Rücken fühlt sich kühl an … nein, feucht. Erschöpft stoße ich den Atem aus und würde am liebsten die Augen sofort wieder zumachen. Doch er lässt mich nicht.

»Bleib hier! Sandra!« Er rüttelt an mir. Gott ist das anstrengend!

»Mach die Augen wieder auf oder ich rufe einen Rettungswagen.«

Was für einen Wagen? Ich blinzle erneut. So langsam dringt das sanfte Rauschen eines Flusses zu mir. Es riecht nach Wald. Jetzt erinnere ich mich: Ich bin im Wald und liege auf dem Boden. Als ich meinen Kopf leicht drehe, spüre ich, wie kalt es darunter ist. Liege ich auf Sand? Es knirscht so. Mit einem tiefen Atemzug öffne ich meine Augen vollständig und spanne die Nackenmuskulatur an, um meinen Kopf zu heben, und da ist Rick. Er taucht ganz plötzlich in mein Gesichtsfeld und sieht besorgt aus.

»Was ist passiert?«

Er starrt mich an. »Du bist die Böschung hier runtergefallen.«

»Was?«

»Ja.«

»Wie ist das passiert?«

»Ich weiß es nicht.«

»Das verstehe ich nicht.«

»Ich bin spazieren gegangen und habe deinen ... einen Schrei gehört. Also hab ich mich umgeschaut. Als ich niemanden entdecken konnte, bin ich Richtung Fluss. Der Schrei klang nah und das war die einzige Stelle, die ich nicht einsehen konnte, weil es hier ja ein paar Meter nach unten geht.«

»Und da hast du mich gefunden.«

»Genau. Da hab ich dich gefunden. Wie fühlst du dich? Meinst du, du kannst dich aufrichten?«

Ich nicke. Dann setze ich mich hin. Nach Stehen ist mir nicht zumute. Der nasse Flusssand hier am Ufer durchweicht mir meine Jeans, doch das ist mir egal. Die Knochen tun mir weh. Langsam strecke ich meine Arme aus und versuche zu ergründen, ob ich Schaden davon getragen habe. Rick beobachtet mich wohlwollend. Mein Rückgrat schmerzt und mein Kopf ... »Uhh.«

»Alles okay?«

Ich fasse mir an die Schläfe. »Ich brauche einen Moment.«

Er nickt, sieht aber besorgt aus. »Soll ich dich lieber zum Arzt bringen?«

Die Frage hängt einen Moment zwischen uns und wedelt im Wind wie die Bettwäsche auf meiner Leine im Garten. Er zieht die Brauen hoch.

»Gleich. Gib mir ein bisschen Zeit, dann wird das schon.« Ich blicke den Hang hinauf. Das sind nur drei Meter. Die bin ich sicher nicht komplett hinunter gestürzt. Auch wenn ich mich kaum erinnern kann. Es gibt hier Sträucher und kleine Bäume. Etwas hat vermutlich meinen Sturz rechtzeitig gebremst, bevor ich mir den Hals brechen konnte. Ich schaue mich um. Nichts ist verschwommen. Ich habe noch einmal Glück gehabt.

»Ich denke, es geht schon.« Langsam erhebe ich mich. Rick stützt mich sofort mit einem Arm. Hinter meiner Stirn dröhnt es.

Mit einem Mal kehrt die Erinnerung an das letzte Telefongespräch zurück und ich atme scharf ein.

»Ist was? Hast du Schmerzen?«

»Nein, ich glaube nicht.«

»Was meinst du, sollen wir sicherheitshalber einen Krankenwagen holen? Du warst eine Weile weg. Ich befürchte, du hast dir den Kopf bei dem Sturz angeschlagen.«

»Nein. Schon gut. Ich glaube es geht mir gut.«

Eine Weile sieht er mich einfach nur an. So, als wollte er sichergehen, dass ich die Wahrheit sage. Dann wird sein Blick sanfter und er schmunzelt sogar ein bisschen.

»Was hast du gemacht?«

»Ich weiß nicht.« Ich versuche, die letzten Minuten zu rekonstruieren. »Ich bin durch den Wald gelaufen und hab mich da oben verheddert.« Er folgt meinem Blick, als ich auf die Büsche am Ende der Böschung deute. »Dann bin ich irgendwie ausgerutscht und abgestürzt.«

»Aha.« Er nickt vielsagend und irgendwie mitleidig. »Du hast geschrien.«

»Daran erinnere ich mich nicht mehr.«

»Wenn du das nicht getan hättest, hätte ich dich niemals entdeckt.«

»Hmm. Wahrscheinlich wäre ich dann trotzdem aufgewacht.«

Jetzt grinst er. »Du bist Optimistin. So hab ich dich gar nicht eingeschätzt.«

»Ach nein?«

»Nein. Ich hatte bisher ein völlig anderes Bild.«

Ich muss an unsere Fahrt in das Café denken und meinen Ausraster auf dem Rückweg. Er wird sich ein Bild von mir gemacht haben. Das Bild einer schwachen Frau.

»Du meinst, nur weil mir das Pech an den Händen klebt, lasse ich dauerhaft den Kopf hängen?«

Eine Sekunde sieht er überrascht aus. Dann weicht diese Emotion einer Ernsthaftigkeit. Sofort tut mir meine Impulsivität leid.

»Entschuldige. Ich weiß, ich bin eigentlich nicht diejenige, der das Unglück widerfahren ist, sondern deiner Schwester und eurer Familie.«

Er presst die Lippen zusammen. »Nein, du hast recht. Es war ohne Frage schrecklich für dich.«

Und schon ist es wieder still zwischen uns und keiner macht einen Schritt auf den anderen zu.

»Ich sollte nach Hause gehen. Mein Mann fragt sich sicher schon, was los ist.«

»Na klar.«

Ich taste nach meinem Handy in meinen Hosentaschen, kann es aber nicht finden. Beunruhigt sehe ich mich auf dem Boden um.

»Suchst du was?«

»Ja. Mein Handy.«

»Hast du es beim Sturz verloren?«

Ich nicke und lasse meine Augen fieberhaft über den Waldboden an der Böschung streifen. Das Gras steht dort so hoch, dass ich befürchte, mein Mobiltelefon darin für immer verloren zu haben. Plötzlich klingelt es. Mit einem Blick auf Rick sehe ich, dass er telefoniert – er ruft mich an. Was für ein Engel! Drei Meter von mir entfernt ziehe ich es unter einem Büschel zusammengepresster Farne hervor. Erleichtert. Als hätte ich mein Leben zurück. Mein Leben ...

Er geht neben mir her, als wir uns in Bewegung setzen und da wird mir mulmig zu Mute.

»Was hast du jetzt vor«, frage ich und bleibe stehen.

»Ich bringe dich nach Hause.«

Mein Bauchgefühl hat mich nicht getäuscht. »Lieber nicht. Du wolltest doch spazieren gehen.«

»Um ehrlich zu sein, habe ich dich gesucht.«

»Was?« Ich drehe mich zu ihm, bleibe stehen und berühre seinen Arm. »Du hast doch gesagt, du bist zufällig hier lang gekommen.«

»Das war gelogen.«

»Wieso?«

Er sucht nach den richtigen Worten. In seinem Gesicht erkenne ich Reue über das eben abgelegte Geständnis. Dann ringt er sich durch.

»Ich war auf dem Friedhof.«

»Da bist du ziemlich oft in letzter Zeit.«

Er nickt. Wir gehen weiter.

»Ich habe verstanden, dass du deiner Schwester sehr nahe gestanden hast, auch wenn ihr euch längere Zeit nicht gesehen habt, aber ... ich kenne niemanden, der so oft das Grab eines Familienmitgliedes aufsucht, wenn es nicht ein Kind oder Elternteil ist. Und selbst dann. Die meisten schaffen das nicht, selbst wenn es ihnen nach einem Jahr Schmerzen wie am ersten Tag verursacht. Wahrscheinlich gerade deswegen.«

»Korrekt.«

Das reicht mir nicht als Erklärung, also sehe ich ihn an.

»Du liegst richtig, wenn du denkst, dass mehr dahinter steckt.«

»Also?«

»Ich bin vielleicht ein bisschen öfter hier gewesen in letzter Zeit … weil ich dich sehen wollte.«

Ich rücke ein Stück von ihm ab. »Wieso das denn?«

»Ich mag dich«, sagt er leichthin und sieht dabei unschuldig aus. »Der Friedhof ist, so blöd das klingt, mein einziger Anlaufpunkt hier im Dorf. Die einzige Rechtfertigung, um überhaupt zu kommen.«

Skeptisch mustere ich ihn.

»Er ist nicht weit von eurem Haus entfernt, und ich hatte gehofft, wenn ich hier rumstreifen würde, dass ich dich zufällig treffen könnte.«

»Aha.«

»Und dann bist du tatsächlich an der Straße langgegangen. Ich habe erst drüber nachgedacht, nach dir zu rufen, doch das erschien mir unpassend zwischen all den Gräbern.«

Ich verziehe das Gesicht.

»Also habe ich den Friedhof verlassen und bin dir gefolgt. Du hattest einen ganz ordentlichen Vorsprung, und als ich im Wald schließlich ankam, hatte ich dich aus den Augen verloren. Da hast du geschrien und den Rest habe ich dir erzählt.«

Ich finde diese Geschichte so schwer zu verdauen wie das Laugenbrötchen, das ich zum Frühstück hatte. Keine Ahnung, wieso ich mit einem Mal eine gewisse Distanz zu Rick hergestellt habe, doch ich stelle fest, dass meine Knie in seiner Gegenwart nicht mehr so weich werden wie bei unseren letzten Wiedersehen. Nichts wirkt mehr zufällig oder unschuldig. Eigenschaften, von denen unsere ersten Begegnungen geprägt waren. Ich fühle mich ein wenig wie beim dritten Date, bevor ich ihm sagen werde, dass es mit uns nicht funktionieren kann.

»Hast du jemanden gesehen, als du in den Wald gekommen bist?«, frage ich.

»Nein. Niemanden. Wieso?«

»War nur so ein Gedanke.« Ich studiere sein Gesicht, so wie er es vorhin bei mir getan hat, besinne mich aber dann darauf, dass ich nach Hause muss. »Ich will gehen.«

»Okay. Dann lass uns los. Ich bringe dich zumindest bis in deine Straße.«

»Das möchte ich nicht.«

»Wieso das denn nicht? Was ist denn dabei?«

Oh Gott. Wie soll ich ihm erklären, dass die Nachbarschaft mich inzwischen als Professionelle betrachtet und sich in diesem Ansinnen bestätigt sehen wird, wenn ich an der Seite eines fremden Mannes aus dem Wald ins Dorf gehe.

»Es geht einfach nicht.«

»Ich will dich nicht allein gehen lassen. Du hattest eine Gehirnerschütterung. Du warst weggetreten. Ich will sichergehen, dass du heil ankommst.«

»Das verstehe ich. Wirklich, aber die Nachbarn tratschen schon bei der kleinsten Gelegenheit.«

»Na und? Was kümmert's dich?«

»Du hast leicht reden. Du lebst nicht hier. Ich muss auch die nächsten Jahre noch mit ihnen auskommen.«

»Und du glaubst, dass sie derart mittelalterliche Ansichten haben, nur weil ich ein Mann bin?«

Ich zucke mit den Schultern. Jetzt sieht er skeptisch aus.

»Wie du willst. Bis zum Waldweg kann ich aber schon noch neben dir hergehen oder meinst du, sie haben hier draußen auch Spitzel?« Er verzieht das Gesicht. Ich vermute, das ist gekränkter Stolz. Ich lasse mich auf keine Diskussion ein.

»Kein Problem.« Zu weiteren Rechtfertigungen habe ich keine Lust. Es ist meine Entscheidung.

Wir gehen ein Stück am Ufer entlang, bevor der Weg langsam ansteigt und in den Wald zurückführt. Er hat mir geholfen und sich um mich gekümmert, geradezu gesorgt. Wenn ich wollte, würde er mich zum Arzt bringen. Das ist möglicherweise das, was jeder pflichtbewusste Mitbürger täte, doch ich spüre eine emotionale Verbundenheit bei ihm. Er will, dass es mir gut geht. Wieso würde er mir sonst so oft so nahe kommen. Bei genauerem Nachdenken fühle ich mich ein bisschen schuldig. Doch nützt es nichts. Ich muss die Sache beenden, bevor sie gefährlich wird.

»Ich glaube nicht, dass wir uns einen Gefallen tun, wenn wir uns treffen.«

Das scheint ihn zu erfreuen. Er äußert sich aber nicht dazu.

»Ich muss irgendwann loslassen. Verstehst du das?«

»Ja.«

»Von Irina.«

»Ich weiß, was du meinst.« Er versteht es. Er erinnert sich, wie real Irina auch heute noch für mich ist. Ein Wunder, dass ihn das nicht vergrault hat.

»Dennoch müssen wir uns irgendwann unterhalten.« Dieser Satz beinhaltet eine Härte, die ich so nicht erwartet habe.

»Worüber?«

»Du weißt, worüber.«

»Ich habe dir schon gesagt, dass ich dieses Thema abschließen will.«

»Das ist nicht fair. Und das weißt du.« Er dreht sich zu mir und hält mich am Arm fest. Eine aggressive Geste, die mir einen Schauer über den Rücken jagt.

»Lass das. Du tust mir weh.«

»Entschuldige.« Er lässt sofort von mir ab.

»Was soll das bringen?«, frage ich nach einer Weile, die wir weiter nebeneinander hergehen.

»Der Fall ist nicht gelöst und es könnte uns zum Täter führen.«

»Uns? Ich habe nicht vor, etwas zu tun, das mich wieder in diese Geschichte hineinzieht. Das, was ich erlebt habe, war schlimm genug. Tut mir leid. Ich weiß, es geht um deine Schwester, aber das gibt dir nicht das Recht, mich da hineinzuziehen.«

Ich kann sehen, wie enttäuscht er ist und ein Stück weit wütend. Wie ein zorniges Kind, das sich unter Kontrolle hat.

»Du hast recht. Ich habe nicht das Recht, dich zu quälen. Ich hoffe, du weißt, dass das nie meine Absicht war.«

Ich nicke. Einen Moment sehe ich zu ihm rüber. Er ringt um die richtigen Worte.

»Aber sie war deine Freundin. Willst du nicht wissen, wie es passiert ist?«

»Rick. Ich denke, wir sollten uns hier trennen.« Inzwischen stehen wir wieder auf dem Waldweg. Er hebt hilflos die Arme, nickt dann aber langsam und atmet geräuschlos aus.

»Wie du willst. Wenn du es dir anders überlegst, freue ich mich, wenn du mich anrufst. Meine Nummer hast du ja jetzt.«

»Ich hab sie nicht gespeichert.«

Er zieht die Augen zu Schlitzen. »Ich schicke dir eine Nachricht.«

»Bitte warte nicht darauf.«

»Schon klar.«

Dann trennen wir uns und ich gehe allein zurück ins Dorf. Mike wird mich längst suchen. Allerdings hätte er mir dann eine Nachricht geschickt. Ich frage mich, ob er gesehen hat, wie ich spazieren gegangen bin und deshalb keine Nachfrage kam.

KAPITEL 12

Zu Hause werfe ich als Erstes einen Blick in den Garten. Mike ist nirgends zu sehen. Der Rasenmäher ruht einsam auf der halb gemähten Fläche. Daneben steht die Schubkarre, gefüllt mit Grasresten aus dem Mäher. Von Mike keine Spur. Ich streife mir die Jacke ab, stelle fest, dass der Sturz im Wald ein ziemliches Loch hineingerissen hat, und betrete unser Haus durch die offene Terrassentür.

»Mike?« Der Ruf verhallt, ohne die kleinste Reaktion zu verursachen. Hier ist niemand. Ich verlasse das Haus über die Terrasse und vergewissere mich, dass sein Wagen in der Einfahrt steht. Dann laufe ich einmal außen herum. Ein paar Kiesel aus der Einfahrt haben sich auf den Granitweg verirrt. Ich kicke sie mit dem Fuß zurück, begutachte die Flechte, die an der Nordwand des Hauses erblüht ist, und gehe Richtung Schuppen. Die Tür steht offen. Ich werfe einen Blick hinein und sehe Mike, der mit dem Rücken zu mir in seinem Handy surft. Er hat einen Arbeitshandschuh ausgezogen und tippt eifrig. Es sieht angestrengt aus. Seinen Kopf hält er gesenkt und verkriecht sich geradezu in sein Mobiltelefon, als befände er sich in einer heftigen Diskussion.

Die Nachbarschafts-App! Das vernichtende Gerücht hat seinen Weg zu ihm gefunden. Hitze steigt an meinem Hals nach oben und mir wird flau im Magen.

»Hey«, sage ich zaghaft.

Er zuckt so stark zusammen, dass mein schlechtes Gewissen ins Unermessliche steigt. Ich spüre, dass etwas zwischen uns steht. Mein Herz fängt wie wild an zu wummern und meine Hände beben.

»Du hast es offensichtlich schon gehört.«

Mike sieht mich abgehetzt an.

»Können wir uns unterhalten?«, frage ich vorsichtig, weil ich befürchte, dass er mit Vorwürfen beginnt, noch bevor er meine Sicht der Dinge gehört hat.

»Wenn du es möchtest.«

»Natürlich.«

»Kann ich zuerst meine Arbeit beenden? Dann treffen wir uns auf der Terrasse.«

Eine Stunde später kommt Mike aus der Tür nach draußen und setzt sich neben mich auf die Terrasse. Er trägt saubere Kleidung. Seine Haare sind feucht vom Duschen. Er hält zwei Flaschen Bier in der Hand, von denen er mir eine reicht. Geöffnet. Während ich auf ihn gewartet habe, sind mir tausend Sachen durch den Kopf gegangen. Jetzt sitzt er mir gegenüber, sieht mich verhalten an und scheint darauf zu hoffen, dass ich von selbst beginne.

»Elisabeth hat mich vorhin angerufen.«

Er wartet ab.

Ich schlucke und springe. »Sie hat mir erzählt, was in der Nachbarschafts-App steht.«

»Was?«

Das ist wie allein Tennis zu spielen. »Die Verleumdung über mich in der Nachbarschafts-App.«

»Ich weiß nicht, was du meinst. Ich dachte … welche Verleumdung?« Er weiß nichts davon.

Ich nehme mein Handy vom Tisch und suche die entsprechende Stelle heraus. Mit ausgestrecktem Arm lasse ich ihn lesen.

»Jemand hat anonym behauptet, dass ich verheiratete Männer um Verstand und Geld bringen würde und hat das online gestellt.« Mit großen Augen reiche ich ihm mein Telefon. Mike nimmt es entgegen, dreht es und liest den Post mit eiserner Miene zu Ende.

»Das ist ungeheuerlich!«

»Mike, ich schwöre dir, ich habe nie …«

Belustigt sieht er mich an. »Du willst dich doch jetzt nicht wirklich rechtfertigen, oder?«

»Ich …«

»Keine Sekunde würde ich glauben, dass da etwas dran ist.« Er sieht erleichtert aus und ich bin es auch. »Das wolltest du mit mir besprechen, ja?«

»Ja, genau.«

»Gut.«

»Gar nichts ist gut! Hast du das überhaupt gelesen?«

»Das ist eine Frechheit! Absolut! Hast du eine Idee, wer sich dahinter verbergen könnte?«

Ich schüttle verzweifelt den Kopf.

Er tippt.

»Was machst du?«

»Ich antworte natürlich. Ich wüsste nicht, was wir sonst tun wollen.«

»Und? Was schreibst du?«

»Ich weise auf die konkrete Verleumdung hin und fordere ihn auf, diesen Post zu entfernen. Sollte ich herausfinden, wer dahinter steckt, würde ich ihn anzeigen. Ich schreibe das unter meinem Namen, um keine Zweifel aufkommen zu lassen, dass ich hinter dir stehe.«

Ich habe einen Kloß im Hals. »Danke schön.«

»Was hast du erwartet?«

»Ich weiß nicht. Dass du mich verurteilst, noch bevor ich was dazu sagen kann … vielleicht.«

Seine braunen Augen ruhen sanft auf mir und bestätigen, dass alles gut werden wird.

»Es tut mir leid, dass dich jemand so durch den Dreck ziehen will.«

»Wer macht so was?«

»Kann es jemand von den anderen Eltern sein?«

»Mit den Vätern hatte ich noch nie etwas zu tun.«

»Der Schreiberling war anonym. Ist nicht gesagt, dass es überhaupt ein Mann ist. Vielleicht eine Mutter, die dich nicht leiden kann. Jemand, der auf dich neidisch ist. Du weißt schon: das Haus, dein Job ...«

»Das glaube ich nicht. Wer wäre aus diesen Gründen zu etwas Boshaftem fähig?«

»Wie wäre es mit deinem Stalker?«

»Meinst du?«

»Hast du mal wieder etwas von ihm gehört?«

Ich hebe die Schultern. »Funkstille.«

»Hmm. Vielleicht haben wir jetzt tatsächlich Ruhe vor ihm.«

Wie gern würde ich mit Mike meinen Kummer teilen. Ihm sagen, dass dieses Aas vor einer halben Stunde eine E-Mail geschrieben hat? Doch wie könnte ich?

Wie viele Männer gibt es in deinem Leben, liebe Sandra? Wen wirst du wählen? Wird es der dunkelhaarige Jüngling aus dem Wald, der treudoofe Ehemann oder der dich über alles liebende Fan?

Ich habe diese Mail mit keiner Antwort gewürdigt. Ob das ein Fehler war, wird sich noch zeigen. Doch Mike die Sache mit Rick zu beichten, ist inzwischen völlig unmöglich. Er würde sich sofort fragen, ob an dem Post in der Nachbarschafts-App irgendetwas dran ist.

Nachdem ich eine Stunde später die Haushaltshilfe reingelassen habe, setze ich mich an meinen Rechner. Ich habe eine Entscheidung getroffen. Zu lang habe ich andere Leute diktieren lassen, was ich tun sollte. Habe abgewartet, nachgefragt, mir ihren Segen geholt. Mike, Doktor Feldmann, Irina und irgendwie auch Rick. Es ist an der Zeit, einen eigenen Weg zu gehen. Uwe wird sich nicht in diese Linie einreihen. Er hat mich zu lange in eine Ecke gedrängt. Es wird Zeit, dass ich aktiv werde. Ich öffne den Account für meine Fanpost und klicke seine letzte Nachricht an. Dann gehe ich auf Antworten.

Was hältst du davon, wenn wir uns treffen?

Nein! Das lösche ich sofort wieder. Das ist die alte Falle, Sandra. Immer erst die anderen nach ihrer Meinung fragen. Ich starte einen neuen Versuch.

Ich möchte dich sehen. Wir sollten uns treffen. Am besten passt es mir am Montag, am Vormittag. Wir können uns auf dem Marktplatz vor dem Rathaus treffen oder im Kurpark. Entscheide du.

Sehr gut! Ködere ihn mit der Illusion, dass er immer noch Kontrolle über die Situation besitzt, obwohl du ihn ganz klar in eine Richtung lenkst. Ich bin stolz auf mich, unterschreibe mit meinem Namen und sende die Nachricht ab.

Eine ganze Weile sitze ich vor dem Rechner und warte auf Antwort. Doch nichts passiert. Ich beobachte ein paar Spaziergänger auf dem Gehsteig vor dem Haus vorbeiziehen. Die Vögel zwitschern und aus der Ferne röhrt der Rasenmäher eines Nachbarn. Ilse schmeißt mit einem Mal den Staubsauger an und zerstört die friedliche Stille, der ich mich soeben noch hingegeben habe. Ich denke an die Zeiten zurück, an denen ich mit Irina auf der Couch im Wohnzimmer gesessen und getratscht habe, während Ilse das Haus reinigte. Wir hatten das Gefühl, sie würde immer gern in unserer Nähe putzen, um gelegentlich ein paar Wörter unserer Gespräche aufzuschnappen. Immer, wenn wir lachten, sahen wir sie kurz darauf mit einem Staublappen in der Hand unweit Flächen abwischen. Die Zeiten sind vorbei.

Gestört durch den stetig näher kommenden Lärm vom Staubsauger fliehe ich mit meinem Handy in die Küche. So verpasse ich seine Antwort nicht.

Bleib ruhig, Sandra. Du kannst ihm ohnehin nicht sofort antworten, sonst weiß er, wie nervös du bist.

Also starre ich aus der Terrassentür hinaus zu Mike, der draußen in der Sonne sitzt und ein weiteres Bier vernichtet. Er starrt gebannt in sein Handy, in das er von Zeit zu Zeit energisch tippt. Hinter ihm Irinas Haus. Eingebettet in ihren verwilderten Garten. Ich muss schlucken bei seinem Anblick.

Wie lang ich hier gesessen habe, weiß ich nicht. Meine Gedanken wanderten davon und ich ließ sie ziehen. Als ich wieder nach draußen sehe, ist Mike weg und über Irinas Haus eine schwere Wolke aufgezogen. Ich ziehe mein Handy hervor und gehe durch meine Mails. Da ist eine ungelesene. Den Ton bei ihrem Eintreffen habe ich gar nicht gehört. Es ist tatsächlich schon ein paar Minuten her.

Liebe Sandra,

ich freue mich, dass du endlich zur Vernunft gekommen bist. Nichts täte ich lieber. Doch erscheinen mir deine zwei vorgeschlagenen Orte als etwas unpersönlich. Das ist wohl nicht das Richtige für uns. Ein etwas intimerer Ort erscheint mir doch viel passender. Lass uns etwas in der Natur wählen. Ich treffe dich gern am Fluss. An der Stelle, wo dich dein Romeo heute gerettet hat, vielleicht? Ja. Da können wir uns sehen. Zehn Uhr scheint mir angemessen.

Ich freu mich auf dich!

Dein Fan

Schmallippig starre ich auf das Display meines Mobiltelefons. Der Schuss ging ordentlich nach hinten los. Er hat sich weder von meiner Autorität beeindrucken lassen, noch ist er auf meinen kleinen psychologischen Trick reingefallen. Irina hatte mir davon einst erzählt. Sie nutzte derlei

Spielchen gern, um ihren Mann ein wenig zu lenken: ›Würdest du nach dem Essen lieber den Rasen mähen oder einkaufen gehen? Was ist dir lieber?‹

»So hat er das Gefühl, Herr der Lage zu sein und eine eigene Entscheidung zu treffen«, hatte sie gesagt und dabei gelacht. Theo war ihr immer hoffnungslos unterlegen.

Was konnte ich jetzt tun? Uwe war in der Nähe, so viel stand fest. Wie sonst hätte er wissen können, wo ich den Vormittag verbracht hatte und mit wem. Das hatte ich mir nach seiner letzten Nachricht schon zusammengereimt. Doch ihn allein im Wald treffen? Das ist keine Option. Dort habe ich keine Chance gegen ihn, was auch immer er mit mir vorhat. Es sei denn ... nein, ich muss ihn zwingen, wenigstens einen Kompromiss einzugehen. Er wird sich darauf einlassen. Zu viel liegt ihm an unserer Begegnung. Da bin ich sicher.

Ich gehe zurück an meinen Rechner, auch wenn Ilse momentan in meinem Arbeitszimmer die Blumen gießt. Sie weiß, dass ich tagsüber arbeiten muss. Das stört sie also nicht. Genau genommen habe ich seit einigen Tagen nicht gearbeitet. Dank Mike muss ich das auch nicht. Nächste Woche nach der Party werde ich mich dennoch wieder ransetzen. Zu lange haben mich andere Dinge von der Tätigkeit abgehalten, die ich am meisten liebe und die es mir erlaubt, mich in andere Welten zu … ich halte inne … ist ›zu flüchten‹ die richtige Beschreibung? So möchte ich es nicht sehen. Vielmehr ist es doch so, dass ich sie erschaffe, diese Welten. Heile Welten, in denen der Junge am Ende immer das Mädchen kriegt und das Böse seine gerechte Strafe. Doch das ist nicht meine Fantasie, es ist bereits da, da draußen und wartet darauf, dass ich es mit dem Kegel meiner Taschenlampe streife und für den Leser sichtbar werden lasse. Denn das ist die Wahrheit. Unabhängig davon, in welcher Hölle man aufgewachsen ist. Irgendwo da draußen gibt es diese Welt.

Ich spüre einen beginnenden Kopfschmerz und beeile mich, zum Computer zu kommen. Ilse nimmt sich soeben das zweite Fensterbrett vor und ich haue in die Tasten.

Völlig richtig. Wir sollten uns mit ein bisschen mehr Privatsphäre treffen. Doch nicht im Wald. Da bitte ich dich drum. Komm lieber zu mir nach Hause. Die Familie wird außer Haus sein. Das kann ich dir versichern. Wir sind also völlig ungestört. Zehn Uhr passt mir.

Das schicke ich mit Herzklopfen ab. Hoffentlich war das kein Fehler. Ich bin konsequent geblieben, habe aber auch einen Teil seiner Vorschläge akzeptiert. Das nennt man einen Kompromiss. Das ist das Beste, was Uwe von mir bekommen wird. Sollte er das nicht wollen, sage ich das Treffen ab. Doch ich habe so ein Gefühl, dass er das nicht riskieren wird. Wir beide wollen es nicht. Deshalb wird er kommen.

An der Haustür klingelt es und ich springe auf, um Ben reinzulassen. Die Schule ist aus. Wochenende. Die Freude darüber ist ihm deutlich anzusehen. Ich drücke ihn überschwänglich an mich und er runzelt ein wenig die Stirn.

»Alles in Ordnung?«, fragt er.

»Selbstverständlich! Ich freu mich auf dieses Wochenende. Dein Vater hat Geburtstag und wir werden viel Spaß haben.«

Er grinst. Ich habe ihm nichts erzählt. Mich beschleicht seit einiger Zeit das Gefühl, er weiß, dass ich etwas geplant habe. Doch er ist erwachsen genug, sich zu gedulden, weil er mir vertraut in puncto Planung. Ein verschwörerisches Lächeln umspielt seine Mundwinkel, die Lider hängen tief. Er will mir zeigen, dass er etwas weiß. Ich liebe diesen Jungen. Also zerwuschle ich sein Haar, setze einen dicken Schmatzer auf seine Wange und schicke ihn in den Garten, wo ich seinen Vater vermute.

Heute gibt es ein schnelles Essen. Etwas Fisch, gedünstetes Gemüse und Kartoffelbrei.

Die Zutaten garen seit einiger Zeit auf dem Herd, als mir einfällt, dass ich noch keine Antwort von Uwe erhalten habe. Ich checke mein Handy und stelle fest, dass keine ungelesene Nachricht auf mich wartet. Möglicherweise lässt er mich schmoren. Er ist darin besser als ich. Auch wenn ich bisher daran keinen Zweifel hatte – er ist definitiv ein Mann.

Wir essen alle gemeinsam auf der Terrasse. Ben verschmäht wie immer den Sellerie und den Lauch, isst dafür aber die Möhren. Mike hat während des Essens geschwiegen. Er wirkt in Gedanken und ich befürchte, dass er sich Sorgen wegen dieser Bloßstellung im Netz macht. Als Ben sein Essen beendet hat und darum bittet, spielen gehen zu dürfen, spreche ich Mike an.

»Was ist los?«

Er schüttelt den Kopf und sieht aus, als würde er sich am Riemen reißen wollen. Tatsächlich schafft er es, ein kleines Lächeln auf sein Gesicht zu zaubern. Leider reicht es nicht zu seinen besorgten Augen.

»Komm schon!«

»Es ist nichts.«

Ich schnaube. »Ist das nicht normalerweise der Text der Ehefrau?«

Jetzt verengen sich seine Augen zu fröhlichen Schlitzen. »Schon gut.« Etwas ernster. »Er hat es nicht rausgenommen.«

»Was?«

»Den Beitrag. Der steht immer noch drin und meiner direkt darunter. Es sammeln sich bereits Kommentare aus der Nachbarschaft dazu. Es ist wie eine Welle, die man nicht mehr aufhalten kann.«

»Oh.«

Er nickt.

»Was schreiben sie denn?«

»Na ja. Das ist verschieden. Manche schlagen sich auf unsere Seite und andere klingen besorgt. Von den Leuten, die wir kennen, ist niemand darunter. Das traut sich keiner aus unserem Bekanntenkreis.«

»Da bin ich froh.«

»Ich auch«, sagt er.

»Was können wir tun?«

»Ich werde es melden.«

»Melden? Wo?«

»Bei dieser App gibt es die Möglichkeit, einen Post zu melden. Gerade wenn es sich um Hass-Postings eines Mobbers handelt. Man kann zwar anonym posten, muss aber damit rechnen, angezeigt zu werden. Jeder User bekommt beim ersten Login eine eindeutige ID-Nummer zugewiesen. Die geht konform mit seinem Mobiltelefon. So kann die App solche Smartphones und die Accounts von der Nutzung ausgrenzen.«

»Großartig! Mach das.«

»Schon dabei.« Er hämmert in sein Handy mit finsterem Blick.

»Was hast du zu Elisabeth gesagt?«, fragt er nach einer Weile.

»Wie meinst du das?«

»Na, sie hat dir doch davon erzählt. Was hast du geantwortet? Weiß sie, dass da nichts dran ist?«

»Ja, klar. Sie hat es mir sicher auch geglaubt. Ich habe ziemlich geheult am Telefon.«

Er sieht mich an. Dann werden seine Züge sofort weicher.

»Das tut mir leid, mein Schatz. Du hast ziemlich viel durchzumachen, in der letzten Zeit.«

»Schon okay«, sage ich deutlich leiser. Aus dem Augenwinkel sehe ich eine E-Mail auf meinem Handy neben meinem Teller eintreffen. Das Display ist kurz hell erleuchtet, bevor es in einen scheinbar toten Zustand zurückfällt, doch Mike hat nichts bemerkt. Er starrt mürrisch vor sich hin und vervollkommnet das Schweigen der vorangegangenen halben Stunde.

Ich greife nach meinem Handy und öffne meinen Account. Uwe hat geantwortet.

KAPITEL 13

Gegen Nachmittag ziehe ich mich ins Arbeitszimmer zurück und suche in meinen Kontakten im Handy nach der Nummer von Kriminalhauptkommissar Körber. Es ist einige Jahre her, dass wir miteinander geredet haben. Als ich sie finde, zähle ich innerlich bis drei und drücke auf ›Wählen‹.

Ein paar Sekunden klingelt es, doch dann ist er dran.

»Guten Tag, hier spricht Sandra Lindheim. Ich weiß nicht, ob Sie sich an mich erinnern. Wir haben uns das letzte Mal vor fünf Jahren gesprochen. Ich bin damals ...« Ich schlucke hart.

»Frau Lindheim! Natürlich. Wie geht es Ihnen?« Ich registriere mit einiger Dankbarkeit, dass er mir erspart, ihm meine Geschichte ins Gedächtnis zurückrufen zu müssen. Ich dachte, er würde sich möglicherweise nicht erinnern. Mein Schicksal ist nur eines von vielen, wie er sie regelmäßig erleben muss. Ich würde verstehen, wenn ihn das abstumpfen ließe. Doch so ist er nicht. Das habe ich immer an ihm geschätzt. Aufmerksam, empathisch, mitfühlend. Er hat mir immer die Zeit gegeben, die ich brauchte.

»Danke. Mir geht es sehr gut.« Wieso lügt man eigentlich immer bei dieser Frage, wenn es einem schlecht geht? Es ist wie ein Reflex. Nur keine Schwäche zeigen. »Ich habe allerdings ein Problem und hatte gehofft, dass Sie mir helfen würden.«

»Schießen Sie los. Ich werde es versuchen.«

Körber war mir vor fünf Jahren eine große Stütze. Er war der ermittelnde Kommissar in meinem Fall und hat dafür gesorgt, dass sie das Monster weggesperrt haben. Leider nicht für immer.

»Ich will wissen, ob er noch im Gefängnis ist.«

»Er?«

»Ja.« Körber weiß, dass ich seinen Namen nicht über meine Lippen kriege. »Ich will sicher gehen, dass er noch nicht rausgekommen ist.«

»In Ordnung.« Er überlegt, das kann ich durchs Telefon hören. Sicher wird er über meinen Namen die richtige Akte finden. Ich kann geradezu hören, wie er versucht, sich an den Namen von ihm zu erinnern. Nach einer Weile scheint er erfolgreich zu sein.

»Ich sehe in der Datenbank nach. Ja. ... hier hab ich ihn. Er sitzt in der JVA in Hamburg im geschlossenen Vollzug seit ... einen Moment ... seit dem 14. Juli 2016. Damals hat er neuneinhalb Jahre bekommen.«

»Ich weiß. Ich frage mich nur, ob es möglich ist, dass er früher entlassen wurde. Oder vielleicht ist er auch geflohen. Hätten Sie mich in so einem Fall informiert?«

Körber schweigt. Ich schätze mal, das heißt Nein.

»Wieso fragen Sie?«

»Es gibt hier bei uns einige merkwürdige Zwischenfälle und ich will nur sichergehen, dass er nichts damit zu tun hat.«

»Zwischenfälle?«

»Jemand ist eingebrochen und hat versucht, mir Angst einzujagen.«

»Haben Sie die Person gesehen? Sah er Ihrem Ex-Freund ähnlich?«

»Ich habe niemanden gesehen. Nur gehört, wie er meinen Namen flüsterte. Ich hatte mich im Schlafzimmer eingeschlossen. Wieso fragen Sie? Ist er draußen?«

Mir wird heiß. Mein Puls schlägt schneller. Die Brust wird enger.

»Warten Sie bitte. Also ... ich kann hier nichts über eine vorzeitige Entlassung finden. Er wird auch nicht gesucht. Ich kann mich aber erkundigen. Das werde ich auch tun und mich schnellstmöglich wieder bei Ihnen melden. In Ordnung?«

»Ja. Danke. Wie lang kann das dauern?«

»Nicht lang, wenn ich die Verantwortlichen per Telefon erreichen kann.«

»Gut. Mir ist nicht wohl bei dem Gedanken, dass er es gewesen sein könnte.«

»Haben Sie nach diesem Einbruch die Polizei verständigt?«

»Das habe ich. Allerdings hat es mir nichts gebracht.«

»Verstehe.« Wie er das Wort in die Länge zieht, höre ich raus, dass er über einer Sache brütet. Ich warte ab.

»Wohnen Sie noch in Hamburg, Frau Lindheim?«

»Nein. Wir sind vor ein paar Jahren in den Raum Lüneburg gezogen.«

»Ah. Okay.« Er klingt beruhigt.

»Wieso?«

»Wissen Sie ...« Er nimmt sich viel Zeit für seine Worte. »Es ist natürlich so, dass Herr Grotke möglicherweise Langzeitausgang hat.«

»Er hat was?« Kriminalhauptkommissar Körber hat den Hörer wahrscheinlich von seinem Ohr genommen, so laut habe ich gerufen.

»Er könnte so etwas wie Hafturlaub haben. Wissen Sie, es ist möglich ...«

»Ich kann nicht glauben, was ich da höre!« Das Blut rauscht in meinem Kopf. Eine ungeheure Wut über den Kriminalhauptkommissar baut sich auf. Ist er von allen guten Geistern verlassen?

»Frau Lindheim ...«

Ich schüttle nur den Kopf, die Hand vors Gesicht geschlagen.

»Frau Lindheim. Machen Sie sich keine Sorgen.« Sehr überzeugend klingt er nicht.

»Wie können Sie so etwas zulassen? Ich weiß, dass Sie persönlich nichts daran ändern können, aber wieso wird ein Mörder nach draußen gelassen?«

»Ich kann Ihren Ärger verstehen. Wirklich. Es ist so, dass er die Hälfte seiner Strafe verbüßt hat. Bei vorbildlicher Führung wird ihm Ausgang gewährt. Die Hürden dafür sind hoch, aber es ist möglich.«

»Vorbildliche Führung?« Wie kann auch nur irgendetwas, das dieser Mann nach dem Mord an meiner Tochter getan hat, als ›vorbildlich‹ bewertet werden?

»Das bedeutet, dass er sich an die Gesetze und Regeln im Gefängnis hält.«

»So ein Schwachsinn! Was ist, wenn er nur so tut, um rauszukommen? Der spielt Ihnen doch nur was vor! Dieser Mann ist durch und durch schlecht! Ein Mörder! Das kann man nicht wiedergutmachen. Was ist, wenn er mich sucht?«

Tränen sammeln sich in meinen Augen.

»Ich verstehe Sie. Glauben Sie mir. Doch die Resozialisierung ist das herausragende Ziel jeder Freiheitsstrafe. Die Häftlinge müssen in der Lage sein, nach der Haftstraße ein normales Leben zu führen. Der Staat hat ein Interesse daran, dass diese Menschen nach ihrer Entlassung nicht wieder straffällig werden. Das soll die Gesellschaft präventiv schützen. Herr Grotke soll in viereinhalb Jahren entlassen werden. Die Möglichkeit, Stück für Stück wieder auf die Welt da draußen zu treffen, ist wichtig.«

»Für wen? Nicht für die Opfer.«

»Nein. Nicht für die Opfer. Aber möglicherweise können zukünftige Opfer vermieden werden.«

Ich bleibe stumm. Ich verstehe, dass das auf jeden Fall vermieden werden muss. »Wo bleibt dann die Strafe? Ich dachte, das Hauptziel wäre die Bestrafung solcher Monster!«

»Es geht darum, die Gesellschaft vor ihnen zu schützen. Ewig können wir sie nicht wegsperren. Es geht darum zu verhindern, dass so etwas wieder passiert, wenn sie rauskommen. Frau Lindheim, er hat neuneinhalb Jahre bekommen. Auch wenn es für Sie nicht viel ist, und das verstehe ich vollkommen, es ist eine lange Zeit. Doch was kommt danach?«

Ja. Was kommt danach? Wird er mich suchen und sein Werk vollenden? Das kann ich ihn fragen.

»Woher wissen Sie, dass er im Ausgang nicht straffällig wird?«

»Zunächst gibt es in solchen Fällen einen begleiteten Ausgang.«

»Und dann?«

»Irgendwann dürfen die Gefangenen allein raus.«

»Auch über Nacht?«

»Ja. Irgendwann schon.«

»Können Sie herausfinden, ob er an dem Tag des Einbruchs Ausgang hatte?«

»Das mache ich. Wann war das?«

»Letzte Nacht.«

»Letzte Nacht? Haben Sie die Polizei schon darüber informiert, in dieser Richtung Erkundigungen einzuholen?«

»Nein. Mit so was wie Hafturlaub habe ich nicht gerechnet und ich muss gestehen, dass ich nicht gleich an ihn gedacht habe.«

»In Ordnung. Ich prüfe das. Sie sagten, es gab Zwischenfälle. Also war da mehr.«

»Ja. Also … ich werde seit einiger Zeit von einer Person per E-Mail belästigt. Jemand, den ich nicht wieder loswerde. Mein Mann hat diesbezüglich mit der Polizei gesprochen, doch die können nichts machen. Die Mails sind nur lästig, doch gibt es darin keinerlei Drohungen.«

»Hmm. Das klingt nach einer härteren Nuss. Ich kann nicht versprechen, ob ich diesbezüglich etwas herausfinden kann. Wenn er im Gefängnis an einen Computer herankommt, lässt sich dort sicher nachverfolgen, was er getan hat. Aber man weiß nie. Es gibt immer Mittel und Wege ... ich werde es versuchen. Wenn ich etwas herausfinden kann, melde ich mich bei Ihnen.«

»Ich danke Ihnen.«

»Keine Ursache. Grüßen Sie Ihren Mann von mir.«

»Das mache ich. Sagen Sie ... es kommt sicher auch vor, dass so ein Ausgang zur Flucht genutzt wird, oder?«

»Ja. Das kann ich nicht beschönigen. Das ist schon vorgekommen.«

»Auch bei Mördern?«

»Auch bei Mördern.«

»Verstehe. Ich wünsche Ihnen noch einen guten Tag.«

»Das wünsche ich Ihnen auch.« Er legt auf und ich weiß, dass er meine Enttäuschung gehört hat. Jetzt heißt es abwarten. Es wird eine Weile dauern, bis er sich wieder bei mir meldet. Außerdem bin ich sicher, dass er die örtliche Polizei kontaktieren und zu dem Einbruch befragen wird. Kann sein, dass er das auch nur tut, wenn eine Chance besteht, dass es eine Verbindung zu dem Monster gibt. Was sollte es ihn sonst interessieren?

Noch aus dem Gefängnis heraus verfolgt mich dieser Mann. Ich wünschte, ich hätte damals etwas bei mir gehabt, um mich wehren zu können. Etwas, das ihm die Lebensgeister an Ort und Stelle ausgepustet hätte. Resozialisierung. Dieses Wort lasse ich mir auf der Zunge zergehen. Sozialisierung wäre in seinem Fall angebracht. Ich bin mir nicht sicher, ob ich will, dass er nach dem Vollzug ein normales Leben führen kann. Natürlich möchte ich nicht, dass er gewalttätig wird, doch es widerstrebt mir zutiefst zuzusehen, dass ihm etwas leichtgemacht wird. Er soll leiden, bis zu seinem Ende.

Das soll mir keine Befriedigung geben. Es ist keine Wiedergutmachung. Um mich geht es dabei nicht. Nur um sie.

Verzweifelt lege ich das Gesicht in die Hände und weine. Es ist fünf Jahre her, dass ich sie verloren habe. Sie hat nie eine Chance bekommen, ein eigenes Leben zu führen. Sie war noch nicht geboren, doch jede Mutter weiß, dass das keinen Unterschied macht. Sie hatte ihr Leben schon begonnen. Nur hatte sie meinen Körper noch nicht verlassen. Der Körper, der ihr in dem Stadium ihres Lebens Schutz bieten sollte, damit sie reifen konnte, um den Schritt nach draußen zu wagen.

Ich habe meine Aufgabe nicht erfüllt. Ich habe sie nicht schützen können. Ich habe versagt. Er soll dafür bezahlen. Wenn sie kein Leben bekommt, verdient er auch keines.

Langsam brennen die feuchten Rinnsale auf meinen glühenden Wangen. Ich wische sie mit den Handflächen trocken. Mit den Fingerspitzen fahre ich unter den Wimpern entlang, um mögliche Mascara-Spuren zu beseitigen. Tief atme ich mir Mut ein. Mut weiterzumachen. Ein interessanter Gedanke schleicht sich in meine Hirnwindungen.

Angenommen, das Monster hat herausgefunden, wo ich lebe. Angenommen, er hat einen Tag seines Freigangs genutzt, um zu mir in die Lüneburger Heide zu fahren. Vielleicht hat er mir auch schon E-Mails zuvor geschrieben. Nein! Das verwerfe ich sofort wieder. Der Schreiber muss sich mehrere Tage in meiner Nähe aufgehalten haben. Wie lange erhält ein Häftling am Stück Ausgang? Ein Mörder! Ich weiß es nicht. Wenn er es war und rausgefunden hat, wo ich wohne … ich habe Uwe geschrieben, dass ich umgezogen bin. Das war in einer meiner ersten Mails. Angenommen, er kam her, um mir Angst zu machen oder Schlimmeres. Dann kommt er zurück.

Ich lächle in mich hinein.

Hoffentlich kommt er zurück.

KAPITEL 14

In der Nacht vom Donnerstag auf den Freitag spielt unsere Außenbeleuchtung verrückt. Das Licht geht immer wieder an und macht uns wahnsinnig, die wir im Bett liegen und das Gefühl haben, noch in Hamburg auf Augenhöhe mit einer Leuchtreklame zu leben. Irgendwann hat Mike genug und steht auf, um dem Problem auf die Spur zu gehen. Ben schläft längst in seinem Zimmer. Wir zwei sind länger aufgeblieben und haben einen Thriller geschaut, der mich so verstört hat, dass ich am liebsten mit Licht schlafen würde.

Als Mike das Schlafzimmer verlässt, schalte ich sowohl in diesem Raum die Beleuchtung an als auch im Badezimmer. Das Bad zeigt raus zu unserer Einfahrt. Ich fühle mich wohler, wenn ich signalisieren kann, dass wir wach sind, und sei es nur durch Bewegungen im Bad.

Unten fällt die Eingangstür zu. Mike ist draußen. Ich vermute mal, er sucht nach der Ursache für das Problem.

Auch, wenn ich mich hier oben nutzlos bei der Lösung des Problems fühle, mich kriegen nach diesem Film keine zehn Pferde im Dunkeln in unseren Garten. Doch von oben helfen kann ich. Deshalb öffne ich eines der Badfenster und suche nach Mike. Er muss bereits ums Haus gelaufen sein. Dennoch ist hier vorn alles hell erleuchtet. Beruhigt stelle ich fest, dass das Tor geschlossen ist. Im Grunde Augenwischerei. Man sieht es nicht auf den ersten Blick, aber es ist möglich bei entsprechendem Engagement: Wer wirklich auf unser Grundstück will, kann zu Frau Pritschek durch die stets offene Pforte gehen und aus ihrem Garten durch die lichte Hecke zu uns durchbrechen.

Endlich höre ich Mikes Schritte wieder. Die Beleuchtung flackert, ungerührt davon, ob er in den Radius des Bewegungsmelders tritt oder nicht. Ich höre ihn fluchen, während er zurück zur Eingangstür strebt.

Fünf Minuten später ist er wieder oben. Zieht sein T-Shirt aus und wirft sich neben mir ins Bett. Das Licht ist aus. Er war offensichtlich erfolgreich.

»Du hast die Kellertür offen gelassen.« Seine Augen neben mir sind bereits geschlossen.

»Was?«

»Die Kellertür. Ich habe sie abgeschlossen.«

»Was meinst du? Ich war heute nicht an der Tür. Stand sie offen?«

»Nein. War nur nicht abgeschlossen. Hab ich gemacht.« An seiner Stimme höre ich, dass er ins Traumland gleitet. Mein Mann kann das. Vorzugsweise auch mitten während eines Streits am Abend.

»Wieso war die offen?« Ich rüttle an seiner Schulter.

»Keine Ahnung. Du wirst es vergessen haben, nachdem du die Wäsche aufgehängt hast.«

»Das ist Tage her. So lang steht da nichts offen.«

»Was weiß ich …! Schlaf jetzt.«

»Wieso warst du im Keller?«

»Ich hab die Sicherung für die Außenbeleuchtung rausgenommen. Da ist etwas defekt. Morgen rufe ich den Elektriker an. Bis dahin werden wir es auch mal eine Nacht ohne aushalten.«

Jetzt muss ich definitiv mit Licht schlafen. Als mein Mann nach zwei Minuten weggetreten ist, schleiche ich ins Badezimmer und schalte die Lampen dort an. Dann lehne ich die Tür bis auf einen Spalt an und krieche zurück ins Bett.

KAPITEL 15

LÜNEBURGER MORGENPOST

Freitag, 17. September 2021

BRUDER DER VERSTORBENEN GLAUBT NICHT AN FAMILIENDRAMA
von Yvonne Andresen

Die Ermittlungen in den beiden Todesfällen eines Lauenburger Ehepaares konzentrieren sich derzeit auf die Ehefrau. Die Polizei teilte mit, dass sie von einem Familiendrama ausgeht. »Es sieht alles danach aus, als wäre der Ehemann erschlagen worden, wohingegen die Ehefrau Anja D. an den Folgen eines schnellen, übermäßigen Blutverlustes starb«, sagte einer der ermittelnden Beamten. Die Polizei schließt nicht aus, dass Anja D. an dem Tod ihres Mannes ursächlich beteiligt war. Ihre eigenen Wunden könnte sie sich anschließend selbst zugefügt haben.

Ihr Bruder Torsten M. (46) verteidigte sie in einem kürzlich gegebenen Interview kategorisch. »Meine Schwester wäre zu nichts davon in der Lage, weder ihren Mann umzubringen noch sich selbst. Sie war die sanftmütigste Frau, die Sie sich vorstellen können. Jede Form von Gewalt lehnte sie ab. Ich weiß, wie das für Außenstehende aussehen muss. Aber sie hat das nicht getan. Die Polizei ermittelt in die völlig falsche Richtung. Ich und der Rest der Familie, wir werden nicht zulassen, dass das Andenken von ihr so in den Schmutz gezogen wird.«

Auf die Frage nach den mutmaßlichen Affären von Christian D. sagte er: »Sie wusste davon. Ja. Daran zieht sich die Polizei hoch. Doch die beiden hatten es geklärt. Vor langer Zeit schon. Seitdem hat Christian sich doll verändert. Er hat an der Ehe gearbeitet. Beide haben das. Die Polizei will nicht auf uns hören. Wir sind total verzweifelt. Lassen das aber so nicht auf uns sitzen.«

Torsten M. hat begründete Zweifel an der Schuld seiner Schwester. Inwieweit das die Ermittlungen der Polizei beeinflusst, können wir zum jetzigen Zeitpunkt nicht sagen. Publik ist bisher nur, dass der Ehemann Christian D. im Erdgeschoss am Fuß der Treppe aufgefunden wurde und die Ehefrau Anja D. in ihrer Badewanne.

Aus sicherer Quelle ist bekannt, dass sich die Ermittlungen derzeit auf die geistige Gesundheit der Ehefrau konzentrieren.

Wenn Sie selbst depressiv sind, wenn Sie Suizid-Gedanken plagen, dann kontaktieren Sie bitte die Telefonseelsorge im Internet oder über kostenlose Hotlines.

Ich packe die Tageszeitung beiseite. Mehr davon ertrage ich heute Morgen nicht. Dann widme ich mich dem Haus.

Kriminalhauptkommissar Körber ruft mich an diesem Vormittag an. Ich stehe gerade mit einem Eimer Putzwasser und Lappen bewaffnet vor der großen Fensterfront des Wohnzimmers, als das Telefon klingelt. Mit nassen Fingern angele ich mir mein Handy. Das Herz schlägt mir schlagartig bis zum Hals, als ich den Namen des Anrufers lese.

»Lindheim. Guten Morgen.«

»Guten Morgen, Frau Lindheim. Ich hatte ja versprochen, dass ich mich wieder bei Ihnen melden würde.«

»Konnten Sie etwas in Erfahrung bringen?«

»Ja. Wie man es nimmt.«

Das klingt nicht gut.

»Es ist nach wie vor so, dass sich Herr Grotke in Haft befindet. Ich lag aber auch völlig richtig bei der Annahme, dass er das Privileg besitzt, Hafturlaub zu bekommen.«

Ich nicke, auch wenn er es nicht sehen kann. Damit habe ich inzwischen gerechnet und mich damit abgefunden.

»War er an diesem Tag auch draußen?«

Körber antwortet nicht sofort. »Ja. Allerdings konnte man mir nicht sagen, wie lange. Noch nicht. Sie rufen mich zurück.«

Ich atme aus. »Dann kann er es gewesen sein.«

»Das muss nichts heißen. Es kann sich um einen Zufall handeln. Der Häftling hatte in diesem Jahr sehr oft Ausgang.«

Ich schnaube, und er versteht, mein Schnauben als Antwort zu deuten.

»Ich werde Ihre Bedenken aufgrund dieser Erfahrung weitergeben. Die Leute sollen wissen, dass hier möglicherweise eine Gefahr besteht.«

»Wird das etwas nützen?«

»Wie meinen Sie?«

»Ändert das etwas am Vorgehen? Ich meine, wird er beim nächsten Mal beobachtet oder geht nur noch in Begleitung raus?«

»Das ist möglich. Die Umstände werden sicherlich genau geprüft. Allerdings ... sehen Sie, das Ganze ist sehr vage. Außer Ihrer Angst … Ihrer Vermutung, deutet nichts darauf hin, dass er das Gesetz gebrochen hat. Solange es keinen Beweis gibt, der auf ihn hindeutet ... das ist für mich momentan wie Glaskugel lesen.«

Ich ärgere mich. Dann fällt mir etwas ein, das ich einmal im Fernsehen gesehen habe. »Ist es möglich, dass er eine Fußfessel getragen hat?«

»Eine Fußfessel?«

»Ja. Die schlägt sofort Alarm, wenn er den vereinbarten Korridor verlässt. Ich habe mal einen Bericht darüber gesehen.«

»Tut mir leid, Frau Lindheim. Da muss ich Sie enttäuschen. Fußfesseln kommen in solchen Fällen in Hamburg nicht zum Einsatz.«

»Schon klar. Das wäre ja auch zu einfach gewesen.«

»Machen Sie sich keine Sorgen. Das ist mein Ratschlag an Sie.«

»Wollen Sie sagen, ich soll mein Leben weiterführen?« Er muss die Verachtung in meiner Stimme hören.

»Das steht mir nicht zu.«

»Rufen Sie mich kurzfristig zurück, sobald Sie mehr wissen?«

»Hundertprozentig, spätestens nächste Woche. Sie müssen wissen, der Krankenstand unter den Kollegen vor Ort ist so hoch, ich bin froh, überhaupt jemanden erreicht zu haben, der mir mit den wesentlichen Daten weiterhelfen konnte. Die Verantwortlichen sollen nächste Woche wieder da sein.«

»Na gut. Dann sprechen wir nächste Woche noch mal.«

»So machen wir das. Ich wünsche Ihnen ein schönes Wochenende.«

Ich danke ihm und lege auf. Was für ein unbefriedigendes Telefonat! Zu wenig Personal? Im Knast? Gott steh uns bei … oder woran die Leute auch immer glauben.

Ich tauche meine Hände in das inzwischen kalte Wasser des vor mir stehenden Eimers. Wenn wir morgen auch so ein Wetter haben, sollten die Fenster glänzen. Bei der Sonne sieht man die Blütenpollen des ganzen Sommers auf unseren Scheiben. Eine milchig-gelbe Schicht, die nahelegt, dass ich meinen Haushalt nicht im Griff habe.

Gegen Nachmittag telefoniert Mike mit unserem Elektriker. Da er ohnehin in der Gegend ist, bietet er an, sich das Problem sofort anzuschauen. Nachdem er sowohl im Keller war als auch mit der Leiter zu den Bewegungsmeldern rund ums Haus hochgeklettert ist, fragt er, ob sich jemand daran zu schaffen gemacht hätte. Bis auf einen Melder funktionieren alle einwandfrei. Der eine sieht aus, als hätte man ihn manipuliert. Die Sensibilität wäre völlig verstellt und er hätte Beschädigungsspuren gefunden.

Zunächst sind wir beide sprachlos, doch dann dämmert es meinem Mann. Er zeigt auf den mobilen Kinder-

Basketball-Korb, den er für Ben direkt daneben aufgestellt hat.

»Mein Sohn spielt hier oft mit seinen Kumpels. Er wird den Melder, der ja kaum einen Meter höher hängt als der Korb, sicher mehr als einmal getroffen haben.«

Der Handwerker grinst und bietet uns an, sofort einen neuen zu bestellen und nächste Woche anzubauen. Bis dahin schraubt er ihn ab, sodass für die nächsten Tage die Beleuchtung vor dem Haus tot bleiben wird.

KAPITEL 16

Samstag Abend. Die Aura unserer Gartenbeleuchtung spannt eine unsichtbare Glocke um uns herum, die uns blind für alle Geschehnisse außerhalb dieses Grundstücks werden lässt. Es ist inzwischen weit nach acht Uhr und dunkel. Auch wenn es mit den letzten Sonnenstrahlen schlagartig kälter geworden ist, verströmt diese Party das Temperament eines Hochsommer-Festes. Selbst die Frauen in den ganz kurzen Kleidern drängen sich um die kleine mobile Cocktailbar aus Bambusrohr und zeigen keinerlei Bestrebungen, nach drinnen zu wechseln.

In diesen wenigen kostbaren Minuten, in denen ich keine Aufgabe erledigen muss – ein verschüttetes Glas aufwischen, neues Eis besorgen, die Toilette zeigen oder eine Führung durch unser Haus anbieten –, beobachte ich im Stillen unsere Gäste. Viele dieser Leute sind mir unbekannt. Natürlich sind ein paar bekannte Gesichter wie die unserer

Nachbarn dabei. Hauptsächlich haben wir sie eingeladen, weil wir Angst vor Anzeigen wegen Ruhestörung hatten. Diese Nachbarschaft kann sehr kompliziert sein. Alle Anwesenden sind geimpft, was ich beruhigend finde, nicht nur aus Angst um die Gesundheit meiner Familie, sondern auch aus Angst vor einer Anzeige von besorgten Mitbürgern, die Mikes Geburtstag für ein Superspreader-Event halten könnten. Ein weiterer Grund, warum ich hoffe, die Party draußen halten zu können – selbst wenn der ein oder andere zur Strickjacke greifen muss.

Die meisten hier sind Kollegen aus derselben Unternehmensberatung, einige aber auch Kunden meines Mannes. Bei der Gästeliste hat mir Mikes Sekretärin geholfen. Sie wirken im Großen und Ganzen wie eine homogene Masse. Ähnliches Alter, Hochschulabschluss, klassische, unaufdringliche, nordisch korrekte Kleidung. Einstudiertes Lächeln, blitzblanke Zähne, funkensprühende Augen, verbindliches Auftreten: Unternehmensberater. Mein Mann passt perfekt zu ihnen. Er ist eloquent, charmant, kommunikativ, ganz in seinem Element.

Unweit von mir finden sich zwei Frauen, tuscheln, verlieren für einen Moment ihren weltmännischen Touch. Die Blondgelockte flüstert der Dunkelhaarigen mit der hochgesteckten Mähne und den überdimensionierten Creolen etwas ins Ohr. Beide kichern. Ich wüsste zu gern, worüber sie tratschen. Sie sehen mich nicht, wie ich gegen die Hauswand gelehnt an meiner Margherita schlürfe, ganz im Schatten der zusammengeklappten Tischtennisplatte. Auch Mike weiß vermutlich nicht, wo ich bin. Er wird davon ausgehen, dass ich geschäftig herumrenne. Doch auch ich muss mich wieder daran gewöhnen, dass mehr als fünf Menschen unser Haus betreten, dass jemand an mir vorbeigleitet, sein Atem mich streift und ich dabei nicht zurückweiche. Muss mich zwingen, bei Nähe nicht den Atem anzuhalten. Da ist eine Gefahr in der Luft, die wir nicht sehen können. Ein Versprechen, dass ich die Nächste sein werde.

Seit ich heute früh aufgestanden bin, bin ich am Rotieren. Habe so unauffällig das Haus hergerichtet, dass die Männer nichts merkten. Sie weggeschickt, um dann die Dinge zu tun, die sie bemerkt hätten. Das Geschenk angenommen, den Caterer reingelassen, die mobile Bar und den DJ. Der wirkte zunächst wie der totale Reinfall, bis mir bewusst wurde, dass meine eigene Anspannung mich davon abhielt, Spaß zu haben. Inzwischen ziehen seine Songs mich mit, kann ich mich darauf einlassen. Die Masse ist zufrieden, soweit ich das einschätzen kann, und Mike glücklich. Er hat jeden Einzelnen gedrückt vor Überschwang und mir ein Schmunzeln entlockt, wenn sich dabei vereinzelte Gäste in Salzsäulen verwandelten. Ich weiß genau, wie es euch geht.

Das Geschenk. Mein Mann hat ein Laufband von mir bekommen. Er liebäugelt seit Langem damit, war bisher aber zu geizig zuzugreifen. Ich habe es neben seinem Spinning Bike aufbauen lassen und ihn vor den Gästen damit überrascht. Die Freude stand ihm deutlich ins Gesicht geschrieben. Er ist stolz auf seine sportlichen Leistungen und hat es genossen, vor seinen Kollegen darüber zu fachsimpeln. Ich selbst habe nicht so viel dazu sagen können. Ich war letztes Jahr mal in einem Club angemeldet, doch dann gab es wieder einen Lockdown, und wenn ich ehrlich bin, wäre ich ohnehin nicht mehr hingegangen. Sport ist Mikes Metier und so lieferte das Geschenk Stoff für die ersten Gespräche, und die Leute unterhielten sich wie alte Freunde noch bevor das Essen serviert wurde.

Zu Beginn habe ich einige nette Gespräche geführt, bin allen Gästen vorgestellt worden, auch wenn ich mich nur an die letzten drei Namen erinnere. Jeder ist nett, trotzdem ziehe ich es vor, hier im Dunkeln für mich zu sein. Die meisten der Anwesenden sind noch nicht lange mit Mike bekannt. Er hat erst im letzten Jahr das Unternehmen gewechselt, hin zu Kleinmann und Gerdes.

Befangenheit ist vielleicht nicht das treffendste Wort, das mein Befinden am heutigen Abend beschreibt, doch mir fällt momentan kein besseres ein. Ich denke darüber nach. Dass es an der Angst vor dem Virus liegt, glaube ich fast nicht. Auch das Gelingen der Party ist kein hypothetisches Problem mehr. Mike war überrascht und ist überglücklich. Nicht einmal die Tatsache, dass ich offensichtlich nicht zu diesen Leuten und in diese Welt passen will, stört mich: eine Welt, die mich ausgrenzt mit ihrem Charme, dem Selbstbewusstsein ihrer Protagonisten und den erfolgreichen Abschlüssen, mit denen hier in beinahe jedem Wortwechsel geglänzt wird. Doch die Leute tun es, wie sie in einer unkontrollierbaren Masse unser Grundstück geflutet haben, die Ein- und Ausgänge passieren, um das Badezimmer aufzusuchen oder einen Blick in Mikes reizendes Haus zu werfen. Mir wird bewusst, dass ich jedes Mal zusammenzucke, wenn jemand das Haus an mir vorbei verlässt, den ich es habe nicht betreten sehen. Es sind zu viele. Ich frage mich, ob es eine gute Idee gewesen ist, so viele

Leute einzuladen. Was, wenn sie ihre Nasen in Dinge stecken, die sie nichts angehen? Mehr sehen, als sie sollten, einfach, weil ich mit der Zeit blind dafür geworden bin und uns nicht schützen konnte.

»Hier hast du dich versteckt?«

Erschreckt drehe ich mich um. Mike steht hinter mir, streckt die Arme aus und zieht mich an sich. Ein Verbündeter. Ich schmiege mich an ihn und schließe die Augen.

»Meine Eltern werden sich mit Ben jetzt auf den Weg machen. Willst du dich noch schnell verabschieden?«

»Na klar.«

Er hält mich zurück, da ich schon davonstrebe. »Danke. Mein Schatz! Das war eine tolle Idee.«

»Amüsierst du dich?«

»Sehr. Das hatte ich dringend nötig.«

Ich nicke. Das letzte Jahr war nicht leicht für uns.

Nachdem Mikes Eltern mit Ben aufgebrochen sind, mische ich mich wieder unters Volk. Mike entdecke ich in einem Pulk aus Kollegen neben einem Heizstrahler. Drei Männer stehen ihm gegenüber, lächeln, lauschen seinem Bericht. An seiner Seite eine umwerfende Brünette mit akkurat geschnittenem, zurückgegelten Bob, nachtblauem Kostüm und viel zu langen Beinen. Ihre Körpersprache lässt mich stutzen. Sie sieht Mike in diesem Gespräch nicht an. Stattdessen bildet sie eine Linie mit ihm und pariert abwechselnd mit Mikes Redeanteil den drei Männern. Ihre Hand ... Hitze steigt mir die Eingeweide hoch. Ihre Hand liegt wie zufällig auf Mikes Schulter. Vertraut neigt sie im Gelächter den Kopf ihm zu und verringert den Abstand zwischen ihnen beiden noch mehr. Ich beobachte meinen Mann. Er wirkt souverän, kein bisschen peinlich berührt. Diese Vertrautheit ist ihm nicht neu.

Mit ernstem Gesicht nähere ich mich der Gruppe.

»Hi.« Mehr fällt mir nicht ein. Die Unterhaltung stoppt und alle Augenpaare richten sich auf mich. Mike und die Amazone müssen sich umdrehen, um mich zu sehen, was sie zwingt, die Hand von seiner Schulter zu nehmen. Es wirkt, als koste sie diese plötzliche räumliche Distanz Überwindung. Sollte ich Mike mit meinem Erscheinen überrascht haben, so ist ihm das nicht anzumerken. Er kommt auf mich zu, und ohne den Blick von mir zu nehmen sagt er: »Entschuldigt mich, Leute, mir wird gerade bewusst, dass ich meiner Frau an diesem Abend viel zu wenig Aufmerksamkeit geschenkt habe.«

Dann lächelt er, küsst mich und zieht mich mit einem Arm auf der Schulter davon. Nach einigen Schritten durch den Garten, weg von der Masse, der Musik und dem Licht, erreichen wir eine Bank. Mike greift nach meinen Händen, zieht mich nach unten und wir setzen uns.

»Ich verstehe jetzt, warum du dieses Wochenende nicht verreisen wolltest, aber wir sollten das so schnell wie möglich nachholen.« Sanft fährt er mit den Fingern über meine Stirn und streift eine widerspenstige Strähne beiseite. Eine perfekte Ehe – würde ein Außenstehender denken.

»Mike? Wer ist diese Frau?«

Sein Gesicht rückt unmerklich ein Stück von mir ab. »Welche Frau?«

Der Satz kommt einen Bruchteil zu spät. Die Erkenntnis konnte ich trotz Dunkelheit bereits in seinen Augen aufblitzen sehen.

»Die Dame in Blau.«

»Ach, die. Das ist Celina. Ich bin mit ihr an dem Tiedge-Deal dran.«

»Das heißt, sie ist eine Kollegin?«

»Ja. Genau.«

»Du hast sie nie erwähnt.«

»Warum sollte ich? Wir reden selten über meine Arbeit, oder? Die anderen kennst du mit Ausnahme von Florian auch nicht.«

Er hat recht. Nie fängt er davon an und ich frage kaum.

»Der Unterschied ist, dass sie dich während des gesamten Gespräches berührt hat. Findest du das normal für eine Arbeitskollegin?«

»Sandra, bitte nicht.«

»Was soll das heißen? Darf ich nicht nachfragen?«

»Tu das nicht.«

»Was?«

»Dich da in etwas reinsteigern.«

»Also bin ich diejenige, die etwas falsch sieht?«

»Ja.«

»Das kann doch nicht dein Ernst sein!«

Mike sieht sich nervös um. Wir sind weit genug weg von seinen Kollegen, dass sie uns hören könnten. Dennoch wäre es mir lieber, er würde sich in diesem Moment ausnahmsweise auf meine Gefühle konzentrieren. Genervt lässt er die Lider sinken. Ich kenne diesen Blick. »Du bist anstrengend«, sagt er.

»Wollen wir wieder zurückgehen?«

»Nein! Ganz und gar nicht. Ich möchte wissen, wie gut ihr euch kennt.«

»Wir arbeiten miteinander. Mehr nicht. Der Rest findet nur in deiner Fantasie statt.«

»Du musst mich für blind halten.«

»Sandra, bitte. Die Ersten schauen schon in unsere Richtung. Können wir das nicht später klären?«

Wenn er mir auf der Stelle ein Verhältnis beichten würde, wäre das nicht nur der Super-GAU für unsere Ehe, er würde mich auch in eine vollkommen hilflose Lage bugsieren. Die vielen fremden Menschen in unserer Nähe, seine Geburtstagsparty. Ich wäre nicht das Opfer, sondern der Spielverderber, die hysterische Ehefrau. Das schwächt meine Position, obwohl ich alle Trümpfe in der Hand halte. Und doch ... ich wünschte, er wäre überzeugender. Würde etwas sagen, das mich zurückbringt zu einem unbeschwerteren Selbst, das es mir erlaubt, die Party bis zum Ende zu genießen. Das ist er mir schuldig nach all der Mühe, die ich damit hatte.

»Du liegst falsch«, holt er mich aus meinen Gedanken zurück. »Lass uns zurückgehen.«

Ich stehe auf, ohne ihm zuzustimmen. Wir gehen gemeinsam, doch viel zu weit voneinander entfernt.

An der Terrasse trennen wir uns. Er mischt sich unter die Leute, ich bleibe auf Abstand, lasse ihn aber nicht aus den Augen. Nach Feiern ist mir nicht zumute. Am liebsten würde ich gehen. Einen Spaziergang machen. Ganz für mich allein.

Die langbeinige Brünette steht weit entfernt von meinem Mann, doch glaube ich, hin und wieder einen Blick in Mikes Richtung wahrzunehmen. Sie geht nicht zu ihm, ebenso wenig wie er zu ihr. Sie wissen, dass ich hier bin und die Augen offen halte. Mit einem Mal interessiert es mich nicht mehr. Durch dieses Martyrium bin ich schon einmal gegangen. Das erneut zu durchleben, dazu fehlt mir die Kraft.

Es ist spät geworden. Ein paar Gäste mit kleineren Kindern zu Hause brechen auf. Ich höre, wie sie lachend die Auffahrt herunterschlendern, miteinander eingehakt, auf dem Weg zu ihrem Auto. Sie hatten einen schönen Abend, haben sich amüsiert, neue Leute kennengelernt. Sie klingen glücklich, wie sie einander zugewandt lachen, die Frisur inzwischen nicht mehr ganz so perfekt nach einem langen Abend draußen, die Gesichter rosig. Aus eigener Erfahrung weiß ich, dass der Schein trügerisch sein kann. In eine Ehe hat kein Außenstehender Einblick.

Ich hole mir einen Drink an der Bar, drücke mir das lange Glas gegen die Schläfe und spaziere in den hinteren Teil des Gartens. Trotz der sternklaren Kühle der Nacht ist mir heiß. Hier hinten wird die Musik der Terrasse leiser, die Stimmen verspinnen sich zu einer murmelnden Masse, die Dunkelheit hüllt mich ein. Ich lasse mich auf der Bank nieder, auf der vor einer Weile mein Mann neben mir gesessen hat. Ich vermisse Ben. Die Idee, dass er gegen Abend mit seinen Großeltern mitfährt, hat verlockend in meinem Kopf geklungen. Ich habe mir vorgestellt, wie Mike und ich nach Verabschiedung des letzten Gastes unsere eigene kleine Feier zu seinem Geburtstag veranstalten würden. Jetzt sieht es so aus, als wäre mein letzter Verbündeter gegangen.

Der Mond ist hinter den Baumwipfeln aufgetaucht und erhellt die Szenerie wie ein Scheinwerfer. Ich sehe Mike am einen Ende der Terrasse stehen und sie an dem anderen. Ich sollte beruhigt sein und meine Gedanken von diesem Thema ablenken können.

Jetzt zieht sie etwas aus der Tasche und tippt darauf herum – ihr Handy. Ich kann an ihrer Gestik genau sehen, wann sie fertig ist. Sie hat etwas abgeschickt und wartet nun gebannt auf Antwort. Mein Blick schnellt zu Mike, der ebenfalls das Handy aus der Tasche gezogen hat. Er schaut drauf und steckt es nach einer Weile wieder ein. Er wirkt nachdenklich, soweit ich das von hier hinten beurteilen kann. Sie wirft immer wieder einen neugierigen Blick auf ihres, obwohl sie sich mitten im Gespräch befindet. Was soll ich davon halten? Wer kann mir verübeln, dass ich diese Kröte nicht schlucken mag?

Möglicherweise ist sie nur eine übergriffige Arbeitskollegin, die ihr vermeintliches Revier gern markiert. Das allein sagt lange nichts darüber aus, was Mike daraus machen wird. Wäre da nicht Irina gewesen.

In meinem Rücken spüre ich sie – mahnend. Sie schleicht sich immer wieder in meine Erinnerung. Als Scherbe aus einer bedeutenden Freundschaft und Sinnbild für den vollkommenen Verrat.

»Hast du keine Lust zu feiern?«

Der Satz durchschneidet die friedliche Stille hier im hinteren Teil meiner Oase. Aufgeschreckt fahre ich herum und blicke in die Finsternis. Da, wo in knapp drei Metern der

Zaun mein Grundstück von Irinas trennt. Meine Augen tun sich schwer, sich an die Dunkelheit zu gewöhnen, habe ich doch die ganze Zeit in die Lichter des Festes geblickt.

Thujen ragen wie mächtige Speerspitzen aus dem Boden. Dazwischen bewegt sich etwas, kommt näher. Der Rindenmulch und abgestorbene Äste knacken unter schweren Schritten. Die Person kommt dichter und endlich erkenne ich sie.

»Bitte entschuldige. Habe ich dich erschreckt?«

»Rick! Herr Gott! Natürlich hast du das. Was machst du hier?«

»Ehrlich gesagt, wohne ich hier.«

»Was?«

»Ja. Nur vorübergehend. Solange ich in der Stadt bin.«

»Hier?« Fassungslos sehe ich ihn an. Ich weiß nicht, ob er das Fragezeichen in meinem Gesicht erkennen kann. Es muss im Schatten liegen mit den Lichtern hinter mir. Er ist inzwischen aus der Baumreihe getreten und steht am Zaun, wo ich ihn gut erkennen kann.

»Du findest, ich hätte es erwähnen sollen?«

»Irgendwie schon.« Gleichzeitig frage ich mich, warum er mit einer Fremden darüber reden sollte.

»Vermutlich hast du recht. So ein spontaner Überfall könnte einen völlig falschen Eindruck hinterlassen.«

»Was machst du hier?«

»Ich war neugierig, wenn du es genau wissen willst. Ich hab ein bisschen zugesehen.«

Plötzlich kommt mir ein Gedanke. »Wie lange stehst du schon hier.«

»Ein wenig«, antwortet er ausweichend.

Doch mir reicht es.

»Ich denke, ich muss dann mal wieder gehen.«

»Du bist die Gastgeberin. Die wichtigste Person auf der Party.«

Ich schnaube, gefolgt von einem seiner fragenden Blicke.

»Wie auch immer.« Ich weiche ihm aus. Langsam erhebe ich mich von der Bank.

»Sandra?«

»Was?«

»Du siehst großartig aus. Gefällt mir.« Er lächelt.

Ich bin sprachlos angesichts des Kompliments, schaue erst an mir herunter und krame dann verzweifelt in meinem Kopf nach den richtigen Worten. Außer ›Danke‹ fällt mir nichts ein. Er nickt, dreht sich um und verlässt als Erster unseren nächtlichen Treffpunkt hier draußen in der Wildnis, wenn ich an Irinas Unkrautwüste denke.

Ich sehe ihm hinterher, soweit möglich, bis er als Schatten durch seine Terrassentür verschwindet. Er wird den Schlüssel von Theo haben. Ich frage mich, was er hier will.

Die Geräusche der Party werden lauter in meinem Bewusstsein. Ich muss zurück. Auf dem Weg halte ich mich abseits. Mir ist nicht nach Gesprächen und auch nicht nach weiteren Aufgaben. Dafür habe ich heute Abend Leute engagiert. Die sind eingewiesen. Man sollte mich nicht vermissen. Dennoch erwischt mich einer von Mikes Arbeitskollegen, als ich gerade über unsere Einfahrt Richtung Haustür gehe.

»Hey, Sandra, habt ihr noch ein Fläschchen von dem herrlichen Weißwein?«

»Frag mal an der Bar«, rufe ich ihm zu.

Er kommt näher an mich herangetänzelt. Es sieht beinahe so aus, als würde er mich gleich im Kreis drehen wollen, so wie er die Arme nach mir ausstreckt.

»Das ist eine großartige Party! Vielen Dank, dass wir dabei sein dürfen.«

Ich lächle und fühle mich geschmeichelt.

»Wegen des Weines … ich glaube, den hat Mike vorhin aus eurem Keller geholt … Neuseeländer.«

»Ach, dann weiß ich, welchen du meinst.«

»Ja. Er hat ihn mit mir und Tommy geteilt. Exzellent. Ich hoffe, ihr habt noch ein Fläschchen.« Seine Nase leuchtet rot im Licht der Gartenbeleuchtung. »Wenn du mir sagst, wo es ist, kann ich aber auch selbst nachsehen gehen.«

»Nein, nein. Das mache ich schon. Ich schaue gern nach. Gib mir fünf Minuten.«

Er zieht mich überschwänglich an sich heran und gibt mir einen Kuss auf die Wange. Wie kann ich ihm was abschlagen?

»Einen Moment.«

Die Haustür steht einen Spalt offen, damit die Gäste nicht erst durch alle Räume laufen müssen, um die Toilette zu benutzen, die sich direkt daneben befindet. Verteilt sind sie inzwischen um das ganze Haus herum, sodass ich den Überblick verloren habe. Nach ein paar Schritten erreiche ich die Kellertür, ziehe sie auf und schließe sie direkt wieder hinter mir. Das ist einer der Bereiche, den ich vor den Augen von Besuchern verbergen möchte. Eine wahre Schande, wenn man das restliche Haus kennt. Betonnackte Wände, provisorisch gefliest, russische Kronleuchter oder teilweise überhaupt kein angeschlossenes Licht – nur nackte Kabel. Gerümpel steht in allen Ecken, für das wir noch keinen festen Ort gefunden haben und sicherlich nie finden werden, weil es sein Reiseziel längst erreicht hat. Es riecht nach Putzmitteln und dem Chlorreiniger für den Whirlpool.

Ich taste mich die dunkle Treppe herunter, dunkel, weil die Fassung der Birne in diesem Bereich einen Wackelkontakt hat. Sie flackert und bleibt sekundenlang aus. Auf der vorletzten Stufe rutsche ich aus, verliere das Gleichgewicht und kann mich nur mit Mühe an einer Wand abfangen. Die Musik der Party über mir ist dumpf zu hören, die Stille hier unten lauter. Torkelnd durch den Schwung erreiche ich den Weinschrank, der gleich hier unten im Flur steht, von dem die einzelnen Räume, sowie ein Kellerausgang in den Garten abgehen. Ein saugendes Geräusch begleitet das Öffnen der Tür.

Mal sehen. Ah. Da haben wir noch eine. Ich greife nach der vorletzten Flasche dieses Tropfens, schließe die Tür und will den Weg zurückgehen, den ich gekommen bin. Etwas auf dem Boden lässt mich innehalten. Ist das ...?

»Ahhhh!«

Mein Schrei hallt durch die verlassenen Räume ohne Reaktion. Hier unten hört man mich nicht.

Es sind blutige Abdrücke und die waren eben noch nicht da. Ängstlich sehe ich über meine Schulter und wieder zurück. Ein weiterer Blick auf den Boden, um mich zu vergewissern, dass ich es mir nicht eingebildet habe. Sie sind rot. Wenn es kein Blut ist, dann womöglich etwas, das genauso aussieht. Die Spur startet bei der Treppe und sie endet – bei mir. Vorsichtig hebe ich die Füße, einen nach dem anderen. Es sind meine Abdrücke. Wie es aussieht, bin ich auf der Treppe in etwas hineingetreten. Aus dem Abstellraum zu meiner Rechten schnappe ich mir eine Taschenlampe und leuchte auf die Stufen. Da ist eine verschmierte Pfütze - dickflüssig und daneben etwas das ... was ist das?

Ich bücke mich, taste behutsam danach und führe es dichter vor mein Gesicht. Das ist eine Scherbe. Hat sich hier jemand geschnitten? Mike? Oder ist das Rotwein und die Scherbe ein übersehenes Überbleibsel des zerstörten Glases. Schon habe ich den Finger in die Flüssigkeit getippt, ziehe sie aber gleich wieder zurück. Blut! Eindeutig. Wenn der Wein nicht die Konsistenz von Sirup hatte und die Eigenschaft zu gerinnen, dann ist das Blut.

Ein lautes Knacken lässt mich zusammenfahren. Meine Kehle ist trocken. Mein Herz zieht sich schmerzhaft zusammen, um dann übergangslos zwei Gänge hochzuschalten. Ich spähe um die Ecke zu dem Zimmer am Ende des Flures, aus dem das Geräusch gekommen ist. Dort drin ist etwas umgefallen, da bin ich mir sicher. Das war nicht ein Knacken in der Substanz des Hauses. Da ist etwas. Ich bin nicht allein.

Aufgescheucht von diesem Gedanken stolpere ich die Treppe nach oben, werfe vereinzelte Blicke über meine Schulter und stoße die Kellertür auf, indem ich mich dagegen werfe.

Ich finde mich inmitten der Party wieder. Die Leute haben sich, entgegen allen Corona-Vorsichtsmaßnahmen, für das Feiern in der Wärme entschieden.

»Nichts mehr vorrätig?« Die Frage kommt von Mikes Kollegen, den ich vor ein paar Minuten verlassen habe. Der Wein! Den habe ich unten vergessen. Ich bedeute ihm, noch einen Moment zu warten, und begebe mich auf die Suche nach meinem Mann. Es dauert ein wenig, doch ich finde ihn schließlich in der Küche mit zwei anderen Männern beim Getränkemixen. Er sieht mich kommen, hebt die Schultern und sagt: »Der Cocktailmixer hat sich auf den Weg nach Hause gemacht.«

»Ja. Ich hatte sie nur bis elf engagiert. Kannst du schnell mal kommen?«

Er reicht ein glasklares Getränk im Longdrink-Glas und eines mit Orangensaft als Basis weiter und sieht mich an. »Möchtest du auch etwas?«

»Nein. Du musst kommen. Schnell.«

Ohne lange auf eine Reaktion von ihm zu warten, ziehe ich ihn aus dem Raum mit mir.

»Hast du dich heute im Keller geschnitten oder etwas verschüttet?«, frage ich.

»Nö. Wieso?«

»Weil ich Blut auf der Treppe gefunden habe.«

Wir stehen vor der Tür, die ich vorhin augenscheinlich nur angelehnt habe, als ich hochgestolpert bin.

»Mike. Ich habe das Gefühl, da unten ist jemand. Jemand, der nicht auf der Gästeliste steht.« Ich glaube, mich erklären zu müssen, als ich seinen Blick sehe. Dabei überlege ich, was mich eigentlich darauf bringt. Möglicherweise hat sich ein Gast verlaufen und sitzt nun betrunken auf der Couch in dem Zimmer, das wir zum Spielen für Ben eingerichtet haben.

Mike sieht völlig entspannt aus. Ich vermute den Alkohol dahinter. Langsam ziehe ich ihn die Treppe hinunter, bedacht darauf, keine Geräusche zu machen.

»Ich habe eine Flasche Wein holen wollen und dabei das da entdeckt.« Mit dem Finger zeige ich auf die letzten Stufen.

»Ich kann nichts sehen.«

»Warte.« Ich hole die Taschenlampe und richte ihren Strahl darauf. Mike geht an mir vorbei und kniet nieder. Sein Blick wandert über die Tapsen, die ich vorhin bis zu dem Weinschrank gemacht habe, und wieder zurück.

»Hmm.«

»Warst du das?«

Er schüttelt den Kopf.

»Als ich hier unten war, habe ich ein Geräusch aus dem Raum da drüben gehört.«

»Dann lass uns nachsehen gehen.« Er drückt sich an der Pfütze vorbei und geht zielstrebig auf das Spielzimmer zu. Behutsam öffnet er die Tür und greift mit der anderen Hand sofort zum Lichtschalter. Über uns höre ich dumpfe Schritte der Gäste und gedämpfte Bässe.

Der Raum wird in ein gleißendes Licht getaucht und sofort erkenne ich, dass er zwar unaufgeräumt, aber leer ist. Kühle frische Luft schlägt mir entgegen.

»Das Fenster steht offen.«

»Ich habe es nicht geöffnet«, entgegne ich. Er zuckt mit den Schultern.

»Vielleicht hat ein Luftzug dafür gesorgt, dass etwas umgefallen ist.«

»Ich habe Angst, Mike.«

»Das musst du nicht. Dafür gibt es sicherlich eine logische Erklärung.«

»Und das Blut?«

»Ich weiß nicht. Vielleicht ist es keines.«

»Was soll es sonst sein?«

»Keine Ahnung.«

»Mike. Da ist Blut auf unserer Treppe. Wenn du dich nicht verletzt hast und keiner unserer Gäste, dann hat das dort jemand absichtlich hingetan.«

»Wozu denn?«

»Um mir Angst zu machen!«

Jetzt rollt er mit den Augen. »Woher soll der denn wissen, wann du die Treppe runter kommst?«

»Spielt das eine Rolle? Wenn ich es morgen früh angetrocknet gefunden hätte, hätte es mich auch geängstigt.«

»Na, ich weiß nicht. Und wenn ich darüber gestolpert wäre?«

Das stimmt. Doch womöglich will man nicht mir, sondern ihm Angst machen. Ich versuche, den Namen des Kollegen zu erinnern, der mich vorhin in den Keller geschickt hat.

»Vielleicht ist es Wein«, schlägt Mike vor.

Mir fällt die Scherbe ein, die ich daneben gefunden habe. Keine Ahnung, wo ich die gelassen habe.

»Okay. Du hast recht. Möglich, dass ich übertreibe.«

Es könnte ein älterer Fleck sein. Vielleicht von rohem Fleisch. Der Caterer hat den Kellereingang benutzt und einige Sachen frisch in unserer Küche zubereitet. Ich bin angespannt. Das kann ich nicht leugnen. Ich wünschte, ich hätte Mikes Angebot angenommen und wäre mit ihm übers Wochenende weggefahren.

»Wir wischen es weg und gehen zurück zur Party, okay?«

Ich nicke. Das war Partnerschafts-Plural. Er geht davon aus, dass ich den Lappen hole.

Mike stapft also die Treppe nach oben, während ich zur Waschküche laufe, um mir dort einen nassen Lappen zu besorgen.

Die Wäsche steht mahnend neben der Maschine. Ein Wasserhahn tropft. Ich drehe ihn ganz auf und halte die Hand mit dem Lappen darunter. Dann gehe ich zur Treppe zurück und beseitige die Lache. Das ist kein Wein. Ich führe den Lappen dicht an meine Nase und rieche das Eisen.

Auf dem Weg zurück zur Waschküche sehe ich sie – die Fußabdrücke. Kräftige, derbe Männerschuhe haben sie auf den hellen Fliesen hinterlassen. Sie führen zum Kellerausgang. Tatsächlich sind hier heute Abend einige Männer durchgelaufen. Das wird nichts bedeuten. Ich sollte mir keine Sorgen machen. Ich checke, ob die Tür verschlossen ist, und bin beruhigt. Sie ist es. Ich bringe den Lappen weg, schließe die Kellertür zur Waschküche hinter mir und mache mich auf den Weg zurück.

Eins noch.

Das Fenster im Spielzimmer sollte nicht offen stehen bleiben. Es befindet sich zwar ein Gitter über dem Lichtschacht dahinter, sodass niemand einbrechen kann, aber es würde innerhalb kürzester Zeit von Viehzeug nur so wimmeln, wenn ich es offen ließe. Hier unten ist es warm. Das zieht die Insekten an, besonders in der Nacht. Ich öffne die

Tür und ertappe mich dabei, wie ich hastig nach dem Lichtschalter taste. Es wird Zeit, dass ich wieder nach oben komme. Hier unten gruselt es mich.

Auf dem Fußboden liegt ein hochfloriger Läufer, der fast das gesamte Zimmer bedeckt. Er endet etwa einen Meter vor dem Fenster. Und dort entdecke ich sie. Es sind dieselben Abdrücke wie vor der Kellertür. Ich bin sicher. Derbe Männerschuhe, große Größe.

Nervös schaue ich über meine Schulter. Ich bin allein. Jemand war hier und hat das Fenster geöffnet. Jemand, der zuvor durch die Kellertür unser Haus betreten hat. Ein Schauer läuft mir den Rücken herunter. Und das Blut? Wie passt das in diese Geschichte?

Nein! Ich sehe Gespenster. Das ist absolut typisch für mich. Irina würde mir zustimmen, wenn sie hier wäre. Wo ist sie überhaupt? Ich habe sie lange nicht gesehen. Mike hat recht. Das Haus ist voller Leute. Jemand hat sich hierhin verirrt. Vielleicht hatte er einen guten Grund, das Fenster zu öffnen. Er hatte zu viel getrunken und brauchte plötzlich frische Luft. Ich unterdrücke den Gedanken, der plötzlich aufwirbelt: dass sich hier jemand versteckt hielt, während ich vor der Treppe die Abdrücke begutachtet habe. Wo sollte der jetzt sein? Uns ist niemand entgegengekommen.

›Durch die Kellertür geflohen‹, flüstert eine kleine Stimme in meinem Kopf. Doch die habe ich überprüft. Sie war verschlossen. Mir ist ganz und gar nicht danach, die restliche Räume abzusuchen, um vollkommen sicherzugehen.

Doch was bleibt mir anderes übrig?

Also gehe ich von Tür zu Tür, schalte Lichter an und wieder aus und vergewissere mich, dass sich kein Geisteskranker dort versteckt. Mike soll recht behalten. Ich kann nichts Auffälliges finden.

Als sich nach einigen Minuten die Kellertür in meinem Rücken schließt, bin ich gerade rechtzeitig im Flur angekommen, um Mike zu sehen, wie er sich von der Giraffe verabschiedet. Sie drückt sich herzlich an ihn und küsst ihn auf die Wange. Unter alkoholgetränktem Gekicher steuert sie erst die zweite Wange an und dann ... zerrt ihre Freundin sie am Arm weg, bevor sie ihren Schwung auf Mikes Lippen vollenden kann. Zumindest sieht es von meinem Standpunkt genauso aus. Ich bewege mich nicht und beobachte ihn, wie er entspannt hinter ihr die Tür schließt und sich umdreht. Dann sieht er mich. Pokerface. Das muss man ihm lassen.

»Ich glaube, du lagst richtig.« Er hebt die Hände. »Dafür kann ich nichts. Ich habe ihr keinen Anlass dazu gegeben.« Er zwinkert und geht an mir vorbei in die Küche, wo die letzten fünf Gäste um eine Flasche Wodka herumlümmeln.

Ich gehe ins Bett. Ich glaube nicht, dass es irgendjemanden stören wird, wenn ich nicht ›Gute Nacht‹ sage. Mir reicht's für heute Abend. Auf dem Weg nach oben fühle ich mich erleichtert. Die letzten Gäste werden auch bald verschwunden sein und dann haben Mike und ich das Haus wieder für uns.

Der Abend ist nicht so gelaufen, wie ich es mir gedacht habe. Unvernünftig von mir. Ich hätte wissen sollen, dass ich die Außenseiterin bleiben würde. Die Gästeliste bestand aus Freunden und Kollegen von Mike. Ich habe hier keine

Freunde und die wenigen Nachbarn, die gekommen sind, haben sich heute große Mühe gegeben, mir aus dem Weg zu gehen. Höchstwahrscheinlich hat der Post in der Nachbarschafts-App etwas damit zu tun.

Ich bin hundemüde und mir fehlt die Kraft, mich darüber zu ärgern. Ich stoße die Tür zu unserem Schlafzimmer auf und gehe, ohne das Licht anzuschalten, direkt in das Badezimmer weiter. Das Fenster ist angekippt und ich höre, wie Personen über unsere Einfahrt laufen, lachen, ihre Stimmen leiser werden. Weitere Gäste, womöglich die letzten. Hoffentlich die letzten.

Nachdem ich mir die Zähne geputzt habe, gehe ich ins Schlafzimmer zurück. Mein Nachthemd liegt irgendwo unter der Decke. Im Dunkeln taste ich danach. Mein Blick bleibt an etwas auf meinem Kopfkissen hängen. Schnell schalte ich das Licht an. Ein Blitz durchzuckt den Raum und es ist hell. Viel zu hell. Meine Augen sehen – mehr als ich sehen will, doch mein Kopf braucht eine Weile, um das Gesehene zu übersetzen.

Einzelne Blutstropfen führen in einem Rinnsal von der Mitte meines flauschigen Kopfkissens unter die Decke. Angewidert hebe ich sie sachte nach oben und wage es kaum, hinzusehen.

Da ist mehr Blut, dunkel, bereits angetrocknet – und das Messer.

Wie angeschossen taumele ich nach hinten und lasse dabei die Decke fallen. Mein Kopf schwirrt um diesen einen Gedanken. Es ist wieder da. Jetzt ist alles aus.

Ich sehe mich im Raum um, ebenso im Badezimmer. Ich bin jetzt wach. Ich spüre das Adrenalin. Jemand war hier oben und hat mir eine Botschaft hinterlassen. Ich suche das Parkett nach Fußabdrücken ab. Natürlich finde ich keine. Mit zittrigen Fingern greife ich nach dem blutverschmierten Ding in meinem Bett. Es ist das Jagdmesser. Ich erkenne es sofort. Satinierter Edelstahl mit Hirschhornschalen-Griff. Getrocknetes Blut hat sich in den Vertiefungen des Griffes gesammelt. Die Klinge glänzt rot-braun.

Oh Gott. Es ist vorbei! Meine Familie. Ich werde alles verlieren.

Schwer atmend lehne ich mich mit dem Messer gegen die Wand. Dann höre ich Geräusche aus dem Erdgeschoss. Die Musik ist längst aus. Das hatte ich noch gar nicht bemerkt. In Windeseile bringe ich das Messer ins Badezimmer und schmeiße es dort in eines der Waschbecken. Jetzt das Bett. Ich ziehe das Kopfkissen ab, meine Decke und unser Bettlaken. Dann stopfe ich alles in den Wäscheschacht, der direkt unten in der Waschküche herauskommt. Enttäuscht blicke ich auf mein Werk – unser Bett. Das hat nichts gebracht. Das Blut hat die Laken durchweicht und sowohl Kissen als auch Matratze durchtränkt. Ich sprinte zu unserem Wäscheschrank und hole mir einen Waschlappen. Nachdem ich ihn im Bad mit Wasser und etwas Shampoo getränkt habe, bearbeite ich meine Seite der Matratze damit. Der Fleck wird heller. Inständig hoffe ich, dass Mike unten von einem letzten Gast aufgehalten wird.

Nach einigen Minuten betrachte ich zufrieden meine Arbeit. So kann ich es lassen. Beim Kopfkissen betreibe ich nicht diesen Aufwand. Ich lege es beiseite und nehme mir ein neues aus dem Schrank, das ich beziehe. Ebenso Matratze und Bettdecke.

Gerade als ich das alte Kissen in einem meiner Kleiderschränke verstecke, kommt Mike durch die Tür. Er sieht überrascht aus.

»Du bist noch wach?«

Ich kann nicht sagen, ob er glücklich darüber ist. Seine Miene ist undurchdringlich.

»Ja«, antworte ich abgehetzt. »Bitte geh nicht ins Bad. Ich habe zu viel getrunken und alles vollgekotzt. Auch das Bett.«

Er sieht auf das Kissen, bei dem ich noch die letzten zwei Knöpfe in der Reihe schließe und rümpft angewidert die Nase. »Ich hab's gleich.«

»Brauchst du Hilfe?«

»Nein. Alles gut.«

»Du machst gar keinen betrunkenen Eindruck.«

»Das hat mich ganz schnell wieder nüchtern gemacht. Das kannst du mir glauben.« Meine Stimme zittert, doch er wird nicht wissen, wieso. Die Tür zum Bad steht offen und er ist nur ein paar Schritte vom Waschbecken entfernt.

»Wie du willst. Ich muss jetzt schlafen. Ich bin total erledigt.«

Er geht an mir vorbei, zu seiner Bettseite, setzt sich und knöpft sein Hemd auf. Prima. Ich husche ins Bad und säubere das Messer. Dann lasse ich es in den Schrank mit meinem Make-up gleiten, wo es vor seinen Blicken sicher sein wird, wasche mir die Hände und komme zurück. Er liegt ausgezogen in seinem Bett und atmet bereits sehr gleichmäßig. Mein Mann war schon immer ein guter Schläfer. Da ist nichts, das ihn abends belastet. Ich schlüpfe in mein Nachthemd und lege mich daneben. Die feuchte Matratze unter mir nässt durch das Laken und erinnert mich daran, dass ich das Ganze nicht richtig durchdacht habe.

Fieberhaft überlege ich, wie es weitergehen soll. Die Tatsache, dass sich jemand die Mühe gemacht hat, das Messer in meinem Bett zu platzieren, sagt mir, dass er etwas von mir will. Er ist nicht zur Polizei gegangen. Er hat es zurückgebracht. Doch warum nimmt er keinen direkten Kontakt auf? Was will er? Und wieso jetzt? Wieso nach einem Jahr? Ist er erst jetzt darüber gestolpert?

Die Sorgen über Mikes Arbeitskollegin und ihre oder seine Ambitionen erscheinen mir plötzlich total lächerlich. Ich muss aufhören, mich um Nebensächlichkeiten zu scheren.

Wie jede Nacht lausche ich dem Rascheln vor unserem Fenster. Doch heute suche ich die nächtliche Ruhe nicht nach Gefahren ab. Das, was ich befürchtet habe, ist längst eingetreten. Er war hier … in meinem Haus … in meinem Schlafzimmer. Er hat mir eine Nachricht geschickt. Und es war nicht die erste. Die Frage ist: Was werde ich dagegen unternehmen. Und – noch viel wichtiger – wer von beiden ist es, wenn überhaupt?

KAPITEL 17

Können wir reden?

Mehr stand nicht in seiner Nachricht.

Du weißt, dass ich nicht darüber reden will, schreibe ich.

Bitte.

Lass mich bitte in Ruhe.

Das bist du ihr schuldig.

Darauf fehlen mir zunächst die Worte. Mit dem Telefon in der Hand streife ich durch das Haus. Rick schreibt mir Nachrichten, um seinen Willen durchzusetzen. Er will nicht einsehen, dass mir heute nicht nach einem Treffen ist. Das wird mir alles zu viel. Mit Mike habe ich mich noch nicht wieder unterhalten können. Er ist schon früh mit seinem Rad gestartet und bringt sich durch seine sportliche Betätigung ins Reine. Ich fühle mich, als würde ich festsitzen und wäre verdammt dazu auf die Handlungen anderer zu reagieren, statt agieren zu können.

Es passt mir heute nicht wirklich, schreibe ich ihm erneut.

Es ist wichtig.

Hier ist gerade zu viel los.

Was ist passiert?

Aus dem Augenwinkel glaube ich, eine Bewegung draußen wahrgenommen zu haben. Sofort drehe ich mich um und schaue in den Garten. Da ist nichts. Die Blätter der Weide schwingen an ihren dünnen Ästen sanft im Wind. Ein Windspiel, das ich mit Ben gemeinsam in die alte Kastanie gehängt habe, funkelt bei jedem Sonnenstrahl. Auf dem frisch gemähten Rasen hat sich, sicher sehr zum Missfallen meines Mannes, ein Maulwurfshügel über Nacht erhoben. Beim genaueren Hinsehen erkenne ich die Fortführung seiner unterirdischen Straße im Beet daneben.

Nichts ist passiert. Alles wie immer.

Das ist noch nicht mal gelogen. Ich spüre eine gewisse Gewohnheit einziehen gegenüber Fallstricken in meinem Leben. Plötzlich klingelt es an der Tür.

Ich schalte das Handy ab und gehe nach vorn. Durch die Verglasung neben der Tür kann ich ihn erkennen. Es ist Rick. Mit einem Seufzer öffne ich.

»Du, das passt mir jetzt überhaupt nicht.«

»Dir auch einen guten Morgen. Kann ich reinkommen?«

Ich werfe einen Blick an ihm vorbei nach draußen. Auf der Straße ist niemand. Kein Spaziergänger, kein Nachbar. Ich spüre sie hinter ihren Gardinen sitzen und auf die Frau starren, die einen fremden Mann in ihr Haus lässt, während ihr eigener Mann weggefahren ist. Kein Problem normalerweise. Doch wenn man über dich in der Nachbarschafts-

App Gerüchte gestreut hat, ist es etwas anderes. Dann darfst du nicht auffallen.

Mike ist ebenfalls nirgends zu sehen.

»Sag mal, ist irgendwas? Mit mir? Darfst du mich nicht reinlassen? Wir sind doch erwachsen?«

Ich sehe ihn kurz an und ergebe mich. »Ja. Was soll's? Komm rein.« Ich öffne die Tür ein Stück weiter und lasse ihn eintreten. Er geht direkt ins Wohnzimmer durch und setzt sich auf die Couch.

»Möchtest du etwas trinken.«

»Nein danke.« Er lässt seine dünne Jacke an, die er über einem T-Shirt trägt. Das ist gut. So kann er schnell wieder aufbrechen, wenn ich ihn darum bitte.

»Du siehst ziemlich nervös aus. Warum setzt du dich nicht?«

Ich folge seiner Aufforderung und setze mich ihm gegenüber. Der Couchtisch ist groß und baut eine angenehme Distanz zwischen uns auf.

»Alles in Ordnung?«

»Nein. Rick. Ehrlich gesagt ist nicht alles in Ordnung. Ich mag es nicht, wenn man meine Grenzen nicht respektiert. Ich habe dir gesagt, dass es mir heute nicht passt. Doch du setzt deinen Willen durch und gehst sogar so weit, mich in meinem eigenen Haus zu arrangieren, wie es dir passt.«

Er schluckt. »Ich hatte gehofft, du verstehst, dass ich Antworten brauche. Ich kann nicht mehr warten.«

»Ja. Das sehe ich.«

Mein Handy vibriert und signalisiert zweimal hintereinander das Eintreffen von Nachrichten. »Bitte entschuldige.« Ich überfliege die erste und mein Herz beginnt wie wild zu pochen. Es ist eine Mutter aus der Klasse von Ben. Ihr Sohn ist einer von Bens Freunden. Sie bittet darum, dass wir zukünftig jeden Kontakt zwischen unseren beiden Kindern einstellen. Ben gehöre nicht zu der Art Umgang, die sie sich für ihr Kind wünscht.

Wut steigt in mir auf. Galle steigt mir nach oben und verbrennt mir die Speiseröhre. Zumindest fühlt es sich so an. Noch bevor ich entschieden habe, wie ich damit umgehen will, überfliege ich die zweite Nachricht. Sie ist von einer anderen Mutter. Ebenfalls ein Freund von Ben. Sie sagt das Spieldate für nächste Woche ab. Kommentarlos. Sie und die andere Mutter sind gut befreundet.

Die Luft bleibt mir weg und der Raum um mich herum wird kleiner. Das kann alles nur ein schlechter Scherz sein. Mein kleiner Junge hat das nicht verdient. Würden sie nur über mich tratschen, wäre es mir egal. Was macht es schon für einen Unterschied, was völlig Fremde über mich denken. Sollen sie sich das Maul zerreißen, solange es keinen Einfluss auf meine Ehe hat. Aber ein unschuldiges Kind? Das geht zu weit. Ich koche.

»Ich möchte dich nur bitten, mir zu erzählen, was du an dem Tag gesehen hast.«

»Was?«

Wie aus einer anderen Welt dringen Ricks Worte zu mir durch.

»An dem Tag, an dem du sie gefunden hast. Als sie starb. Sandra?«

»Herr Gott, Rick! Ich kann mich damit jetzt nicht befassen!« Meine Wut über die Tratschtanten entlädt sich komplett in seine Richtung.

»Hast du was Wichtigeres um die Ohren?«, spöttelt er.

»Ja! Tatsächlich! Mein Leben und das meiner Familie! Die Nachbarschaft hält mich für eine Hure, seit ein anonymer Schmierfink gepostet hat, ich würde für Geld mit anderen Männern schlafen! Das erreicht meinen Sohn in der Schule! Das musst du dir mal vorstellen. Die Eltern wollen, dass ihre Kinder keinen Kontakt mehr zu ihm haben. Nur wegen eines Gerüchtes! Die glauben alles, solange es nur im Netz steht!«

»Ach du Scheiße!«

»Das ist ja noch nicht alles! Da ist dieser durchgeknallte Fan, von dem ich dir erzählt habe. Er belästigt mich, schickt Dinge, droht mir und bricht bei mir ein!« Dieses Detail lasse ich in Rage, aber dennoch ganz bewusst fallen, um seine Reaktion zu testen.

»Er ist hier eingebrochen? Ist das dein Ernst? Warst du bei der Polizei?« Er klingt überzeugend verstört.

»Er will mich aus irgendeinem Grunde fertigmachen, aber ich lasse mir das nicht länger bieten. Und das sage ich dir jetzt in aller Freundschaft. Ich bin es leid, immer nur getreten zu werden. Ich erwarte Respekt! Ich erwarte, dass man sich auf Augenhöhe mit mir anlegt, und ich rate dem, der das vorhat, sich warm anzuziehen, weil ich mich nicht länger kleinkriegen lassen will. Von niemandem. Ja, ich verstehe, dass du trauerst. Ich verstehe, dass du Antworten suchst. Doch du bist an der falschen Adresse.«

»Sandra, ich ...«

Doch jetzt bin ich richtig in Fahrt.

»Ich kann dir nichts sagen, das dich weiterbringen wird. Ich bin zu ihr rübergegangen. Es war schon spät abends. Es war dunkel. Sie hatte mich eingeladen. Sie war meine beste Freundin, Himmel, noch mal! Sie hat nicht geöffnet, doch ich konnte den Lichtschein aus dem Wohnzimmer auf der Terrasse an der Seite des Hauses sehen. Also bin ich rumgegangen. Theo war bei seiner Feier in der Stadt. So hatte ich keine Angst, sie in einer intimen Pose anzutreffen. Ich dachte, sie würde vielleicht Musik über Kopfhörer hören, so wie sie es öfter tat. Dann konnte sie die Klingel nicht hören. Ich bin rumgegangen. Völlig ahnungslos. Plötzlich lag sie vor mir. Blutend. Das Blut war überall. Es quoll aus ihrem Mund, aus ihrer Stichwunde … am Messer vorbei. Ich hab mich übergeben. Genau an der Stelle, an der ich stand. Dann bin ich losgelaufen und habe Hilfe geholt. Dass sie schon tot war, habe ich dann von der Polizei erfahren. Ich will nicht ständig daran erinnert werden, Rick! Es war ein traumatisches Erlebnis, und ich weiß, was das bedeutet, es war nicht das einzige in meinem Leben. Aus Erfahrung weiß ich, dass man irgendwann mal nach vorn schauen muss. Es macht sie nicht mehr lebendig, wenn wir immer wieder in der Vergangenheit rühren.«

Bei diesem Satz läuft mir eine einzelne Träne über die Wange. Ich bin fertig. Leer an Worten, leer im Kopf. Die einzelne Träne bleibt einsam. Ich denke, ich habe keine weiteren mehr.

Rick sieht mich versteinert an. Wahrscheinlich ist er schockiert aufgrund meines Ausbruchs. Ich kann es ein

Stück weit verstehen. Für jemanden Außenstehenden muss ich einfach nur hysterisch wirken.

»Du hast ein Messer gesehen?«

Ich halte die Luft an. Scheiße. Meine Konzentration lässt nach, wenn ich Stress habe.

»Was?«

Ahnungslosigkeit könnte ein Weg sein.

»Du sagtest, das Blut quoll an einem Messer vorbei.«

»Ehrlich? Da muss ich mich vertan haben. Es ist immerhin ein Jahr her.« Ich klinge beiläufig, viel freundlicher als noch vor einer Minute.

»Du sagtest ›Messer‹.« Sein Blick ist wachsam und eiskalt. »Die Polizei sagte, es wäre kein Messer gefunden und auch nicht von dir erwähnt worden.«

»Du hast ...?« Natürlich hatte er mit der Polizei gesprochen. Ich verfolge die Frage nicht weiter. Mein Hirn arbeitet auf Hochtouren. Ich probiere es mit selbstbewusstem Angriff.

»Das ist ein Versehen, Rick! Dichte mir bitte nichts an. Ich bin aufgeregt. Du hast mich unter Druck gesetzt.«

»Bist du dir sicher?«

»Ja! Alles, was ich damals gesagt habe, entspricht der Wahrheit. Es ist ein Jahr her. Da kann einem die Fantasie schon mal einen Streich spielen. Ich sehe die Szene immer und immer wieder vor mir. Ich träume nachts davon. Doch mit der Zeit verändert sie sich. Sogar das Wetter und die Tageszeit ändern sich. Ich weiß nicht, ob das etwas zu bedeuten hat. Ich bin kein Psychiater.«

»Da war also kein Messer? Es könnte nämlich auch umgekehrt sein und deine Erinnerung war durch den Schock zunächst betäubt. Jetzt, mit der Zeit, werden Bruchstücke, die du verdrängt hast, freigelegt.«

»Du vergisst dabei, dass die Polizei keines gefunden hat.«

»Ja ...« Er sieht nachdenklich aus.

»Was?«, frage ich nach einer Minute des Schweigens.

»Du hast doch die Polizei gerufen, richtig?«

»Ja.«

»Bist du dazu zu euch nach Hause gerannt?«

»Nein. Ich hatte mein Handy dabei.«

»Dann hast du also ihre Leiche nicht aus den Augen gelassen, bis die Polizei eintraf.«

Ich denke darüber nach und treffe eine Entscheidung, die in jedem Fall zu meinen Gunsten ausgelegt werden kann. »Ich bin vors Haus gegangen, um anzurufen.«

»Also war die Leiche kurz allein.«

»Ja.«

»Wie lange?«

»Wie lange? Wieso fragst du? Keine Ahnung!«

»Weil ich wissen will, ob die Zeit für den Täter gereicht hat, um das Messer mitzunehmen und dann über die hinteren Gärten zu verschwinden, ohne dir oder der Polizei in die Arme zu laufen.«

»Hm.« Das hat er sich tatsächlich gut überlegt. Ich bin beeindruckt. »Ein paar Minuten. Genau weiß ich es nicht. Ich habe mein Handy rausgeholt, bin vorgelaufen und habe telefoniert. Sie haben mir einige Fragen gestellt. Es kam mir wie eine Ewigkeit vor. Aber es waren sicher nur ein paar Minuten. Vielleicht nur eine.«

»Bist du dann zu ihr zurück?«

Ich verziehe angewidert das Gesicht. »Nein! Wir waren sehr gut befreundet, aber ich hatte beim besten Willen nicht den Wunsch, mit einer Leiche allein zu sein. Ich hoffe, du bist mir nicht böse, wenn ich das so sage.«

»Schon gut.« Er schüttelt den Kopf. »Das kann ich gut nachvollziehen. Es wird ein schrecklicher Anblick gewesen sein.«

Ich nicke. Er sieht versöhnlicher aus. Und beruhigt.

»Bitte entschuldige, dass ich dich eben so angeschrien habe.« Ich stehe auf und setze mich neben ihn auf den Dreisitzer. »Es ist gerade eine beschissene Zeit für mich, aber ich kann deinen Wunsch natürlich verstehen. Es war egoistisch von mir, zunächst an meine Gefühle zu denken.«

»Ja ...«

Er denkt immer noch weiter … hinter seiner Stirn. Das ist offensichtlich. Seine Augen geistern ein wenig im Raum herum und fangen meinen Blick auf. Ein sanftes Lächeln breitet sich auf seinem Gesicht aus. Es wirkt einen Hauch mechanisch. Sei's drum. Ich werde nicht betteln, damit er mir verzeiht.

»Wenn ich über das nachdenke, was du mir alles eben erzählt hast, dann muss ich dich wohl um Verzeihung bitten. Bei dir ist eingebrochen worden? Bei euch?«

»Ja. Vor ein paar Tagen.«

»Wurde etwas gestohlen?«

Ich zucke kurz zusammen. Er spielt die richtigen Saiten.

»Nein.« Möglichst lässig rollt mir dieses Wort über die Lippen. »Der Einbrecher wollte mir nur Angst machen.«

»Was hat er getan?«

»Er hat versucht, in das Zimmer zu gelangen, in dem ich mich mit Ben verbarrikadiert hatte.«

»Du warst hier, als es passiert ist?« Seine Augen sind weit aufgerissen und er hat sich zu mir gedreht.

»Ja. Ich denke, darum ging es. Er hat einen Tag gewählt, an dem mein Mann nicht zu Hause war und er mir Angst machen kann. Ich vermute den Stalker dahinter.«

»Du hast die Polizei informiert, richtig?«

»Ja. Aber sie konnten nichts machen. Als sie hier eintrafen, war er weg.«

»Ich hoffe, dein Mann lässt dich in der nächsten Zeit nicht mehr allein, bis sie den Typen haben.« Seine Worte klingen bitter.

»Ich denke, er wird hier sein.«

Er nickt. Nach dem zweiten Trauma in meinem Leben fragt er nicht und darüber bin ich froh. Diese Geschichte möchte ich nicht erzählen. Jedes Mal, wenn ich sie erzähle, verwässert sie und macht sie erträglicher. Doch das will ich nicht. Es soll genau das sein, was es ist. Ich will dich weder vergessen noch eines Tages keinen Schmerz mehr fühlen, wenn ich an dich denke. Mein Kind. Meine Tochter.

Eine Zeit lang schweigen wir. Es ist nicht unangenehm, eher angebracht. Er hängt seinem Kummer nach und ich meinem. Irgendwie macht uns das zu Verbündeten, auch wenn wir uns dem anderen nicht öffnen wollen. Er scheint diese Verbindung zu spüren.

»Ich bin froh, dich kennengelernt zu haben«, sagt er.

Das klingt aufrichtig. Ich bin gerührt und verstumme augenblicklich aus Angst, diesen intimen, ehrlichen Moment zwischen uns zu zerstören. Soll ich das Kompliment erwidern? Ich bin unsicher, ob ich es auch so meinen würde. Wäre ich ebenso ehrlich, wenn ich ihm nachspräche? In gewisser Weise schon. In mancher Hinsicht jagt er mir jedoch einen Schauer über den Rücken.

»Ich danke dir.« Das muss für den Moment genügen.

»Du bist eine starke Frau, Sandra.«

Ich wende mich beschämt ab.

»Nein, wirklich.« Er sieht mich nachdenklich an. »Ich habe dich völlig falsch eingeschätzt. Du redest so, als würde dich alles überfordern, aber in Wahrheit hast du die Dinge gut im Griff. Das meine ich als Kompliment. Ich respektiere dich und ich vermute, dass es vielen Menschen in deinem Umfeld so geht, auch wenn du es nicht sehen willst.«

Er hat mich kalt erwischt. Sprachlos starre ich ihn an.

»Du kennst mich nicht.«

»Das ist wohl wahr. Aber das würde ich gern ändern.«

Ich bin erleichtert darüber, dass seine Beichte von eben nicht weiterhin Gegenstand unseres Gespräches ist. Ich begreife, dass er versucht, mir näher zu kommen. Wenn auch nur verbal. Dieser Mann hat schon was, doch es ist nicht das richtige Timing.

»Wie stellst du dir das vor?«

Er schmunzelt, traurig, wenn ich das richtig deute.

»Wir könnten Freunde sein.«

»Sind wir das nicht?«

»Es scheint so ...«

Sein Ausdruck ist undeutbar. »Manchmal habe ich das Gefühl, du traust mir nicht.« Er streicht einen Fussel von seiner Jeans, während er das sagt. Sein Blick ist nach unten gerichtet, gläsern.

»Das bildest du dir ein.« Meine Augen sehen ihm offen ins Gesicht. Er hebt das Kinn und unsere Blicke treffen sich.

»Mag sein. Möglicherweise bin ich von Haus aus ein skeptischer Mensch.«

»Eine gesunde Einstellung.«

Jetzt huscht ein echtes Lächeln über seine Züge und setzt sein Fünfhundert-Watt-Lächeln in Gang, das mich zu Beginn so sehr an diesem Mann fasziniert hat. Er ist unverschämt attraktiv. Das muss man ihm lassen.

»Ich schätze, bei dir versagen meine Instinkte.«

»Das klingt jetzt nicht nach einem Kompliment.«

»Doch, doch. Ich meinte, dass du eine ganz andere Klasse bist. Entschuldige. Ich meinte eigentlich ... was ich sagen wollte ... Du bist etwas Besonderes. Dein Mann ist ein Glückspilz.«

Ich kann nicht anders. Es rührt mich einfach so, wie er da sitzt, verzweifelt hoffend, dass ich ihm helfe, den Mörder seiner Schwester zu finden. Verstört, weil er keine Antworten zu seinen Fragen bekommt. Und doch lässt er sich gefühlsmäßig auf mich ein. Sorgt sich, dass es mir gut geht. Er ist ein Schatz. Ich hege keine romantischen Gefühle für ihn. Das weiß ich inzwischen. Doch er ist wirklich sehr nett. Ich beuge mich vor und drücke ihn. Rein freundschaftlich. Er tut mir leid, dieses Häufchen Elend.

Ein wenig erschrocken versteift er sich im ersten Moment, nur kurz, dann erwidert er die Umarmung. Was ganz sanft begann, fühlt sich plötzlich stürmisch an. Damit habe ich nicht gerechnet. Seine rechte Hand ertastet meinen Hinterkopf und zieht mich dichter an sich heran. Dann bemerke ich sie in meinem Nacken. Ich atme sein Aftershave ein, herb, aber unaufdringlich. Er ist so dicht, dass ich spüren kann, wie er tief einatmet und den Duft meines Shampoos in sich aufnimmt. Für eine Sekunde schließe ich die Augen. Was zur Hölle mache ich hier?

Hinter uns knallt eine Tür.

KAPITEL 18

»Was zur Hölle war das denn?«

Alles in Mikes Gesicht ist zu einem Strich geformt. »Läuft mit dem was? Hast du jetzt etwa ein Verhältnis?« Er spuckt mir die Wörter entgegen, mit Verachtung in der Stimme und ... Belustigung. Das reizt mich. Ich koche innerlich, doch kann ich mich beherrschen.

Er stand plötzlich da. War vom Radfahren zurückgekehrt und hatte die letzte Szene ungläubig beobachtet. Völlig aus dem Zusammenhang gerissen, wie ich mir denke. Rick ist sofort aufgestanden, hat versucht zu beschwichtigen und alles zu erklären. Doch an seinem überraschten hochroten Gesicht, konnte Mike ablesen, dass er sich alles andere als unschuldig fühlte. Er hat ihn kurzerhand rausgeworfen, ohne sich ein weiteres Wort von ihm oder mir anzuhören. Jetzt steht er mir gegenüber und schäumt regelrecht.

Ob Rick noch auf der anderen Seite der Tür auf dem Abtreter steht, vermag ich nicht zu sagen. Er hat sich mächtig ins Zeug gelegt, um erst meine Ehre ins rechte Licht zu rücken und dann sicherzustellen, dass Mike nicht zu der gewalttätigen Sorte Männer gehörte. Ich habe immer wieder betont, er solle lieber gehen und sich keine Sorgen machen, während Mike ihm die Tür ins Gesicht geknallt hatte.

»Was hattet ihr gerade vor?«

»Nichts.«

»Nichts? So sah das aus! Was, wenn ich nicht gerade um die Ecke gekommen wäre?« Sein Kopf hat eine ungesunde Farbe angenommen.

»Dann wäre auch nichts passiert.«

Meine Ruhe bringt ihn nur noch mehr auf die Palme. Ich verstehe überhaupt nicht, wieso alles immer an mir hängen muss. Wieso zur Hölle muss ich immer alles richten?

»Das sah für mich nicht so aus!«

Damit ist wohl seine Beweisführung abgeschlossen.

»Wer zur Hölle ist das überhaupt. Ach, weißt du was? Ich werde ihn selber fragen.« Schnaubend dreht er sich rum und rast auf die Tür zu. So ein Mist.

»Mike! Verdammt noch mal!« Ich stürze hinterher und kriege sein Shirt zu fassen, als er gerade die Tür öffnen will.

»Lass los, Sandra.«

Ich kralle mich an seinen Arm und stemme mich mit meinem gesamten Gewicht gegen seinen Versuch, nach draußen zu treten. »Lass uns reden! Hier drinnen.«

Er ist stur und drängt ins Freie. Rick ist verschwunden. Am Rande stelle ich enttäuscht fest, dass er schnell aufgegeben hat. Was wäre, wenn Mike vorhätte mich zu schlagen? Er kennt ihn nicht. Er kann das nicht ausschließen. Selbst wenn meine Worte vorhin was anderes sagten. Es hätte gelogen sein können, aus Angst vor meinem jähzornigen Mann.

Wir sind kein Liebespaar, fällt mir in diesem Moment ein. Warum sollte Rick etwas riskieren? Wofür?

Ich sehe zwei Jogger, die unseren Tumult mitbekommen und langsamer laufen, nur um das Ehedrama ein paar Sekunden länger genießen zu können. Unsere Nachbarin von gegenüber hackt ihre Rabatte. Sie ist ein wenig taub und hat wahrscheinlich deshalb noch nicht aufgesehen. Es liegt nicht daran, dass sie solche Szenen von uns gewohnt ist. Sie werden alle vermutlich den Mann gesehen haben, der eben unser Haus verließ, um dann in das Nachbarhaus zu gehen. Die Nachbarschafts-App wird explodieren heute Abend. Wenn nicht die, dann alle privaten Nachbarschaftsgruppen.

»Du redest jetzt mit mir, Mike. Das bist du mir schuldig.« Ich flehe ihn an, als er sich von mir losgerissen hat und über den Kies stolziert. Am Tor bleibt er stehen. Ich kann sehen, wie heftig er atmet, sich seine Schultern heben und senken. Sein Kopf sinkt nach unten, die Nackenmuskulatur entspannt, er gibt auf. Ich habe gewonnen. Vorerst.

Langsam dreht er sich um, sieht mich nicht direkt an. Den Blick zum Boden gerichtet kommt er näher. Wie wütend er ist, erkenne ich an seinen Backenzähnen, die im Kiefer mahlen. Er geht an mir vorbei ins Wohnzimmer, und ich bin in der Lage, die Nachbarschaft wieder aus unserem Leben auszuschließen.

»Wer ist der Knilch?«, fragt er, als ich mich neben ihn auf die Couch gesetzt habe.

»Irinas Bruder.«

Er schnaubt und lächelt verächtlich. »Klar. Wer sollte es sonst sein?«

»Wie meinst du das?«

»Na, du warst doch geradezu krankhaft fasziniert von ihr. Warum sollte es bei ihrem Bruder anders sein? Das erklärt vermutlich, warum er in unserem Haus ist.«

Sieht so aus, als verzichteten wir heute auf Rücksichtnahme und Takt. Mike scheint gewillt mich zu verletzen.

»Das ist unfair und das weißt du.«

»Tu ich das? Ich weiß nur, dass Irina dir nicht gut getan hat, und wie wir beide wissen, hat die ganze Geschichte kein gutes Ende genommen.«

Ich fahre unmerklich zusammen, doch ihm ist es aufgefallen. In seinem Gesicht rudert er bereits zurück, nur die Worte dafür hat er noch nicht formuliert.

»Ich meine ja nur, dass es für dich und diese Familie besser wäre, wenn du dich von ihnen fernhieltest.«

Treffer, versenkt. Ich nehme es zurück. Mike findet nicht zu seinem alten Taktgefühl zurück.

»Was damals passiert ist, ist nicht meine Schuld«, flüstere ich.

»Was?«

»Es war nicht meine Schuld!« Diesmal deutlich lauter. Er zuckt vor mir zurück in die Defensive.

»Warum tust du das dann?«

»Was zur Hölle tue ich denn?« Meine Stimme ist inzwischen deutlich lauter als seine.

»Dich von dem da in etwas reinziehen lassen.«

»Was? Du findest, er zieht mich in etwas rein?« Ich dehne das Wörtchen ›er‹. Ich bin wütend.

Mike sieht mich fast besorgt an. So, als wären Hopfen und Malz verloren.

»Mike, ich bin kaputt. Ein Wrack. Wenn es dir aufgefallen ist.«

»Das ist es.«

So schnell hatte ich nicht mit einer Antwort gerechnet. Ein wenig Mitgefühl wäre schön gewesen. Doch er wirkt genervt, überfordert.

»Ich kann nicht mehr.«

Mein Hilferuf. Doktor Feldmann wäre so stolz auf mich. Ich schätze, ich kann den Termin übermorgen absagen.

»Ist das der Grund, weshalb du dich einem fremden Mann an den Hals wirfst?«

Das ermüdet mich.

»Nein. Und ich tue nichts dergleichen. Ich kann sowieso nicht verstehen, weshalb gerade du mit dem Finger auf mich zeigst.« Das reicht. Ich habe genug davon, immer der Puffer für schlechte Emotionen zu sein. Enttäuscht stehe ich auf. Er hält mich am Arm zurück.

»Was meinst du?«

»Was? Na, wenn wir mal nicht über die Frau von gestern Abend sprechen, die so vertraut mit dir umging, dass ich das Bedürfnis hatte, ihr deine Schmutzwäsche mitzugeben – reden wir über Irina.«

So ein Mist! Jetzt ist es raus. Ich habe ihren Namen nie erwähnen wollen – aus Angst, ihn zu verlieren, und nun ist es geschehen. Irina lebt nicht mehr. Möglicherweise ändert das was. Möglicherweise hat es das schon.

Er zieht sich zurück.

»Du weißt es also tatsächlich?«

»Ja, verdammt noch mal! Dachtest du ich wäre blind? Oder dumm?«

»Nein. Ich war nur nicht völlig sicher. Vermutet habe ich es schon. Liegt ja auf der Hand.«

Komische Formulierung, wie ich finde. Er sieht enttäuscht aus, nicht beschämt. Damit hätte ich eher gerechnet.

»Du bist mit ihr fremdgegangen, Mike! Mit meiner besten Freundin!« Meine Worte knallen wie Peitschenhiebe in sein Gesicht. Er zuckt zusammen. »Du hast alles verraten, was wir uns einmal versprochen haben, was du mir versprochen hast. Du hast kein Recht, mit dem Finger auf mich zu zeigen. Reden wir über dich. Reden wir über dich und Irina!«

»Ich werde mit dir nicht über Irina sprechen.« Dann steht er auf und geht. Ich bleibe mit Enttäuschung in meinem Herzen und dem Gefühl zurück, dass heute etwas zerbrochen ist.

Vielleicht bilde ich es mir ein, doch draußen ziehen sich die Wolken zusammen. Mit einem Mal ist es deutlich dunkler im Haus. Was ist aus unserer Ehe geworden? Hätte ich mir diese Frage schon vor einem Jahr stellen sollen? Womöglich wäre damals noch etwas zu retten gewesen. Oder viel früher? An welchem Punkt sind wir falsch abgebogen?

Wir stecken in einer handfesten Krise und erst der Stress der letzten Tage hat es mir vor Augen geführt. Als wäre das nicht schon genug, muss ich mich morgen mit Uwe treffen. Er ist auf meinen Kompromiss eingegangen und hat sich bereit erklärt, zu mir nach Hause zu kommen. Ich musste ihm keine Adresse schicken. Er kennt sie. Meine Lust dazu hält sich in Grenzen. Es war meine eigene Idee. Ich sollte mich nicht beschweren, doch derzeit kann ich mir nicht vorstellen, diesen Mann kennenlernen zu müssen. Leider bleibt mir keine Wahl. Er hat etwas, das mir gehört und ich bin mir sicher, dass er etwas weiß. Was das ist, muss ich herausfinden.

Je länger ich hier allein sitze, umso wütender werde ich. Wie kann er mich nach dem Gespräch einfach allein lassen? Es ist, als hoffe er darauf, dass ich meine Konsequenzen daraus zöge. Allerdings ergibt mit dieser Perspektive sein Ausraster eben überhaupt keinen Sinn.

Ein weiteres Mal bereue ich, dass wir nicht übers Wochenende weggefahren sind. Zeit für uns allein, das ist, was wir gerade benötigen.

Gegen Abend erhalten wir die Nachricht, dass Ben sich eine dicke Erkältung eingefangen hat. Die Großeltern haben ihn getestet. Negativ. Wenigstens eine Sorge weniger. Er wird aber die Nacht dort verbringen. Was kein Problem ist, da er erkältet ohnehin nicht in die Schule kann.

Nach stundenlangem Schweigen reicht es mir so langsam. Ich gehe zu ihm in sein Arbeitszimmer, wo er willenlos auf seine Tastatur hämmert. Irgendein Spiel, das ich ohnehin nicht verstehe. Korrektur – dessen Sinn ich nicht verstehe.

»Du willst vielleicht nicht über sie sprechen, aber das ist nicht deine Entscheidung«, platze ich an der Tür stehend heraus. Er sieht mich müde an.

»Ich habe über ein Jahr lang nichts gesagt, habe so getan, als wäre alles in Ordnung und die Demütigung runtergeschluckt. Nur damit wir eine Familie sein können, damit wir glücklich sein können und nichts uns auseinanderbringt. Doch was hat es mir genützt? Ich bin am Ende, Mike. Ich sehe sie!«

Langsam dreht er sich zu mir um. »Du tust was?«

»Ja. Du hast richtig gehört. Ich kann sie sehen. Sie ist bei mir, wenn ich Rat brauche, wenn ich mich hilflos fühle oder Angst habe.« Ich verschränke meine Arme vor der Brust.

»Willst du mir erzählen, du kannst Geister sehen?«

»Quatsch! Natürlich nicht. Ich weiß, dass das nicht real ist.«

»Ist das so eine John-Nash-Geschichte? Wie in dem Film ›A Beautiful Mind‹? Du weißt, dass es nicht normal ist, siehst aber trotzdem Menschen, die nicht da sind?«

»Ich bin nicht schizophren, Mike!«

»Entschuldige, aber du hast gerade gesagt, dass du eine Tote siehst.« Bei dem Wort sehe ich ihn merklich schlucken. Es macht ihm immer noch etwas aus. Ich spüre einen kleinen Stich in meinem Herzen.

»Es hilft mir … hat mir geholfen. Ich habe viel verloren, weißt du? Eine Freundin, die beste. Und das gleich zwei

Mal. Nicht erst, als sie starb. Ihr habt mir da etwas genommen, das man nicht wiedergutmachen kann.«

Er nickt. »Das tut mir auch leid.«

»Schon gut. Ich wollte dir auch keinen Vorwurf machen nach allem, was dann geschehen ist.«

Er blinzelt. »Tu das nicht.«

»Mike. Meinst du nicht, wir sollten endlich darüber reden? Oder willst du unsere Ehe nicht retten?«

»Unsere Ehe retten? Die Tatsache, dass ich noch hier bin, sollte dir doch Antwort genug sein.«

Das verblüfft mich jetzt aber schon ein bisschen. Unbeirrt rede ich weiter. »Am Anfang habe ich mir nur vorgestellt, dass sie nicht tot wäre, dass sie nach wie vor nebenan wohnt und alles in Ordnung ist. Als wäre es nie passiert.«

Sein Gesicht drückt puren Schmerz aus. »Sandra ...«

»Nein, bitte. Ich muss das aussprechen. Es bringt mich sonst um. Irgendwann sah ich sie einfach so und sie ging nicht wieder weg.«

Er sieht mich an. Nicht liebevoll, eher ein bisschen mitleidig.

»Das wundert mich nicht«, sagt er nach einer Weile.

»Ach … nicht? Du sagtest doch ...«

»Nein. Wenn ich recht darüber nachdenke, ist es nur logisch. Es muss eine gewaltige Last auf deinen Schultern liegen.«

»Auf meinen Schultern?«

»Ja. Das schlechte Gewissen.« Er schlägt wie unter Schmerzen die Augen nieder.

Was passiert hier gerade? Ich spüre, wie mir ein Schauer über den Nacken läuft.

»Es tut mir leid, mein Schatz. Der Schmerz ... der Betrug ... was ich dir angetan habe ... ich kann verstehen, dass du da ausgeflippt bist.«

»Was redest du da? Ich war völlig beherrscht.«

»Du hast sie erstochen.«

Und da sagt er es einfach. Kommt ohne Skrupel mit dieser Ungeheuerlichkeit hervor und breitet sie an diesem Sonntagabend vor mir aus, sodass sie als unüberbrückbares Hindernis zwischen uns beiden aus dem Boden schießt.

Mein Kopf scheint zu fallen, nur ein kleines Stück, als wäre ich gerade im Einschlafprozess.

»Du spinnst ja!«

»Ich habe nichts gesagt.« Er ist völlig ruhig. Im Gegensatz zu mir.

»Wozu? Sag mal, geht's noch? Das wirst du mir nicht in die Schuhe schieben!« Kann es sein, dass er mir das Opfer, das ich die letzten Monate gebracht habe, nehmen will, es zunichtemachen will?

Jetzt steht er auf und kommt auf mich zu. Er zieht mich an sich ran und drückt mich. Meine Glieder versteifen sich, weil er will, dass ich ihm diese Scheinheiligkeit abkaufe.

»Hör auf«, flüstere ich. »Lass mich los.«

»Was ist?«

»Du machst mir Angst.«

Er lässt von mir. »Ich mache dir Angst? Ausgerechnet ich …?«

»Ja.«

»Ich schütze dich. Das ist alles, was ich tue.«

»Wovor bitte? Wovor solltest du mich schützen müssen?«

»Vor dir.«

Ich weiche ein Stück von ihm weg. »Fass mich nicht an.«

»Sandra. Du wolltest darüber reden.«

»Du bist ja verrückt.«

Und jetzt kriege ich diesen Blick zugeworfen.

»Ich bin es ganz und gar nicht. Belastet vielleicht, weil ich dein Geheimnis so lang mit mir rumschleppen muss. Weil die Last, unsere Familie schützen zu müssen, immer bei mir liegt.«

»Tut mir leid. Ich verstehe nicht, was du von mir willst.«

»Das Messer, mein Lieber. Da hast du nicht dran gedacht. Dein Jagdmesser, dieses Monstrum, das dir dein Vater geschenkt hat, obwohl du nicht mal zur Jagd gehst. Ich habe es mitgenommen.«

»Du hast sie mit meinem Messer umgebracht?«

»Blödsinn! Hör auf, das immer wieder zu sagen! Es war dein Messer! Es war bei Irina.«

»Ich habe es an dem Tag dort vergessen.«

»Vergessen?«

»Deshalb habe ich ja das Etui weggeschmissen!«

»Du hast es weggeschmissen? Wann?«

»Nachdem die Polizei uns befragt hatte.«

»Ich dachte, es lag die ganze Zeit über in der Schublade neben der Küchentür. Na, dann weißt du doch, dass ich dich gedeckt habe!«

Ich habe mich geirrt. Uwe hat das Etui nicht gestohlen. Den einzigen Beweis dafür, dass Mike ein Jagdmesser besessen hatte, was jetzt fehlt. Wenn ich es mir recht überlege, muss ich mich gar nicht mit Uwe treffen. Es war ein

Irrtum zu glauben, dass er etwas genommen hat und etwas über Irinas Tod weiß. Er war einfach nur in unserem Haus, um mir Angst zu machen. Schlimm genug, aber momentan nicht wichtig.

»Wobei willst du mich denn gedeckt haben?«, fragt Mike.

Entnervt stoße ich die Luft aus. »Nachdem du Irina ermordet hast, habe ich dich gedeckt.«

Mein Mann sieht aus, als hätte er einen Schlaganfall. Als hätte man die Pause-Taste auf der Fernbedienung gedrückt. Nur langsam kommt er zurück. Jetzt aber vorsichtig und bedacht. Langsam. »Ich? Du warst es doch.«

»Ich habe nichts dergleichen getan. Als ich zu ihr kam, steckte das Messer schon in ihr und sie lag auf dem Boden ihrer Terrasse. Dein Messer.«

Er geht drei Schritte zurück und setzt sich auf den Schreibtischstuhl. Seine Augen gehen durch mich hindurch. Er überlegt fiebrig. Das kann ich sehen.

»Erzähl mir noch mal, was passiert ist.«

»Das hab ich doch schon. Du kennst die Geschichte.«

»Ja. Ich weiß. Aber damals habe ich nicht zugehört. Ich dachte, du lügst mich an.«

»Wieso sollte ich ...« Seine Augen bringen mich zum Schweigen. »Du hast gedacht, ich hab sie aus Eifersucht getötet?«

»Ja. Natürlich. Damals. Zwischendrin kamen mir Zweifel, weil du die Affäre nie angesprochen hast. Doch als du es mir eben bestätigt hast ... du hast davon gewusst. Offensichtlich schon seit einem Jahr.«

»Und du hast stillgehalten?«

»Schon. Ja. Der Gedanke war schrecklich, geradezu zerstörerisch, aber ich konnte dich ein bisschen verstehen. Ich habe mir die Schuld gegeben, weil ich dich dazu getrieben hatte. Nach allem, was du in deinem Leben aushalten musstest – ich wollte wenigstens dieses Mal zu dir stehen.«

Ich bin baff. Damit habe ich nicht gerechnet. Er hat mich für eine Mörderin gehalten und ist trotzdem bei mir geblieben.

»Und ich habe die ganze Zeit gedacht, du wärst es gewesen.«

»Und bist auch bei mir geblieben.«

Er lächelt – in diesem wenig komischen, eher surrealen Moment.

»Warum hast du geglaubt, ich hätte sie umgebracht?«, fragt er.

»Da war ich unsicher. Ein Unfall vielleicht oder du hast ihr gesagt, du wolltest sie verlassen. Ich weiß nicht. Das ergab nie viel Sinn für mich, doch ich habe dein Messer gefunden und da du es nicht mitgenommen hattest, dachte ich, es wäre im Affekt geschehen. Du warst so aufgelöst, als ich mit der Polizei wieder rüberkam. Ich dachte, du müsstest irgend etwas wissen.«

»Ich wusste, du wolltest mit ihr sprechen, weil sie dich darum gebeten hatte. Sie wollte reinen Tisch machen, das wusste ich auch. Nur abhalten konnte ich sie davon nicht. Eine Stunde zuvor hatte ich noch versucht, sie davon abzubringen. Leider ohne Erfolg. Ich hatte panische Angst davor, wie du reagieren würdest, und als du dann mit der Polizei vor unserer Tür standest, habe ich angenommen, es hätte einen Kampf zwischen euch gegeben. Einen Unfall.

Ich wusste, was zwischen euch stand. Ich war es und dieser unsägliche Ausrutscher. Als sie dich dann aber nicht verhaftet haben, habe ich dichtgehalten.«

»Ich habe dein Messer dort gesehen und nur daran gedacht, dass ich es irgendwie wegschaffen muss. Wie ist es dorthin gekommen?«

»Ich hab's vergessen. Du weißt doch, dass ich es immer als Taschenmesser dabeihatte. Ich war drüben bei ihr. Wir haben geredet. Wir haben gestritten. Sie hat sich mir an den Hals geworfen und hat versucht, mich davon zu überzeugen, dass wir eine wunderschöne Zukunft hätten, wenn wir dir und Theo die Wahrheit sagten.«

Ich sehe ihn mit großen Augen an.

»Doch das wollte ich nicht. Ich war bestimmt eine Stunde bei ihr. Irgendwann habe ich mir einen Apfel aus der Schale von ihrem Küchentisch genommen und gedankenverloren geschält. Ich habe mein Messer benutzt.«

»Du hast es liegen lassen?«

»Ja. Auf dem Küchentisch, soviel ich weiß.«

»Als ich sie später fand, steckte es in ihrer Brust. Ich habe es ...« Ich schlucke. »... rausgezogen und versteckt. Dann habe ich die Polizei gerufen.«

»Wo hast du es versteckt?«

»Du weißt doch, wie selten sie ihre Pflanzen gegossen hat. Ich habe eine in einem Topf samt trockenem Ballen hochgezogen, das Messer reingelegt und alles wieder drübergestülpt. Die Polizei hat sich die Topfpflanzen auf der Terrasse nicht angesehen. Als irgendwann die Luft rein war, habe ich es nachts geholt.«

Er grinst. »Du hast Beweise vernichtet. Da waren nicht nur meine Fingerabdrücke drauf.«

»Und was, wenn doch?«

Jetzt lächelt er nicht mehr. »Jemand hat versucht, es mir in die Schuhe zu schieben.«

Mit einem Mal geht im kompletten Haus das Licht aus.

Mike und ich sehen uns an.

»Stromausfall?«, flüstere ich.

Er blickt aus dem Fenster in die Dunkelheit. »Bei unseren Nachbarn brennt das Licht noch. Eher unwahrscheinlich.« Auch er spricht leise.

»Ich hab Angst.«

»Das musst du nicht. Da ist sicher nur was durchgebrannt.«

»Warum flüsterst du dann?«

»Keine Ahnung.« Er spricht jetzt lauter. »Du hast mich angesteckt. Ich geh mir die Sicherungen ansehen.«

Ich folge ihm durch den Flur zur Kellertür. Der Sicherungskasten ist unten. An der obersten Stufe bleibe ich stehen und gebe ihm die Taschenlampe aus dem Regal.

»Ich bin gleich wieder da.«

Ich sehe mich hektisch und unsicher in unserem Flur um, während Mike die Treppe nach unten tappt. In unserem Haus ist es stockfinster, weil die meisten Rollläden längst automatisch runtergefahren sind. Ich gehe zu den Terrassentüren im Wohnzimmer, um sie hochzulassen, als mir klar wird, dass ich dafür Strom benötige. Sehr witzig, Sandra.

In einem Schrank in der Küche sind Kerzen. Ich bewahre jede angebrannte Kerze auf, von Geburtstagskuchen,

Gestecken – man weiß ja nie. Das ist so eine Gelegenheit. In einer Schublade suche ich nach einem funktionierenden Feuerzeug, nehme mir eine große Stumpenkerze aus dem Schrank und entzünde sie. Zischend entflammt der Docht und spendet endlich ein wenig Licht in meiner tiefschwarzen Küche.

»Hast du das Problem gefunden?« Ich rufe durchs Haus, in der Hoffnung, Mike würde es im Keller unter mir hören. Keine Reaktion. Mit der Kerze in der Hand gehe ich ins Wohnzimmer, stelle sie auf den Couchtisch und warte. Vielleicht sollte ich ein paar mehr aufstellen. Andererseits müsste er das Problem jede Sekunde lösen, wenn einer der Verbraucher den Kurzschluss verursacht hat. Eigentlich ungewöhnlich. Ich erinnere mich nicht daran, dass etwas lief, als es dunkel wurde. Keine Waschmaschine, kein Trockner. Vielleicht ein Problem mit dem Whirlpool. Die Pumpe macht ständig Zicken.

Nach einigen Minuten wird mir die Zeit zu lang. Was macht er da unten? Mit der Kerze in der Hand gehe ich zur offen stehenden Kellertür: »Mike? Alles okay? Brauchst du Hilfe?«

Die Stille schlägt mir aus dem dunklen Schacht der Kellertreppe nach oben entgegen. Sie schlägt mir ins Gesicht und macht mich augenblicklich wach. Mike antwortet nicht.

»Mike?« Ich werde lauter.

Das war ein dummer Versuch. Ich presse die Lippen zu einem schmalen Strich zusammen. Meine Hand mit der Kerze fängt an zu zittern. Ein Klecks Wachs landet auf meinem Handrücken und lässt mich erschreckt zusammenzucken.

Er antwortet nicht.

Er kommt nicht zurück.

Die Kellertreppe mündet nach drei Stufen auf einem Podest und führt dann um neunzig Grad gedreht nach unten. Ich spähe um die Ecke. Ein sanfter Lichtschimmer erhellt den Fußboden vor der Treppe. Wie kommt das? War Mike erfolgreich und konnte zumindest in einem Raum für Licht sorgen?

Dann erkenne ich es. Es ist der Schein einer Taschenlampe, die auf dem Fußboden liegt. Ich hatte nicht gehört, wie sie zu Boden ging. Mike muss hingefallen sein. Möglicherweise hat er sich den Kopf angeschlagen und benötigt Hilfe.

Ich werfe einen letzten Blick über meine Schulter und da sehe ich es.

Am Ende des Flures.

Eine Silhouette.

Sie ist es.

Steht einfach nur da und starrt mich an. Jetzt weiß ich, dass ich Angst habe. Sie kommt nur, wenn ich mich hilflos fühle.

Mit der Kerze in meiner Rechten taste ich mich nach unten. Ich gehe leise. Stufe für Stufe. Mike ist da unten, doch etwas Unaussprechliches raubt mir die Stimme. Der sanfte Schimmer der Kerze umgibt mich wie eine Aura.

Als ich auf der letzten Stufe ankomme und aus dem Schacht heraustrete, fängt sie an zu flackern.

Ein offenes Fenster, ist mein erster Gedanke. Schon wieder, mein zweiter.

Vor mir liegt die Taschenlampe auf dem Boden, die ich Mike mitgegeben habe, den Strahl zu mir gerichtet. Von Mike keine Spur. Mein Blick gleitet über den Boden mit der Lampe den Flur weiter nach hinten zum Sicherungskasten.

Da steht jemand im Dunkeln. Ich kann schwach seine Umrisse sehen. Irina ist es nicht. Die ist an meiner Seite. Ein winziger Schimmer der Hoffnung keimt auf, es könnte Mike sein.

»Hallo, Sandra.«

Er ist es nicht.

KAPITEL 19

Meine Knie sind so weich, dass ich kaum einen Schritt wagen kann. Für einen Moment habe ich aufgehört zu atmen. Da steht er – groß, schlank, schulterlanges blondes Haar. Lässig streicht er eine Strähne hinters Ohr.

»Hallo, Theo. Was machst du hier?«

Neben ihm steht die Kellertür offen.

»Ach, weißt du, ich hatte noch euren Ersatzschlüssel und dachte, es wäre an der Zeit, den zurückzubringen.«

Demonstrativ hält er ihn nach oben, geht zu der Tür neben sich, schließt sie mit einem Stoß, steckt ihn ein und dreht ihn im Schloss. Das Knacken klingt wie die Besiegelung meines Schicksals.

»Willst du wieder Blutspuren im Haus verteilen?«

Er lacht herzhaft. »Klasse! Du bist mir schon eine. Als könntest du Gedanken lesen. Aber heute nehmen wir mal deines.«

»Wo ist Mike?«

Er antwortet nicht gleich, doch ich kann sehen, dass sein Blick ein Stück in den Kellerraum neben sich gewandert ist. Keiner von uns beiden rührt sich. Uns trennen etwa sieben Meter.

»Er wartet auf dich. Komm her. Dann kannst du ihn sehen.«

»Geh!«

Er schüttelt langsam den Kopf. »Nein, meine liebe Sandra. Das ist nicht der Plan.« Er kommt einen Schritt auf mich zu.

»Mike!« Ich schreie in einem verzweifelten Versuch, so laut ich kann, nach meinem Mann.

»Mike!«

Darauf folgt nur Stille. Sofort weiß ich, dass ich keine Hilfe erwarten kann und nur auf mich allein gestellt bin in dieser Situation. Jetzt lächelt Theo. Das jagt mein Adrenalin hoch und ich reiße mich aus der Schockstarre. Ruckartig renne ich los. Meine Beine bringen mich zur Treppe. Ich stolpere mehr nach oben, als dass ich laufe. Es fühlt sich an wie in einem Albtraum, in dem Zeit und Raum sich dehnen und das Ende in unerreichbare Ferne rückt. Die Kerze lasse ich unterwegs fallen. Sie gleitet mir aus der Hand und erlischt, sobald sie den Boden berührt und das Wachs über den Docht läuft. Hinter mir höre ich lange schnelle Schritte.

Dann ein Fluchen.

Die Fliesen hier sind glatt.

Ich erreiche den Kellerabsatz und kann unsere Eingangstür sehen. Nur wenige Meter vor mir. Der einzige

Ausgang in die Freiheit. An meinem Knöchel spüre ich seine Hand. Brutal und unbarmherzig reißt er mein Bein nach hinten. Mit dem anderen gerate ich aus dem Gleichgewicht und stürze auf die harten Granitstufen. Die Luft entweicht aus meiner Lunge wie aus einem losgelassenen Ballon.

»Zier dich nicht so!«

Gnadenlos zieht er mich die Stufen wieder hinunter und die Freiheit wird unerreichbar, die ich durch die Verglasung neben der Eingangstür hatte sehen können. Meine Hände versuchen, nach den glatten Stufen zu greifen, sich an etwas festzukrallen. Doch es ist aussichtslos. Ich strampele herum, schreie um Hilfe, alles vergebens. Er hat mich so stark umklammert, dass ich mich nicht wehren kann.

Nachdem er mich über die letzte Stufe gezerrt hat, schlägt mein Kinn auf dem nackten Fliesenboden auf. Sterne explodieren vor meinen Augen und ein metallischer Geschmack flutet meinen Mund. Ich habe mir auf die Zunge gebissen. Rote Spucke rinnt mir über die Lippen und hinterlässt einen dünnen Faden auf dem Weg durch den Keller. Vor mir höre ich ihn stöhnen. Er schleppt mich an der Kellertür vorbei, die nach draußen führt. Ich kann den Schlüssel aus meiner Schräglage blitzen sehen. Neben einem Wäscheberg kommen wir zum Stehen. Jetzt beugt er sich zu mir runter. Das ist meine Chance. Er hat nicht bemerkt, wie ich mir die Taschenlampe gegriffen habe, an der er mich vorbeigezogen hat. Ohne nachzudenken schwinge ich das Teil aus Edelstahl, sehe seine verzerrte Fratze vor mir, als er das polierte Ding näher kommen sieht. Dann trifft der schwere Taschenlampen-Kopf sein Schläfenbein.

Ob der Schwung ausgereicht hat, kann ich nicht sagen, doch er reißt erst einen Moment die Augen auf und sackt anschließend vornüber zusammen. Sein Körper kommt auf mich zu und ich rolle mich zur Seite, um ihn nicht berühren zu müssen. Die Taschenlampe in meiner Hand leuchtet noch schwach. Blut läuft über das blanke Metall. Ich hoffe, er bleibt für immer liegen.

Theo! Was zur Hölle ...? Ich hatte ganz vergessen, dass sie noch einen Ersatzschlüssel hatten. Nach Irinas Tod war so etwas das Letzte, an das wir dachten. Irgendwann zog er weg und niemand von uns mochte den Kontakt aufrechterhalten. Natürlich! So kam er vor ein paar Tagen in unser Haus. War das das erste Mal oder hat er sich schon öfter Zutritt verschafft? Wusste er, dass ich da sein würde. Bestimmt wusste er es. Er hat mich beim Namen genannt. Doch ich habe seine flüsternde Stimme in der Angst nicht erkannt.

Mein erster Gedanke, nachdem ich mich aufgerappelt habe, gilt Mike. Er muss im Nachbarraum sein. Vorsichtig steige ich über Theo hinweg und betrete den Heizungskeller. Ich leuchte hinein.

Da liegt er, blutend, mit dem Messer in den Rippen. Sein Shirt ist durchtränkt. Tränen schießen mir in die Augen. Ich reiße die Hand zum Mund, um nicht laut loszuschreien. Eine Hand hat er zur Wunde genommen. Die Augen unter den geschlossenen Lidern flackern. Er lebt!

»Mike!«, stoße ich leise hervor und stürze zu ihm hin. Meine Hand gleitet über seine Wange. Ich lege meine Stirn an seine und spüre, wie er schwitzt. Er wirkt viel zu kalt.

»Wir müssen hier raus«, flüstere ich.

Die Polizei! Ein Krankenwagen! Doch erst einmal raus hier. Ich muss ihn mitnehmen. Ich kann ihn nicht bei diesem Monster lassen. Liebevoll küsse ich ihn auf die Stirn und höre dabei seinen schwachen Atem. Ich muss mich beeilen! Mein Blick fällt in den Kellerraum, aus dem ich eben gekommen bin.

Theo ist weg.

Scheiße!

»Ich muss dich kurz hierlassen, mein Schatz. Ich hole Hilfe.«

Mein Handy liegt irgendwo oben im Haus. Leise stehe ich auf und gehe mit der Taschenlampe in der erhobenen Hand zur Tür. Mein ganzer Körper zittert. Ich schalte sie aus. Auf Zehenspitzen schleiche ich weiter. Direkt gegenüber von mir ist der Ausgang. Der Schlüssel steckt nach wie vor. Er hat ihn vergessen. Mein Atem klingt viel zu laut. Die Türklinke ist nur ein paar Meter von mir entfernt. Ich kann sie schon fast in meiner Hand spüren. Beinahe strecke ich meine Finger aus, während ich in den dunklen Flur trete. Gleich bin ich draußen. Nur noch ein paar Schritte.

Mit einem Mal ist er da. Springt von der Seite in mein Sichtfeld und blockiert die Tür. Blitzschnell drehe ich mich um und renne wieder zur Treppe.

»Ach, Sandra, das hatten wir doch schon.«

Er hat recht. Ich brauche einen anderen Plan. Ich werde es niemals die Treppe hinauf schaffen.

Doch bevor ich zu dem Schluss kommen kann, dass es hier unten keine Alternativen gibt, ist er bei mir. Greift mich von hinten am Kragen und zerrt mich zurück. Meine

Bluse schneidet schmerzhaft in meine Kehle. Er hat mich. Das war's.

Er schleift mich in den Vorratskeller. Schnellen Schrittes überbrückt er die paar Meter durch den Raum und schleudert mich in eine Ecke. Die Taschenlampe hat er mir zuvor aus der Hand gerissen.

»Schluss mit den Mätzchen. Ich hab nicht ewig Zeit.«

Ich schlucke gegen die Schmerzen in meiner Kehle an. »Was willst du von uns?«

»Meine liebe Sandra. Jetzt sei mal nicht so abweisend. Man muss sich um seine Fans kümmern.«

»Seine Fans?«

Ein Grinsen. »Du hast mich doch eingeladen. Weißt du nicht mehr? Ich weiß, ich weiß. Du wolltest mich erst morgen treffen, weil dann alle außer Haus sind, aber soll ich dir was sagen? Mir war es lieber, dass alle hier sind.«

»Uwe.«

»Das hat ein bisschen gedauert. Du warst noch nie die Hellste, oder? Das hat Irina auch immer gesagt.«

»Quatsch!«

»Glaubst du nicht? Da wäre ich vorsichtig. Mein liebes Frauchen hatte es faustdick hinter den Ohren.«

»Rede nicht so über sie.« Ich wische mir das Blut vom Mund und ziehe mich noch weiter in meine Ecke zurück.

»Was weißt du schon. Sie hat jedem etwas vorgemacht. Mir, dir ...« Er sieht in meine Augen und erkennt, wie ungerührt ich bin. »Ach, sieh mal einer an. Das ist keine Überraschung für dich. Und ich bin davon ausgegangen, dass du den Bullen damals nichts über das Verhältnis mit Mike erzählt hast, weil du ahnungslos warst.«

Ich schweige.

»Der liebe Mike. Hältst nach wie vor zu ihm, was? Wie scheinheilig! All die Abende, die wir zusammen verbracht haben. Das alles nur, um mir meine Frau auszuspannen. Hat er geglaubt, dass ich das einfach so hinnehmen würde? Was meinst du … hätte er dich verlassen, wenn ich ihm die Entscheidung nicht abgenommen hätte?«

»Nein. Hätte er nicht.«

»Ach, was weißt du schon.« Er macht eine wegwerfende Bewegung. »Wo ist der Junge?«

Mein Herz verkrampft sich. »Nicht hier.«

Er sieht mich abschätzend an. Ich bin einen Moment erleichtert, dass Ben in Sicherheit ist. Hoffentlich komme ich heil hier raus, um auch in Zukunft für ihn sorgen zu können.

»Ich hoffe, du lügst mich nicht an. Na, was soll's? Ich werde das Haus nachher durchsuchen, sollte er sich irgendwo verstecken.«

Er nimmt unseren neunjährigen Engel als Kollateralschaden in Kauf. Bei der Erkenntnis wird mir schlecht.

»Was willst du jetzt von uns. Was soll das Ganze?«

»Die Mails?«

»Ja, zum Beispiel.«

»Nennen wir es ein Vorspiel. Ich hatte gehofft, dich ein bisschen nervös zu machen. Nach allem, was ich aus der Entfernung beobachten durfte, würde ich mal sagen: Es ist mir gelungen, nicht wahr?«

»Ja. Das ist es.«

»Rache, meine Süße. Nichts weiter als Rache. Erst durfte ihr Fitnesstrainer dran glauben. Jetzt ist Mike dran.«

»Fitnesstrainer?«

»Glaubst du, Mike war der Einzige, mit dem sie sich vergnügt hat. Nein. Die Hörner durfte ich mir mehrfach aufsetzen lassen von meiner Ehefrau. Ich bin ja selbst schuld. Was habe ich ihr auch immer alles gegeben? Keinen Tag arbeiten musste sie und was hat's mir gebracht? Gelangweilt hat sie sich.«

»Ich weiß zur Hölle nicht, wovon du redest!« Hysterisch schreie ich. Es fühlt sich an, als wäre ich in ein Paralleluniversum geraten, in dem nichts mehr mit meinem realen Leben zu tun hat und einen Sinn ergibt.

Er schnauft und atmet gezogen lang aus. Dann verdreht er kurz die Augen.

»Na gut. Weil du es bist und dein Erdbeerkuchen mir immer so gut geschmeckt hat.« Er streicht mir über die Wange.

»Irina war in so einem Fitnessstudio angemeldet, um sich in Form zu halten. Ich fand heraus, dass das einzige Gerät, das zu ihrer Form beitrug, der Schwanz des Trainers war. Christian Dierksen.«

Bei dem Namen klingelt irgendwas bei mir.

»Er wohnt in Lauenburg. Sorry. Mein Fehler. Wohnte.«

Es macht Klick.

»Du hast ihn umgebracht. Du hast beide umgebracht. Das Pärchen, von dem es hieß, sie haben sich selbst umgebracht.«

»Sie ihn und sie sich, genau. Die Bullen sind so einfältig.«

»Die Familie konntest du nicht täuschen.« Ich schlucke. »Wieso die Frau? Wieso hast du ihn nicht allein angegriffen?«

Theos Blick wird zu Stein. »Das engt den Täterkreis ein. Findest du nicht? Sie halten sie für die Verantwortliche. Das werden wir hier auch so drehen.«

»Sie war eine völlig Unschuldige!« Bei dem Satz muss ich nur an mich denken.

»Genau. Ich hatte überhaupt kein Motiv, sie zu töten. Das ist doch perfekt. Außerdem finde ich es nur mehr als fair.«

»Was bitte ist daran fair?« Meine Stimme überschlägt sich.

»Ich habe meine Frau verloren. Warum sollen deren Frauen weiterleben? Mitgehangen, mitgefangen.« Ich erkenne eine verrückte Logik hinter diesem Satz. Er wird mich töten.

»Wieso jetzt? Nach einem Jahr.«

»Glaub mir. Ich wäre gern früher gekommen. Am liebsten wäre ich noch in derselben Nacht, in der Irina starb, zu euch nach drüben gekommen, aber da wimmelte es nur so von Polizei.«

Ich sehe ihn weiterhin an.

»Das ist ganz einfach. Ich wollte ein bisschen Gras über die Sache wachsen lassen. Niemand soll einen Zusammenhang zu ihrem Tod herstellen können. Der Muskelprotz in Lauenburg wurde von seiner Frau ermordet, und hier werde ich es so drehen, dass du deinen Mann aus Versehen abgestochen hast. Du warst in Panik. Seit einiger Zeit belästigt dich ein Stalker. Er ist sogar schon eingebrochen. Heute hast du deinen Mann mit ihm verwechselt und versehentlich niedergestochen. Als du deinen Fehler erkannt hast, hat dich die Trauer in den Freitod getrieben.«

Er holt etwas aus seiner Tasche, dass ich nicht gleich erkennen kann.

»Findest du nicht, dass man Parallelen zu dem Fall in Lauenburg ziehen könnte?«

»Darüber werden sie nicht viel nachdenken. Die Waffe, die du für Mikes Ermordung benutzt, ähnelt verteufelt dem Messer, das man seit einem Jahr vergeblich sucht. Sie werden sich eher fragen, wie es in deinen Besitz kommt, beziehungsweise, ob du es schon die ganze Zeit besessen hast. Vielleicht denken sie sogar noch ein Stückchen weiter. Sie werden sich fragen, was du für ein Motiv gehabt haben könntest. Möglicherweise hat dein Mann dieses Messer auch bei dir gefunden und dich zur Rede gestellt. Kann alles sein. Also. Warum ermordet eine Frau ihre Nachbarin? Eifersucht? Könnte es da etwas gegeben haben? Ein Geheimnis? Ich bin mir sicher, die Bullen ticken so. Die Bruchstückchen reichen ihnen. Hätten sie vor einem Jahr von Mikes Affäre mit Irina etwas gewusst, wärest du gleich ins Visier geraten.«

»Du aber auch. Anscheinend hast du davon gewusst.«

Seine Oberlippe zuckt. Jetzt sehe ich, was er in der Hand hält. Es ist ein Galgen. Ich beiße mir auf die Zunge und widerstehe dem Impuls in zu fragen, was er damit vorhat. Ich weiß es. Er kommt dichter und beugt sich über mich. Ich verkrieche mich in der Ecke, so weit wie es geht.

»Natürlich habe ich damals davon gewusst«, spukt er mir ins Gesicht. »Ich habe sie beide in flagranti erwischt.

Ohne dass sie mich gesehen haben. Nicht nur einmal. Doch an dem Tag, als sie starb, hatte ich wieder so ein Gefühl. Ich wusste, dass etwas vor sich ging, als ich in die Stadt aufbrach.«

»Du hattest eure Feier in der Bank. Ich erinnere mich.«

Er soll weiterreden. Ich muss Zeit gewinnen. Ein bisschen Hoffnung keimt in mir auf. Trotz des Galgens in seiner Hand. Er redet mit mir. Solange er spricht, kann ich ihn beeinflussen. Die Zeit vergeht. Irgendwas wird passieren. Irgendwer kommen.

»Ja. Da war ich auch. Doch bis Lüneburg ist es nicht weit. Ich hatte so ein Gefühl, hab mich mittendrin davon gestohlen und bin nach Hause gefahren. Den Wagen habe ich eine Straße weiter abgestellt und kam zu Fuß von hinten an unser Grundstück. Es war schon dunkel und ich konnte sie und Mike drinnen sehen, wie sie redeten und sie sich ihm dann in die Arme warf.«

»Sie haben Schluss gemacht.«

»Das glaubst du doch wohl selber nicht!«

»Mike hat es mir erzählt. Er wollte es beenden.«

Theo schnaubt laut und fährt sich übers Gesicht mit dem Rücken der Hand, die den Galgen hält.

»Mike. Ich verstehe nicht, wie du bei ihm bleiben konntest, wenn du von beiden gewusst hast. Du bist Leid gewohnt, oder?«

»Das ist wohl so. Ich halte nichts davon, in kritischen Zeiten die Seiten zu wechseln.«

Er sitzt neben mir. Wedelt mit dem Galgen vor meiner Nase rum. »Es spielt keine Rolle. Mike war bei Weitem nicht der Einzige. Das war schon immer Irinas Problem.«

»Das tut mir leid. Das wusste ich damals nicht.« Mein Mitgefühl hält sich in Grenzen. Immerhin hat er sie umgebracht.

Er erhebt sich. »Das wird mir jetzt alles zu rührselig. Du bist nicht mein Psychiater. Steh auf!«

Ich gehorche. Im Hintergrund tickt meine innere Uhr. Ich weiß nicht, wie lange Mike noch durchhält.

»Warte! Was ist mit Rick?«

»Hä?«

»Wieso hast du zugelassen, dass ihr Bruder hier rumschnüffelt, wenn du etwas zu verbergen hast? Er wird dir auf die Schliche kommen.«

Er stutzt. »Ist das wieder eine deiner Fantastereien, Sandra?«

»Wie meinst du das?«

»Wer ist Rick?«

»Irinas Bruder.«

»Irina war ein Einzelkind. Ich glaube, du solltest dich mal untersuchen lassen. Kleiner, aber gut gemeinter Rat.«

»Das kann nicht sein!« Ich kann nicht glauben, was er da sagt. »Du hast ihm doch das Haus überlassen. Er ist jetzt in diesem Augenblick da drüben.«

»Ist aber so. Du willst jemanden in meinem Haus gesehen haben?«

»Das nicht, aber im Garten.« Sein Gesicht wird hart.

»Du willst doch nur Zeit schinden. Das nützt dir gar nichts. Sieh den Tatsachen ins Gesicht! Jetzt wird's ernst.«

Blitzschnell schlingt er mir das vorgeknotete Seil um den Hals und zieht zu. Meine Hände schnellen zu meiner Kehle. Doch ich kann nicht mehr als die Fingernägel unter dem Hanf vergraben. Den Knoten des Galgens hält er in meinem Nacken. Da ich mich nicht traue, die Hände unter dem Seil wegzuziehen, hat er keinerlei Gegenwehr zu befürchten.

»Wir machen jetzt einen kleinen Spaziergang.«

»Wo willst du hin?«

»Raus.«

»Was machen wir da?«

»Einen Ast suchen. Was glaubst du? Nirgends in eurem Haus kann man etwas so Schweres wie dich aufhängen.«

Schwer atmend schubst er mich vor sich durch den finsteren Flur zur Treppe.

»Ich kann immer noch nicht verstehen ...« Ich muss husten. »...wieso du jetzt zu uns kommst. Nach einem Jahr.«

Er stöhnt. »Sei doch froh, dass ich dir die Zeit noch gelassen habe. Irgendwann ist alles einmal vorbei. Ich werde weggehen aus dieser Gegend und das ist die letzte Rechnung, die ich offen habe. Irina braucht einen Mörder und es wäre schön, wenn jetzt endlich rauskäme, dass sie mit Mikes Messer ermordet wurde und dass du und er ein Motiv hatten. Wer auch immer es war von euch beiden. Du hast Mike endlich dafür zur Rechenschaft gezogen und dich dann aus schlechtem Gewissen erhängt oder vielleicht hast du das Messer auch nur rein zufällig benutzt. Wie dem auch sei. Es wird genug Fragen aufwerfen, um sie zu beschäftigen.«

»Nach einem Jahr?«

»Er ist dir auf die Schliche gekommen. Hat das Messer gefunden, das du mitgenommen hast und dich zur Rede gestellt.«

»Das Messer. Wie bist du da überhaupt rangekommen? Ich habe es in die Ilmenau geworfen, gute zwanzig Kilometer von hier.«

»Du hast es weggeschafft? Du warst das? Jetzt wird mir Einiges klar! Das hat mir am meisten Kopfzerbrechen gemacht. Wieso musstest gerade du über die Leiche meiner Frau stolpern? Ich hatte mein Glück kaum fassen können, als ich Mikes Messer auf dem Küchentisch sah. Zu deiner Frage ... ich habe kurzerhand ein neues gekauft. Mike hat uns das Messer doch mal gezeigt. Vielen Leuten. Man wird bestätigen, dass das Messer, das in deinem Mann steckt, ihm gehört hat. Es sieht genauso aus. Und die Polizei wird merken, dass die Klinge wunderbar zur Wunde in meiner Frau hätte passen können. Ob es nun das originale Messer ist, wird keiner mehr überprüfen können.«

»Meinst du nicht?«

»Wohl kaum.«

»Du musst aber mehr als eines gekauft haben.«

»Du denkst an das von gestern?« Er grinst. »Ja. Das ist aber kein Problem. Mike hatte ein Etui dazu. Ich frage mich, ob er das noch besitzt.«

Ich kenne die Antwort, habe aber keine Lust ihn aufzuklären. Wir erreichen das Erdgeschoss und ich habe trotz Galgen das erste Mal das Gefühl, besser atmen zu können. Er schubst mich an der Eingangstür vorbei Richtung Küche.

»Hinters Haus. Dort suchen wir dir einen kräftigen Baum.«

Die Rollläden an den Terrassentüren sind noch immer geschlossen, dank des fehlenden Stromes. Somit schiebt er mich zur anderen Wand auf die dortige Hintertür zu.

»Aufmachen.«

Ich ziehe widerwillig eine Hand unter dem Strick hervor und drücke die Klinke nach unten. Plötzlich spüre ich etwas Spitzes in meinen Rippen.

»Lass dir nicht einfallen zu schreien, sonst geht es viel schneller, als du es dir wünscht.«

»Wie willst du dann meinen Selbstmord erklären?«

Er zieht die Schlinge deutlich enger, sodass ich keinen Ton mehr rausbekomme. »Ist es so recht?«

Ich kann kaum nicken. Meine Fingerspitzen graben sich verzweifelt unter das Seil. Ich spüre, wie ich meine Haut am Hals dabei aufreiße. Schmerzhaft stößt er mich am Nacken nach vorn, bis ich vor unserem Schuppen stehe. Hier hinten kann uns keiner der Nachbarn sehen. Die Bäume sind hoch auf der einen Seite, auf der anderen verdeckt uns das Haus. Wir gehen an einem Holzstapel vorbei. Ich spüre, wie Theo sich hinter mir hin und her dreht und nach etwas sucht. Nach dem Ast, wie er mir schon erklärt hat. Es gibt nur einen Baum, der dafür in Frage kommt – unsere Kastanie. Nur sie hat Äste, die stark genug sind, einen Menschen zu tragen. Unweigerlich muss ich an das Windspiel denken, das ich mit Ben dort aufgehängt habe.

Da Theo die Sicherung rausgenommen hat, reagiert keiner der Bewegungsmelder auf unsere Anwesenheit. Der Mond wirft einen metallischen Glanz auf alles Umstehende.

Eine friedliche Szenerie, würde mich nicht ein Verrückter zu einem Baum auf unserer Wiese schleifen.

Er wird jetzt schneller. Augenscheinlich hat er eine Entscheidung gefällt. Ich versuche zu schreien oder irgendetwas zu tun, das ein Geräusch erzeugen könnte. Außer einem Prusten ist nichts zu hören. Meine Versuche, mich gegen ihn zu stemmen, sind ebenfalls nicht von Erfolg gekrönt. Er schlägt mir mit seiner freien Hand immer wieder ins Gesicht, bis mein Kopf summt. Was auch immer sich vorhin noch spitz in meine Rippen gebohrt hat, ist jetzt weg. Wenn es ein Messer war, hat er es entweder liegen lassen, um eine Hand frei zu haben, oder verloren.

Dann stehen wir vor dem Baum und das Erste, was er tut, ist das Seil nach oben zu werfen. Hat er tatsächlich vor, mich einfach so hochzuziehen? Das entbehrt nicht einer gewissen Komik.

Er verfehlt den Ast. Erleichtert beobachte ich, dass es ihm auch bei den folgenden Versuchen nicht gelingt. Nicht unerheblich trägt dazu bei, dass ich mich unter ihm winde, so sehr es mir möglich ist.

Der Mond ist meine einzige Lichtquelle, doch der scheint heute wie ein Zweihundert-Watt-Strahler in unseren Garten. Unter der Ligusterhecke zu meiner Linken glitzert etwas. Kalt. Metallen. Ich blinzle. Es ist … ich danke meinem Mann, dass er so ein unordentlicher Mensch ist.

Ich ignoriere den Druck in meiner Kehle, das Gefühl, mein Kehlkopf würde jeden Moment zersplittern. Mit voller Wucht dränge ich gegen das Seil, werfe mich zur Seite und strecke die Arme aus.

»Hey. Was ...?«

Meine Knie erreichen den kühlen Boden als Erstes. Danach folgt mein Ellbogen und meine linke Hand greift gierig in die Erde, sobald sie sie spürt. Theo zieht mit einem kräftigen Ruck an dem Seil und reißt mich zurück. Doch er ist eine Sekunde zu spät. Ich habe die Handforke fest an ihrem Holzgriff umklammert und schwinge sie gezielt in seine Richtung. Als Erstes treffe ich seinen freien Arm. Er jault auf und lässt das Seil an meinem Hals los. Ich kann spüren, wie ich frei bin, doch kriege ich immer noch zu wenig Luft. Bei seinem letzten Manöver hat er den Strick so fest gezogen, dass ich spüren kann, wie sich das Blut unter der Schlinge staut. Meine Hand grabscht nach dem Seil und lockert es. Erleichterung tritt nicht sofort ein. Ich huste. Kriege etwas mehr Luft, doch höre ich ein Klingeln auf den Ohren und habe immer noch enormen Druck in meinem Kopf.

Theo stürzt auf mich zu, die Arme ausgestreckt, die Finger schon wieder an meiner Kehle. Ich steche wild um mich und höre ihn schreien, unsicher, wo ich ihn getroffen habe. Er hält inne, sieht fassungslos an sich herunter und registriert zur selben Zeit wie ich einen größer werdenden Fleck in seiner Bauchgegend.

Die Schrecksekunde nutze ich und stoße mich von ihm und dem Boden ab. Krieche über die Wiese, stöhnend, ohne Stimme. Ich versuche zu schreien, doch mein Hals fühlt sich an wie zugekleistert.

Er greift wieder nach meinen Beinen. Wie wahnsinnig trete ich um mich, schüttle ihn von mir und ziehe mich weiter nach vorn, die Forke fest umklammert. Er ist unnachgiebig. Mit einem Schrei springt er auf mich zu und drückt mich zu Boden. Unter seinem Gewicht spüre ich einen überdehnenden Schmerz in meiner Schulter und dann gibt das Gelenk nach. Tränen schießen mir in die Augen. Ein Grollen verlässt meine Brust wie eine Flutwelle. Den gefühlten Schrei lassen meine Stimmbänder und der Kehlkopf nicht zu.

Ich liege auf dem Bauch und kann nichts tun, während Theo nach der Forke tastet. Sie mir aus der Hand reißt. Dann stößt er einen Kampfschrei aus, vergisst völlig, dass er meinen Tod als Selbstmord tarnen wollte, und stößt mir das Gartengerät in den Rücken.

Sie ist stumpf. Das weiß ich jetzt. Die drei Spitzen dringen träge in das Muskelfleisch neben meinem rechten Schulterblatt ein. Die Schulter, die bereits taub vor Schmerz ist, weil ich sie mir ausgekugelt habe.

Das Messer drückt schmerzhaft in meine Rippen. Ich spüre das Blut durch meinen Körper rauschen. Mein Herz hämmert wie wild in meinen Ohren, dass mir schwindlig wird. Alles dreht sich. Wie bei einem Wet-T-Shirt-Wettbewerb klebt meine weiße Seidenbluse an meiner Brust, blutig. Erst warm, doch ziemlich schnell kühlt der leichte Wind mich aus und lässt mich frösteln. Mit ungeahnter Wucht rollt eine Flut an Gedanken über mich hinweg.

Der erste gilt Ben. Er wird mir am meisten fehlen. Wie er mir am Frühstückstisch gegenübersitzt und mit den Augen rollt, wenn ich ihn bitte, seine Haare nicht immer so streng nach vorn zu kämmen. »Du hast wirklich einen guten Geschmack«, sagt er dann, »außer, wenn es um Haare geht.« Er sieht gut aus, ganz wie sein Vater. Süße kleine

Sommersprossen unter seinen strahlend blauen Augen erinnern mich immer wieder daran, dass er es faustdick hinter den Ohren hat. Gut für ihn. Sein Leben war nicht immer rosig. Und nun muss er ohne Mutter aufwachsen.

Mutter ... ich weiß, dass ich mich selbst lange Zeit nicht so gesehen habe. Eine Rolle, in die ich erst hineinwachsen musste. Es war nicht immer leicht, doch ich denke, dass ich insgesamt erfolgreich war. Bis jetzt. Heute wendet sich das Blatt.

Es fühlt sich an, als würde sich mein Geist von meinem Körper trennen. Der Körper, dessen Leid die letzte Grenze überschritten hat und darum fleht, man möge einen Schalter umlegen und dem Ganzen ein Ende bereiten.

Er zieht sie wieder raus. Sein Stöhnen klingt, als würde er einen Marathon laufen. Wenn ich Glück habe, hat er inzwischen viel Blut verloren. Genug, um ihn schwächer zu machen. Doch ich habe nichts um dagegenzuhalten. Meine Muskeln gehorchen mir nicht mehr. Das Adrenalin, das mich vorhin noch durchflutet hat, ist aufgebraucht. Mein Wille schickt Befehle an meinen Körper, doch der gehorcht nicht.

Nicht aufgeben!

Wer ist da?

Steh auf!

Ich schlage die Augen auf, die ich schon geschlossen hatte, und drehe den Kopf zur Seite. Über mir setzt Theo zu einem weiteren Stoß an. Da sehe ich sie. Sie liegt neben mir im Mondlicht auf dem Gras und lächelt.

»Irina.« Mein Cheerleader, die Quelle meiner Kraft, mein eigenes Unterbewusstsein.

Theo über mir stutzt. Aus den Augenwinkeln kann ich erkennen, dass er verwirrt aussieht. Irina zwinkert mir zu. Sieht wie immer blendend aus mit ihren ebenholzfarbenen, glänzenden, langen Haaren, den perfekten Lippen und den falschen, dichten Wimpern. Sie sieht mich an, als wollte sie mir Kraft geben, Selbstbewusstsein, mich motivieren und dazu zu bringen, über meine Grenzen hinaus zu wachsen.

Ich bin immer für dich da und helfe dir, höre ich sie sagen.

Und dann dehnt sich die Zeit wieder, wie vorhin im Keller, sie wird langsamer, kommt zum Stillstand und schnickt mit doppelter Geschwindigkeit zurück wie ein Gummizug.

»Einen Teufel wirst du. Ihr habt nur Leid über uns gebracht.«

Theo sieht mich an, als wäre ich verrückt. Ich möchte diesen Moment der Verwirrung gern nutzen, um mich von ihm zu befreien, doch es gibt keine Kraftreserven, die ich mobilisieren könnte.

»Kannst du sie sehen?«, sage ich stattdessen.

Seine Augen werden größer.

»Theo«, flüstere ich mit einer brechenden Stimme. »Sie ist ganz nah.«

Seine Gesichtszüge entgleiten ihm. Der Kopf zuckt zur Seite.

»Wer?«, fragt er leise.

»Irina«, sage ich so ruhig, wie ich kann. Mein Rücken hebt und senkt sich schwer, durch sein Gewicht auf mir.

»Du spinnst.«

»Bist du sicher? Ich kann sie schon sehen. Sie kommt auf dich zu und ist gleich bei dir.«

Er zögert. Ich spüre, dass er unsicher ist. Er kann genauso wenig klar denken wie ich. Dann holt er wieder aus, und ich mobilisiere meine letzten Kraftreserven.

Irgendwie habe ich es geschafft, mich umzudrehen. Jetzt saust die Forke auf mich herunter und ich zweifle an meiner Entscheidung, ihm meine Vorderseite zur Verfügung zu stellen. Reflexartig kann ich meine Hand noch nach oben strecken. Die Zinken der Forke bleiben darin stecken. Voller Ekel erkenne ich, wie zwei davon an meinem Handrücken austreten, noch bevor der Schmerz mein Gehirn erreicht. Mein Magen krampft sich zusammen in Erwartung des Gefühls, das folgen wird.

Es folgt überhaupt nichts.

Das muss der Schock sein. Blut tropft mir ins Gesicht.

Theo hält inne, hat er doch nicht kommen sehen, dass meine Hand seinen Versuch zunichtemachen würde, mich zu erledigen. Jetzt zieht er energisch an dem Holzgriff und ich spüre, wie das Metall an meinem Knochen entlanggleitet. Das Blut läuft schneller, tropft und rinnt mir den Hals herunter.

Es ist vorbei. Ich kann gegen diesen Mann nichts ausrichten. Der einzige Trost besteht darin, dass sie ihn schnappen werden. In diesem Zustand kommt er nicht weit.

Ein Knall zerreißt die Stille dieses Atemzuges. In einem Moment bündelt Theo all seine Kraft in seinem … in diesem letzten Schlag gegen mich …

… im nächsten Augenblick starren seine Augen glasig über mich hinweg, kurz bevor er nach vorn auf mich stürzt.

Ich spüre ein Pochen in meiner Hand, das sich wie ein Spinnennetz auf meinen gesamten Arm ausbreitet. Der Rest meines Körpers taucht ein in ein Meer aus Feuer und Kälte, das wechselhafte Wellen über Haut, Muskeln und Nerven schickt. Meine Augen schließen sich und ich sehne Schlaf herbei.

KAPITEL 20

»Ganz vorsichtig. Lass dir Zeit.«

Atmen.

»Sie kommt wieder zu sich. Wo bleibt der Krankenwagen?«

Ich will nicht.

»Geht rein, er muss noch drinnen sein.«

Atmen.

»Sandra? Kannst du mich hören?«

Ich öffne die Augen. Es ist dunkler, als ich vermutet habe. Männer laufen über unsere Einfahrt. Ich bin ... ist das kalt!

Da ist ein Auto und ... Polizei. Lärm kommt immer näher.

»Der Krankenwagen ist da. Schickt sie gleich her!«

Ich kann Reifen hören. Sie quietschen. Oder war das nur der Kies in der Auffahrt? Jemand rennt darüber. Ich drehe meinen Kopf zu … Rick. Er sitzt neben mir und sieht mir direkt ins Gesicht. In dieser Dunkelheit sehen seine Augen fast schwarz aus.

»Wo ist er?« Ich schrecke hoch. Das tut in jeder Muskelfaser weh. Langsam sinke ich zurück.

»Ganz ruhig. Er kann dir nichts mehr tun. Das verspreche ich.«

Ich erinnere mich an einen metallischen Knall, der die Nacht in zwei Hälften zerfetzt hat: in die Zeit, als ich dem Grauen ausgeliefert war. Und dem Frieden danach.

»Ist er tot?«

»Nein. Ich habe ihn mit einer Schaufel niedergeschlagen, die ich an eurer Hauswand entdeckt habe. Der Typ war so sehr auf dich konzentriert, er hat mich überhaupt nicht bemerkt.«

Mike! Er hat die Schaufel stehenlassen. Mein bezaubernder, unordentlicher Ehemann. Ich lächle leicht.

»Er war es, Rick.«

»Ich weiß.«

Rick sieht mir besorgt in die Augen. Jetzt erst sehe ich ihn richtig. Was macht er hier?

»Hey.«

»Hey«, sagt er heiser.

»Ich habe Schmerzen.«

»Ich weiß. Der Krankenwagen ist da. Wir bringen dich ins Krankenhaus. Der Notarzt müsste auch jeden Moment eintreffen.«

Wie aufs Stichwort fährt ein weiterer Wagen aufs Grundstück.

Meine Sinne kehren zurück. »Nein. Der Arzt. Er muss zu Mike. Er liegt im Keller. Bitte beeilt euch.«

Rick nickt, steht auf und spricht mit dem Mann. Zwei Sanitäter kommen ihm entgegen auf mich zu.

»Können Sie aufstehen?«, fragt der Kräftigere von beiden. Seine OP-Maske verbirgt einen üppigen Bart. Seine Kleidung, Statur und Stimme strahlen Sicherheit aus. Vielleicht wird doch alles gut. Ich schüttle den Kopf. Von diesem Mann würde ich mich auch tragen lassen. Ich kann keinen Muskel in meinem Körper rühren. Alles fühlt sich an wie erstarrt. Ein leichtes Lüftchen streift mein Gesicht. Es fühlt sich pelzig an. Wie nach der Spritze beim Zahnarzt.

»Sie bringen dich jetzt ins Krankenhaus.« Rick ist wieder hier.

»Was machst du hier?«

»Ich bring dich zum Arzt. Oder zumindest tun die Jungs das.« Er nickt dem Dünneren zu. Wie von Zauberhand werde ich hochgehoben. Aus meinem begrenzten Sichtfeld heraus habe ich nicht bemerkt, wie sie eine Bahre neben mir errichtet haben.

»Rick?«

»Ja?«

»Das ist nicht dein Name, oder?«

»Doch.« Ich höre, wie er lächelt. »Ist er.«

»Was ist mit Mike?«

»Wir kümmern uns um ihn.«

Ich zupfe mir die Bettdecke über die nackten Beine, als Rick am nächsten Morgen mein Krankenzimmer betritt.

Mit der verbundenen Hand streiche ich mir eine Strähne blonder Haare aus den Augen. Mit der anderen Hand ziehe ich mich an der Triangel nach oben. Die Schwester hat mir eben einen neuen Tropf Schmerzmittel angehängt. Erleichtert nehme ich wahr, wie das Zaubermittel durch meinen Körper strömt und mich die Stellen vergessen lässt, die Theo durchlöchert hat.

»Hi. Wie geht es dir?«

»Viel besser. Danke.« Ich wische mir über die roten Augen. Er schluckt.

Er zieht sich einen Stuhl ran und setzt sich neben mein Bett.

»Da bin ich erleichtert.« Er lächelt. »War die Polizei schon da?«

»Ja. Was machst du hier?«

»Ich wollte sehen, wie es dir geht und ... mich entschuldigen, dass ich dich falsch eingeschätzt habe.«

»Schon wieder?«

Er schmunzelt. »Ja. Schon wieder.«

Ich ziehe eine Braue nach oben.

»Ich habe geglaubt, du hättest deine Nachbarin getötet.«

»Das Gefühl hatte ich manchmal auch.«

»Entschuldige, dass ich dir was vorgemacht habe«, sagt er.

»Du bist nicht ihr Bruder.«

»Nein. Ich bin auf die Idee gekommen, weil meine Kollegen eine Ähnlichkeit zwischen mir und deiner ehemaligen Freundin angedeutet haben. Die Augenpartie. Ich sehe ihr wohl ziemlich ähnlich. Ich dachte, ich probiere es einfach mal. Ihr kanntet euch noch nicht so lange. Es hätte durchaus einen verschollenen Bruder geben können.«

Ich betrachte ihn genauer. Sie sehen sich so ähnlich. Ich kann kaum glauben, dass es Zufall ist. »So hattest du einen Grund, dich immer wieder in unserer Nähe rumzutreiben.«

»Ja.«

»Wer bist du?«

»Ich bin Privatdetektiv, Süße. Ich habe einen Klienten, der mich engagiert hat, den Mord an einem Pärchen in Lauenburg aufzuklären, beziehungsweise in eine Richtung zu ermitteln, die die Polizei nicht eingeschlagen hat.«

»Der Selbstmord der Ehefrau.«

»Du hast also davon gelesen. Ein Ehepaar wurde tot in seinem Haus gefunden. Es sah alles danach aus, als hätte sie ihn aus Eifersucht ermordet und sich dann das Leben genommen. Ihre Familie fand das von Anfang an nicht stimmig, und ich auch nicht. Keinerlei Berichte über frühere Gewalt. Er hatte Verhältnisse, doch sie wusste schon länger davon und die beiden hatten sich laut ihren Freunden und der Familie inzwischen wieder zusammengerauft. Es gab keinen Anlass für diese plötzliche Bluttat. Er hat als Fitnesstrainer gearbeitet. Im nahegelegenen Adendorf. Viele Frauen gingen dorthin, unter anderem auch Irina Haseldorn und ...«

»Ich.«

»Ja. Genau. Irina lebt nicht mehr und auch ihr Fall wurde nie geklärt. Das musste etwas bedeuten. Der gemeinsame Nenner warst du.«

»Ich habe von dem Fall gelesen.«

Er nickt.

»Ich war in diesem Club angemeldet, aber um ehrlich zu sein, habe ich mich zwei, drei Mal von Irina mitschleifen lassen und bin dann ein still zahlendes Mitglied geworden.« Ich verziehe das Gesicht.

»Alles deutete auf ein Familiendrama hin. Bekannte machten Andeutungen, dass er Verhältnisse gehabt haben könnte. Nichts Ungewöhnliches. Nur gab es eben diese kleine Verbindung zu dem ungeklärten Fall von vor einem Jahr. Sie haben nie jemanden wegen des Mordes an Irina Haseldorn verhaften können. Auch die Mordwaffe wurde nie gefunden.«

Ich sehe ihn an, sage aber nichts dazu.

»Ich dachte, es könnte nicht schaden, die Augen in eurer Nähe offen zu halten. Ihr wart als enge Freunde eurer Nachbarn in den Akten vermerkt. Im gleichen Alter. Irina Haseldorn könnte ihren Mann betrogen haben. Mit dem Fitnesstrainer. Ich hatte zunächst angenommen, dass er auch mit dir ein Verhältnis gehabt haben könnte. Das hätte dir ein ausgezeichnetes Motiv geliefert. Für beide Morde.«

»Und Theo?«

»Ganz genau. Wenn er davon gewusst hat, hätte er etwas beim Verhör gesagt, es sei denn, er wusste, dass es ihn selbst belastet.«

»Alles sehr vage.«

»Stimmt. Aber ein Anfang.«

»Und du hast mich beobachtet?«

»Ja. Ich wusste, dass das Haus der Haseldorns leer steht und habe von ihrem Garten aus euer Haus beobachtet. Immer mal wieder. Nicht regelmäßig.«

»Glücklicherweise warst du gestern da.«

»Da war etwas im Gange. Das habe ich gespürt. Erst wurde bei eurer Nachbarin eingebrochen – gut, das war Zufall. Dann wird bei dir eingebrochen. Jemand macht dir Angst, immer und immer wieder. Zuerst wusste ich nicht, wie weit ich deinen Erlebnissen trauen kann, doch irgendwann hattest du mich überzeugt. Ich hielt es für besser, mich in der Nähe aufzuhalten. Dann sah ich, wie in eurem Haus die Lichter alle zeitgleich ausgingen. In jedem Zimmer, auf zwei Geschossen. In der Nachbarschaft gab es noch Strom. Das hat mich stutzig gemacht. Nach einer Weile, als sich nichts tat, bin ich rübergeschlichen und da sah ich dich auf der Wiese mit Haseldorn kämpfen. An der Hauswand lehnte die Schaufel. Gott sei Dank.«

»Ich wünschte, du hättest eine Schusswaffe dabeigehabt.«

»Das kann ich verstehen.« Er senkt die Augen und schaut auf seine kräftigen Hände. »Ich hätte ihn auch ohne Waffe davon abgehalten, dir weh zu tun.«

Ich lächle traurig. Dann hebe ich die Augenbrauen. »Du warst rechtzeitig da. Dafür habe ich mich noch nicht bedankt.«

Er schüttelt den Kopf. »Nicht wirklich.«

Einen Moment schweigen wir.

»Warum hast du dich für mich entschieden? Als Täterin, meine ich.«

»Das war so ein Gefühl. Ich lag falsch damit. Haseldorn hatte ein Motiv für beide Morde. Doch den hatte ich erst gar nicht auf dem Schirm. Zunächst wollte ich mich nur bei euch umsehen. Als wir uns kennengelernt haben ... na ja.

Du hast mir einige Rätsel aufgegeben. Ich dachte, da steckt mehr dahinter.«

»Du dachtest, ich wäre verrückt.«

»Ich glaubte, es gäbe da ein Geheimnis«, sagt er diplomatisch.

Er hat recht. Doch dazu werde ich nichts sagen.

»Das hat mich irgendwie abgelenkt. Als du mir von der Belästigung durch diesen Stalker erzählt hast, bin ich hellhörig geworden.«

»Er hat die Mails geschrieben, um mich nervös zu machen.«

»Das ist ihm gelungen.«

»Ja. Ich denke, er hat auch diesen Post in der Nachbarschafts-App geschrieben. Ich sollte völlig durchdrehen. Hat das Paar in Lauenburg auch etwas Ähnliches erhalten?«

»Nein. Er hat sich einfach nur an dem Mann gerächt und es als Mord durch seine eigene Frau getarnt, damit man nicht außerhalb nach dem Täter sucht.«

»Dann hat er sich bei mir ja richtig Mühe gegeben«, füge ich resigniert hinzu.

»Wie geht es dir damit?«

»Dieses Paar hat uns völlig kaputtgemacht.«

»Ich hatte den Eindruck, als hättest du deine Freundin sehr geliebt.«

»Das habe ich auch gedacht, doch in Wahrheit habe ich mich hinter ihr versteckt. Sie hat das gewusst und genossen, da bin ich mir sicher. So stand sie immer in erster Reihe, auch in Bezug auf meinen Mann.«

Traurig senke ich meinen Blick. Ich habe ihn nicht nach Mike gefragt. Das war auch nicht nötig. Das Internet war schneller. Sogar schneller als die Polizei, die vor einer Stunde da war. In meinen lokalen Nachrichten im Handy, im Frühstücksfernsehen heute Morgen, sogar in der Nachbarschafts-App. Er muss es mir ansehen und sagt nichts.

Rick nickt. »Vertrau auf dein Bauchgefühl. Damit wirst du sicher richtig liegen. Aber, wenn du mich fragst, brauchst du solche Leute nicht. Du kommst besser voran ohne sie.«

Es tut gut, die Wahrheit so offen ausgesprochen zu hören. Ich nehme mir für die Zukunft vor, mein Leben nach diesem Maßstab zu führen.

KAPITEL 21

HAMBURGER ABENDBLATT

Dienstag, 28. Februar 2023

SERIENMORDE IN NIEDERSACHSEN MÜNDEN IN BESTSELLER
von Gertrude Ringe

Vor siebzehn Monaten erschütterten eine Reihe von Morden in Lauenburg und im näheren Umkreis von Lüneburg die Menschen in ganz Deutschland. Was sich zunächst als Familiendrama in Lauenburg darstellte, entpuppte sich schließlich als die Fortführung einer Mordserie eines eifersüchtigen Ehemannes.

Theodor H. (46) hatte im Jahr zuvor seine untreue Ehefrau erstochen und war dafür nie zur Rechenschaft gezogen worden. Im Herbst 2021 übte er schließlich Rache an den beiden Liebhabern seiner Frau. Sowohl Christian D. (41) als auch Mike L. (40) starben. Ein weiteres Opfer von ihm wurde die Ehefrau des ermordeten Christian D., deren Tod er als Suizid tarnte.

Der Versuch, auch die Frau des dritten Opfers, Sandra L. (40) aus Lüneburg zu ermorden, scheiterte. Theodor H. konnte gefasst werden. Er wurde vor zwei Monaten wegen mehrfachen Mordes zu lebenslanger Freiheitsstrafe mit anschließender Sicherheitsverwahrung verurteilt. Seine Anwälte haben Berufung gegen das Urteil eingelegt.

Sandra L. lebt mit ihrem Stiefsohn in Hamburg. Sie ist vor ein paar Monaten erneut Mutter geworden – ein Kind ihres verstorbenen Mannes. Ihre Erlebnisse hat sie in einem Buch verarbeitet. Sie ist bereits als Autorin von Liebesromanen unter dem Pseudonym Sandra Beringer bekannt.

Ihr Debüt-Roman im Thriller-Genre: Meine lieben Leichen steht seit Wochen auf Platz 1 der Spiegel-Bestsellerliste.

KAPITEL 22

Die Liebesromane habe ich endgültig hinter mir gelassen. Das Genre liegt mir nicht, hat es im Grunde nie. Meine Fantasie reicht für die Erschaffung einer Märchenwelt, doch wird es immer eine Märchenwelt bleiben. Unglaubwürdig für den Leser, der mir schnell auf die Schliche kommt, dass mein beschriebenes Liebesglück nicht von Herzen, aus Erfahrungen geboren, mit Enthusiasmus entsteht. Allein die Sehnsucht danach konnte mein geschriebenes Wort transportieren.

Ich schreibe an meinem nächsten Buch. Ein weiterer Thriller. Von meinen Verletzungen sind letztendlich nur Narben geblieben. Weitere Narben, die ich mit den Erinnerungen an das Erlebte mit mir tragen werde wie eine Sammlerin. Während meine Finger eifrig über die Tasten fliegen, prasselt grauer Februarregen gegen die Scheibe meines Arbeitszimmers. Schietwetter, wie der Hamburger sagen würde. Ein Lächeln huscht mir übers Gesicht.

Zu Hause. Ich genieße den Blick raus auf einen ruhigen Arm der Alster. Die Äste einer alten Trauerweide hängen tief bis auf die Oberfläche des Wassers hinab. Vorbeitreibendes Holz hat sich darin verfangen und wird wieder freigespült. Silberhelle Kinderstimmen dringen an mein Ohr. Ben sitzt im Wohnzimmer und spielt mit Nele. Sie kann seit Kurzem krabbeln und hat schon die ersten zwei Zähne. Soweit ich das beurteilen kann, kommt sie nach mir. Ich sehe nur wenig von Mike in ihr. Das ist besser so, sowohl für mich als auch für Ben. Er hatte eine schwere Zeit, doch der Umzug und ein Schwung neuer Freunde in der neuen Schule erleichtern ihm den Wiederanfang.

Ich habe das Haus im Süden Lüneburgs verkauft und mir eine Wohnung im Hamburger Stadtteil Winterhude genommen. Altbau, mit hohen schneeweißen Wänden und Stuck an der Decke. Alte Kronleuchter in jedem Raum, der Boden ist mit großen Eichenparkettdielen ausgelegt. Die Kinder lieben unsere Ausflüge an die Alster, das Stadtleben und sie genießen die viele Zeit mit mir. Wir sind glücklich zusammen. Die beiden sind mein Leben. Der Speicher, aus dem ich meine ganze Energie ziehe.

Vor zwei Jahren hatte ich einen Mann, ein Haus und ein Bild von mir, wie ich mich in die ersehnte Rolle einfügen wollte. Den Drang nach Normalität, Beständigkeit, ein Ideal im Kopf, das wiederum meiner Märchenwelt entsprach. Meine Energie reichte nie, um es auszufüllen.

Seit einiger Zeit treffe ich mich wieder mit einem Mann, den ich mit den Kindern im Stadtpark kennengelernt habe.

Er ist geschieden und hat einen Sohn in Bens Alter. Max, so heißt er. Einst Workaholic, doch seit der Scheidung deutlich ausgeglichener im Umgang mit Freizeit und Familie. Max ist Journalist und brannte vor Neugierde darauf, mich kennenzulernen, als er meinen Namen erfuhr. Inzwischen hat er es verarbeitet.

Ich stelle fest, dass die Leute meine Geschichte immer erst einmal verarbeiten müssen. Gerade wenn sie das Buch kennen, verstummen sie zunächst ehrfürchtig in meiner Gegenwart. Als wäre Unglück ansteckend. Manche können damit nicht umgehen, andere zieht es magisch an. Nach einer gewissen Zeit haben es alle verdaut und sind in der Lage, normal mit mir umzugehen. Natürlich gibt es diejenigen, die weder das Buch gelesen noch die Nachrichten zu den Todesfällen vor siebzehn Monaten verfolgt haben. Die sind mir im Privaten die Liebsten.

Max und ich halten es ungezwungen und entspannt. Niemand von uns beiden ist erpicht darauf, in sein altes Rollenverhalten zurückzufallen. Wir genießen einander und unsere Unabhängigkeit. Ein Gut, das mir früher unbekannt war. Dieses neue Leben ist so viel wertvoller, als ich es erwartet habe. Plötzlich sind da diese beiden Kinder, die mich brauchen und hundertprozentig auf mich angewiesen sind. Als Mike noch da war, habe ich eine Rolle in Bens Leben gespielt, doch nicht die der Mutter. Entscheidungen hat Mike getroffen. Ich war diejenige, die nur mit den Konsequenzen umgehen musste. Positive Entscheidungen fielen auf Mike zurück, die negativen immer auf mich. Ben und ich kooperieren inzwischen miteinander und treffen die meisten Entschlüsse gemeinsam.

Und Nele. Mein Baby. Endlich konnte ich sie in den Armen halten. Die ersten Wochen habe ich nur geweint.

»Hormone«, sagte die Hebamme. Ich sage, es war Glück. Seit sie da ist, weiß ich, wie sehr man lieben kann. Die Kinder sind das Wertvollste, das ich aus der Beziehung mit Mike mitnehme. Das Einzige, für das sich all das gelohnt hat.

Von der Polizei habe ich seit Langem nichts mehr gehört. Nachdem Mike schnell an Ort und Stelle verstorben ist, waren die Ermittlungen bald abgeschlossen. Theo lieferte ihnen mit seinem Geständnis mir gegenüber und seinem Angriff auf uns das letzte Puzzleteil, um den Mord an Irina zu den Akten legen zu können. Mord aus Eifersucht. Ich erzählte ihnen von dem Verhältnis, das mein Mann mit Irina hatte. Dass ich es schon zu ihren Lebzeiten wusste, erzählte ich nicht. Das Messer, mit dem Mike erstochen worden war, passte zu der vermissten Mordwaffe. Sie hielten es für wahrscheinlich, dass Theo es nach dem Mord an Irina mitgenommen hat, weil es zu ihm hätte zurückverfolgt werden können. Ich bin froh, dass sie nicht seine letzten Online-Käufe überprüft haben. Dann hätten sie sicher gesehen, dass es sich um eine Neuanschaffung handelte.

Theo passte als Täter rundum perfekt ins Bild, hatte er doch das Pärchen in Lauenburg ermordet, bevor er Rache an Mike üben wollte. Nur ich weiß, dass das echte Messer weit entfernt in der Ilmenau ruht. Dass es ursprünglich Mike gehörte, wird niemand von mir erfahren. Ich bewahre nach wie vor sein Andenken. Auch seinem Sohn zuliebe.

Ein Jahr hatte ich geglaubt, er hätte versucht, sie umzubringen, möglicherweise im Affekt. Ich redete mir ein, er hätte versuchen wollen, sie von dem Gespräch mit mir abzubringen. Weil ich ihm wichtiger war als sie. Unsere Ehe, unsere Familie.

Ich hatte nie geglaubt, nie befürchtet, dass da draußen eine Gefahr lauerte: ein Mensch, der darauf wartete, sich an uns zu rächen. Alles, wovor ich mich gefürchtet habe, war ihre Rache, Irinas Rache, weil ich sie im Stich gelassen hatte. Hatte ich eine Wahl? Nein. Selbst heute bin ich davon überzeugt.

Als ich damals vor gut zweieinhalb Jahren ihre Terrasse betrat, lag sie vor mir. Das Messer steckte in ihrem Oberkörper und ein Blutfleck breitete sich schnell auf ihrem Oberteil aus. Ich musste Theo nur um wenige Augenblicke verpasst haben. Sie streckte ihre Hand nach mir aus und flüsterte ein Wort. Es war nicht der Name des Mörders. Sie starrte mir flehend in die Augen und flüsterte: »Hilfe.« Ich habe mich zu ihr niedergebeugt, ihr die Hand auf die Stirn gelegt und daran gedacht, wie ich einst auf nacktem Beton gelegen hatte, blutend, während Passanten den Rettungswagen und einen Notarzt riefen. Sie retteten mich, holten mich zurück. Was hatte ich danach für ein Leben geführt? Leer, einsam, voller Angst und Hass. War es das wert gewesen, gerettet zu werden?

Tatsächlich huschte dieser Gedanke durch meinen Geist und ließ mich zögern. Doch ich will nicht philosophisch werden. Die Tatsache, dass diese Frau ohne mit der Wimper zu zucken, meine Familie zerstören wollte, die Familie ihrer Freundin, mich – dieses Wissen machte es mir leicht. Ich zog das Messer aus ihr heraus, versteckte es im Blumentopf und setzte mich neben sie in die Dunkelheit, bis sie starb.

Erst dann rief ich die Polizei.

Überlege genau, was du dir wünschst. Es könnte in Erfüllung gehen.

Im Hamburger Stadtteil Rotherbaum wohnt die Studentin Rebecca. Von ihren Nachbarn weiß sie nur wenig. Sie bereiten ihr Unbehagen. Überhaupt hat sie jahrelange Übung darin, das Leben nur in kleinen, kontrollierten Dosen an sich heranzulassen. Die Welt außerhalb ihrer Wohnung macht ihr Angst, insbesondere seit ein psychopathischer Einbrecher sein Unwesen treibt, den die Medien den "Balkon-Vergewaltiger" nennen.

Das Haus, in dem sie lebt, ist immer ihr Zufluchtsort gewesen. Dort konnte sie sich verkriechen und ihre Sorgen mit einem dicken Panzerriegel aussperren. Jetzt liegt hier eine blutüberströmte Leiche, und im Keller fängt es an zu stinken.

ISBN 979-8776641831